Reading is a
Shelter
at Your
Fingertips

阅读是一座随身携带的避难所

〔英〕威廉·萨默塞特·毛姆 著

刘文荣 译

四川文艺出版社

图书在版编目（CIP）数据

阅读是一座随身携带的避难所 / (英) 威廉·萨默塞特·毛姆著；刘文荣译. -- 成都：四川文艺出版社，2024.4
ISBN 978-7-5411-6935-9

Ⅰ.①阅… Ⅱ.①威…②刘… Ⅲ.①随笔—作品集—英国—现代 Ⅳ.①I561.65

中国国家版本馆CIP数据核字（2024）第065868号

YUEDU SHI YIZUO SUISHEN XIEDAI DE BINANSUO

阅读是一座随身携带的避难所

[英]威廉·萨默塞特·毛姆 著

刘文荣 译

出 品 人	冯 静
出版统筹	罗婷婷　庄本婷
策划编辑	石 婷
责任编辑	张亮亮　孙晓萍
封面设计	蒋 晴
内文设计	史小燕
责任校对	段 敏
责任印制	桑 蓉

出版发行　四川文艺出版社（成都市锦江区三色路238号）
网　　址　www.scwys.com
电　　话　028-86361802（发行部）　028-86361781（编辑部）

排　　版　四川胜翔数码印务设计有限公司
印　　刷　成都东江印务有限公司
成品尺寸　145mm×210mm　　开　本　32开
印　　张　7.5　　　　　　　　字　数　220千
版　　次　2024年4月第一版　　印　次　2024年4月第一次印刷
书　　号　ISBN 978-7-5411-6935-9
定　　价　49.80元

读书应该是一种享受。

文学就是一种艺术。

而艺术，是为人提供娱乐的。

我觉得读读火车时刻表或者菜单，
也比什么都不读要好。

目 录

第三章　书与我：我是这样读书的

第四章　名家与名著：伟大的作家和他们伟大的作品

前　言

对中国读者来说，毛姆（William Somerset Maugham，1874—1965）这个名字并不陌生。这位英国作家的许多重要作品，如长篇小说《人性的枷锁》《月亮和六便士》《刀锋》等，都早已有了中译本。本世纪初，读书界还有过一阵不大不小的"毛姆热"，可见中国读者对他的作品还是很喜爱的。不过，毛姆不仅仅是小说家，还是一个相当重要的戏剧家和散文家。据我所知，他的戏剧作品，好像还没有人翻译过。至于他的散文，虽然有一些被翻译出来，但介绍得都比较零星、散乱，没有系统。实际上，作为散文家的毛姆，在很大程度上可以说是个"读书家"。他不仅读了无数的书，对所读的书以及读书本身还很有一套自己的看法，所以他的许多散文都和读书有关。这些文章写得比较自由，大多像是在聊天，想到哪儿说到哪儿，可称为"读书随笔"。我在这里译出他的二十多篇长短不一的"读书随笔"（有些是从长文中截取的），目的就是想比较系统地把"读书家"毛姆介绍给读者。

这些"读书随笔"原本散见于毛姆的文集，选译出来后，我把它们分为四个部分：第一部分是和读者谈读书，取名为"关于读书"；第二部分是为读者推荐好书，取名为"书与你"；第三部分是谈他自己怎样读书，取名为"书与我"；第四部分"名家与名著"，显而易见，是对名家与名著的介绍与评论。这四个部分，基本涵盖了毛姆写下的有关读书的文字。

关于读书，顾名思义，就是要和读者谈为何读书、怎样读书、读什么书。为何读书，毛姆的看法很明确，他认为读书就是为了享受。

当然，这是指业余时间的读书，也就是我们所说的"读闲书"。不过，这样的读书除了首先要有乐趣，其次还应该在个人修养方面有所获益。所以，仍有"怎样读"和"读什么"的问题。对此，毛姆的看法是，读书要"挑剔"，不要稀里糊涂地听信"开卷有益"之类的说法。那些有"乐趣"但显然无聊的书（如绝大多数暴力书、色情书就属此类），他认为是坏书，根本没必要去读。反之，有些书可能很有教益，但写得枯燥沉闷，读起来毫无乐趣（如绝大多数教科书、理论书就属此类），他认为也不是好书，除非不得已，也没必要去读。还有一些书，总体上有乐趣，也有教益，但有些部分写得啰唆冗长，他认为对这部分只要一目十行地溜一遍就可以了，或者干脆跳过去不读（他把这种方法称为"跳读法"）。只有读起来自始至终让人觉得趣味盎然又很有教益的书，他认为才是真正的好书——只是，这样的好书实在不多。

基于此，他为读者开列了一份推荐好书的书单，这就是本书第二部分"书与你"。在这份书单中，绝大多数是文学史上的经典作品。因为他认为，经典作品经历了时间考验，曾被无数前人读过，一定有其可读性，今人没有理由不读。

当然，毛姆为读者开列的书单中大多是文学书（因为他是小说家，不敢贸然向读者推荐非文学类书，如历史书、哲学书），但他自己并不受此限制。这从本书第三部分"书与我"中即可看出。他不仅熟读西方文学名作（就是侦探小说，他也读得不少），还几乎读遍了西方哲学名著，无论是古典的，还是现代的。甚至是东方的佛教经典和印度古代哲学，他也读过一点。用他的话来说，这是为了"提高自己"，更是为了"寻找人生的真谛"。他在晚年写了一部叫《总结》的书，回顾自己的一生，其中有不少篇幅就是谈他的"哲学经历"。斯宾诺莎、洛克、休谟、康德、黑格尔、布拉德莱、罗素，还有唯物论、唯心论、实用主义等，他都谈到了，还提出了自己独特的见解。他的独特，在于他把高深莫测的哲学理论放到自己的生活中来考察，所以，读起来既不玄乎又发人深省，是一般职业哲学家谈不出来的。

那么，关于"名家与名著"，毛姆又有何见解呢？

毛姆不是批评家（他有点讨厌批评家），他的见解是"读书家"的见解，不是正儿八经的，而是幽默诙谐的。

他详尽细致地谈论一部部小说名著，如歌德的《少年维特之烦恼》、简·奥斯汀的《傲慢与偏见》、狄更斯的《大卫·科波菲尔》、福楼拜的《包法利夫人》、陀思妥耶夫斯基的《卡拉马佐夫兄弟》和托尔斯泰的《战争与和平》。同时，他也提纲挈领地谈论莫泊桑、契诃夫的短篇小说。他对小说创作深有体会，知道其中的甘苦和成败所在，因而在谈论这些大师的作品时往往很贴切、中肯，既不吹毛求疵，也不盲目吹捧。尽管这些大师名声之大，如雷贯耳，他仍直抒己见，从不讳言他们作品中的种种缺陷。

此外，你会发现，他在谈到这些大师的作品时，大多先要介绍他们的生平。这不是为介绍而介绍，而是用他的小说家的特殊才能为这些大师描绘了一幅幅逼真的肖像，勾画出这些天才的性格特征，从而为准确理解他们的作品做了最好的铺垫。因为他坚信"怎样的人，写怎样的书"。而关于这些大师的生平，他又讲得很精彩——在他笔下，他们不是崇拜的偶像，而是一个个有血有肉、有个性也有缺点的人。他们值得我们尊敬，因为他们有非凡的创作才能，但也仅此而已。他就是这样对待大师们的。

毛姆的这些"读书随笔"，虽然内容严肃，但却是用他擅长的闲谈笔调来写的。他文笔老练，简洁明快又委婉动人，读来就如他坐在你对面侃侃而谈，时不时还会说上一两句俏皮话，对你眨眨眼或者微微一笑，让你觉得仿佛在和一位长者促膝谈心。可惜的是，有些精妙之处很难用汉语译出，我虽尽了力，但仍不十分满意。好在毛姆的文章本身都很精彩，我想，你读过之后肯定不会失望。

本书主要选自毛姆的四部散文集，即：Books and You（《书与你》）、Points of View（《观点》）、Ten Novels and Their Authors（《十大长篇及其作者》）和The Summing Up（《总结》）。

刘文荣

2019年11月于上海

第一章

关于读书：怎样读书才能乐在其中

读书应该是一种享受

一个人说话时①，往往会忘记应有的谨慎。我曾在一本名叫《总结》的书里就一些年轻人提出的关于如何读书的问题说了几句话，当时我并没有认真考虑。后来我便收到各种各样读者的来信，问我究竟提出了怎样的看法。对此，我虽然尽我所能给予答复，但在私人信件里却又不可能把这样的问题讲清楚。于是我想，既然有这么多人好像很希望得到我能提供的指导，那么我根据自己有趣和有益的经验，在此简要地提出一些建议，他们或许是愿意听的。

首先，我要强调的是，读书应该是一种享受。不错，有时为了应付考试，或者为了获得资料，有些书我们不得不读，但读那种书是不可能得到享受的。我们只是为了增进知识才读它们，所希望的也只是它们能满足我们的需要，至多希望它们不至于沉闷得难以卒读。我们读那种书是不得不读，而不是喜欢读。这当然不是我现在要谈的读书。我要谈的读书，它既不能帮你获得学位，也不能帮你谋生；既不会教你怎样驾船，也不会教你怎样修机器，却可以使你生活得更充实。只是，要想得到这样的好处，你必须喜欢读才行。

我这里所说的"你"，是指在业余时间里想读些书而且又觉得有些书不读可惜的成年人，不是指本来就钻在书堆里的"书虫"。"书虫"们尽可以想读什么就读什么，他们的好奇心总是使他们踏上书丛中荒僻的小路，四处寻觅被人遗忘的"珍本"，并为此其乐无穷。我却只想谈些名作，就是那些经过时间考验且公认为一流的著作。一般认为，这样

---

① 毛姆认为，写作就是一个人自说自话。

的名作应该是人人都读过的，令人遗憾的是真正读过的人其实很少。有些名作是著名批评家们一致公认的，文学史家们也长篇累牍地予以论述，但现在的一般读者却没有时间也没有兴趣去读。它们对文学研究者来说是重要的，只是随着时间和兴趣的转移，它们原来的诱人之处已不再诱人，所以现在要读它们，需要有点毅力，也需要花一番工夫。举例说吧，我读过乔治·艾略特①的《亚当·比德》，但我没法从心底里说，我读这本书是种享受。我读它多半是出于一种责任心，坚持读完后，不由得松了口气。

关于这类书，我不想说什么。每个人自己就是最好的批评家。不管学者们怎么评价一本书，不管他们怎样异口同声地竭力颂扬，除非这本书使你感兴趣，否则它就与你毫不相干。别忘了批评家也会出错，批评史上许多明显的错误都出自著名批评家之手。你在读，你就是你所读的书的最后评判者，其价值如何就由你定。这道理同样适用于我向你推荐的书。我们各人的口味不可能完全一样，只是大致相同而已。因此，如果认为合我口味的书也一定合你的口味，那是毫无根据的。不过，我读了这些书后，觉得心里充实了许多，要是没读的话，恐怕我就不是今天的我了。所以我对你说，如果你或者别人看了我在这里写的，于是便去读我推荐的书而读不下去的话，那就把它放下。既然它不能使你觉得读它是一种享受，那它对你就毫无用处。没有一个人有这样的义务，一定要读诗歌、小说或者任何纯文学作品（纯文学，法语是belles-lettres，我不知道英语怎么说，恐怕没这个词），他只是为了一种乐趣才去读这些东西。谁又能要求，使某人觉得有趣的东西，别人也一定要觉得有趣？

请不要以为，享受就是不道德。享受本身是件好事，享受就是享受，只是它会造成不同的后果，所以有些方式的享受，对有理智的人来说是不可取的。享受也不一定是庸俗的和满足肉欲的。过去的有识之士就已发现，理性的享受和愉悦是最完美、最持久的。养成读书的习惯确实使人受用无穷。很少有什么娱乐，能让你在过了中年之后还会从中感

---

① 乔治·艾略特：19世纪英国著名女作家，《亚当·比德》为其代表作。

到满足。除了玩单人纸牌、解象棋残局和填字谜之外，几乎没有什么游戏，你可以单独玩而不需要同伴。读书就没有这种不便，也许除了做针线活——那是你不大会喜欢的事——没有哪一种活动可以那样容易地随时开始，随便持续多久，同时又干着别的事，而且随时可以停止。今天，我们很幸运地有公共图书馆和廉价版图书，可以说没有哪种娱乐比读书更便宜了。养成读书的习惯，就是为自己营造一个几乎可以逃避生活中一切愁苦的庇护所。我说"几乎可以"，是因为我不想夸大其词，宣称读书可以解除饥饿的痛苦和失恋的悲伤。但是，几本引人入胜的侦探小说再加一只热水袋，确实可以使人对严重的感冒也满不在乎。反之，如果有人硬要他去读他讨厌的书，又有谁能养成为读书而读书的习惯呢？

为了方便起见，我将按年代顺序来谈我要谈的书①。不过，要是你有意读这些书的话，我也没有理由一定要你照着这个顺序读。我想，你最好还是随你自己的兴趣来读。我甚至都不认为你一定要读完一本再读另一本。我自己就喜欢同时读四五本书，因为我们的心情毕竟天天都在变化，即使在一天里，也不是每小时都热切地想读某本书的。我们必须适应这样的情况。我当然采取了最适合我自己的办法。早晨开始工作前，我总是读一点科学或者哲学方面的著作，因为读这类书需要头脑清醒、思想集中，这有助于我一天的工作。等工作做完后，我觉得很轻松，就不想再进行紧张的脑力活动了，这时我便读历史、散文、评论或者传记。晚上，我看小说。此外，我手边总有一本诗集，兴之所至就读上一段，而在我床头则放着一本既可以随便从哪里开始读，又可以随便读到哪里都能放得下的书。可惜的是，这样的书很少见。

---

① 本文是毛姆《书与你》一书的开头部分，他后面要谈的书，即本书第二部分"书与你"。

聪明的读者要学会一目十行

我在为《红书》杂志开列书单时曾写过一个简短的评论。我在那里说："聪明的读者只要学会一目十行的跳跃式阅读这种有用的技巧，就能在阅读时获得最大的享受。"确实，一个聪明的读者，是不会把读小说当作一项任务的。他为消遣才读小说。使他感兴趣的是小说中的人物，他关心他们在某种环境里怎样行动，以及他们的前途如何；他同情他们，和他们一起烦恼，一起欢乐；他把自己置于他们的境况中，在一定程度上过着他们的生活。他们对生活的看法，他们对人类思考的重大问题的态度，不管是用言语还是用行动表现出来的，都会使他产生共鸣，或者惊讶，或者欢乐，或者愤慨。不过，尽管如此，他仍本能地知道自己的兴趣所在，而且会像猎狗追逐狐狸一样追逐它。有时，因为作者的过错，读者会迷失方向，这时他就会到处漫游，直到重新发现自己感兴趣的东西为止。这就需要跳跃式阅读。

人人都可以跳跃式阅读，但要跳跃式阅读又不受损失，却并非易事。在我看来，这即便算不上天赋才能，大概也要积累大量的阅读经验后才能获得。鲍斯威尔①告诉我们，约翰逊博士②的跳读速度之快确实惊人："他具有一种特殊才能，可以毫不费劲地把一本书从头到尾浏览一遍，随即就抓住了其中最有价值的部分。"鲍斯威尔指的当然是那些具有资料价值或者教育意义的书籍，要是一部小说使人读起来觉得费劲的话，按理说就没必要读它了。令人遗憾的是，由于某些我很快就会谈到

---

① 鲍斯威尔：18世纪英国传记作家、散文家，《约翰逊博士传》是其名作。
② 约翰逊博士：塞缪尔·约翰逊，18世纪英国大文豪、传记作家、批评家、散文家、词典编纂家。

的原因，现在还几乎没有小说能让读者一直兴致勃勃地从头读到尾。跳跃式阅读也许是一种不好的阅读习惯，但是读者不得已，只好如此。读者一旦开始跳跃，就很难控制自己，于是就有可能把许多有益的内容也漏读了。

我为《红书》开列的书单发表后不久，一位美国出版商向我提出一个建议，要用节选本形式出版我在其中提到的十部小说，并请我为每部小说作序。他的想法是，除了小说作者应该讲的，即作者提出的有关思想以及揭示人物性格的内容外，把其他东西通通删掉，这样读者就会去读这些作品。而如果不把书中那些为数不少的、可称之为枝蔓的东西砍掉，读者很可能是不会读这些书的。现在书里留下的全是有价值的内容，读者便可尽情享受一种智力活动并从中得到最大的乐趣。我起先觉得很吃惊。后来却想到，尽管我们中有些人已经掌握跳跃式阅读技巧，因而受益匪浅，可是大多数人还没有掌握，若有一个老练而有识别力的人先为他们做了删节，那对他们肯定是有益的。此外，要我为这几本书作序的建议也使我心动，于是就着手干了。

有些文学研究者、教授和评论家会大声惊呼，会说名著理应按原样来读，而我却要把它们删节得支离破碎，实在是骇人听闻。那要看是怎样的名著。不能想象，如《傲慢与偏见》那样引人入胜的小说，或者如《包法利夫人》那样结构严谨的小说，可以做任何删节。但是，有见地的评论家乔治·桑兹伯利①却说过："像狄更斯所写的小说是可以浓缩的，虽然类似的情况并不多见。"删节本身无可指责。很少有哪个剧本，在演出前是没有经过大刀阔斧地删节的。这大有好处。多年前，我曾和萧伯纳②一起共进午餐，席间他对我说，他的剧本在德国上演要比在英国上演成功得多。他把这一点归因于英国公众的愚昧和德国人的睿智。其实他错了。在英国，他坚持要把他剧本中的每个字都念出来，而在德国，我看过他的话剧，那里的导演毫不留情地把所有和戏剧主题无

---

① 乔治·桑兹伯利：19世纪英国评论家。
② 萧伯纳：20世纪初英国剧作家。

关的词句通通删掉了，反而使剧本产生了极佳的效果。不过，这一点我想还是不告诉他为好。我只是看不出有什么理由，小说就不能作类似的处理。

柯勒律治①在谈到《堂吉诃德》时曾说，这本书只值得从头到尾看一遍，以后随便翻翻即可。他的意思就是说，书里有许多章节不仅枯燥无味，甚至荒诞不经，而你一旦知道这一点，就没有必要再花时间去读它们了。这是一本很重要的名作，一个自认为是文学爱好者的人当然应该通读一遍（我自己通读过两遍英文译本，三遍西班牙文原作）。但我认为，为消遣而读的普通读者，就算不读那些兴味索然的部分，也不会错过什么。他反而会更加欣赏对那位豪侠骑士和他那位憨厚侍从的有趣冒险所作的直接描述以及他们生动的对话。有个西班牙出版商就把这些故事缩成一卷，读来兴味盎然。还有一部虽称不上伟大，但确实很重要的小说，即塞缪尔·理查生②的《克拉丽莎》，它的篇幅之长，除了最有耐心的读者，恐怕人人都会望而生畏。我自己要不是碰巧找到一个节选本，大概也不会有胆量去读它。此书节选得非常得当，以至于我读它的时候并不觉得有什么遗漏。

我想，多数人会承认，马塞尔·普鲁斯特③的《追忆似水年华》是本世纪④最伟大的小说。我是普鲁斯特的狂热崇拜者，他的每一个字我都读得津津有味。有一次，我还言过其实地宣称，我宁愿读普鲁斯特的书读得倒胃口，也不愿为了自娱去读其他作家的书。然而，读了三遍之后，我现在打算承认，他的书也不是每个部分都是很有价值的。我觉得，对普鲁斯特因受当时的思潮影响而表述的那些冗长而繁复、现在已部分被人抛弃、部分又嫌陈腐的见解，将来的读者绝不会再感兴趣。于是我想，到那时，他将比现在更容易被人看作是个杰出的幽默作家，擅长于塑造新颖独特、性格迥异而又栩栩如生的人物形象，因而将与巴尔扎克、狄

---

① 柯勒律治：19世纪英国"湖畔派三诗人"之一。
② 塞缪尔·理查生：18世纪英国小说家。
③ 马塞尔·普鲁斯特：19世纪末20世纪初法国小说家。
④ 指20世纪。

更斯和托尔斯泰并驾齐驱。很可能，将来总有一天，他的这部宏伟巨著也会有节选本问世，其中那些已由时间证明为无价值的段落将被删掉，而保留下来的则是趣味隽永的精华。届时，《追忆似水年华》仍是部洋洋巨著，但它的节选本可能更加出类拔萃。

安德烈·莫洛亚①写过一本极好的书——《回忆普鲁斯特》，从其颇为复杂的叙述中，我得知普鲁斯特本来打算把他的这部小说分三卷发表，每卷仅四百页左右。然而，当第二、第三卷正在付印时，第一次世界大战爆发，书只好推迟出版。当时，普鲁斯特因健康情况不佳而不能去服兵役，他就利用大量空余时间给第三卷增加了大量内容。"增加的许多东西，"莫洛亚说，"是心理学和哲学论文，在这些论文中，这位知者（我认为他指的是普鲁斯特本人而非小说中的那个叙述者）对人物的行动加以评论。"他接着又说，"根据这些材料，人们可以编纂一部颇具蒙田风格的散文集，如论音乐的作用、论艺术创新和论风格美，以及论不寻常的性格类型和论医学方面的鉴别，等等。"所有这些都具有真知灼见，但它们是否提高了小说本身的价值，我认为就要看你对小说这种体裁的基本功能持何种观点而定了。

这方面各人有各人的看法。H.G.威尔斯②写过一篇名为《论当代小说》的有趣文章，他说："在我看来，小说是唯一能使我们对那些因当代社会变化而提出的成堆问题中的大多数问题加以讨论的一种媒介。"将来，小说同样"是社会的协调者、相互了解的媒介、自我反省的工具、伦理道德的展示、生活方式的交流、风俗习惯的产地，以及对法律制度和社会教条及思想的批判"。"我们（在小说中）探讨的是政治、宗教和社会问题。"威尔斯不能容忍那种把小说仅仅视为一种消遣手段的看法。他明确表示，他自己从不把小说看作一种艺术形式。奇怪的是，当有人认为小说是一种宣传手段时，他也不同意："因为在我看来，宣传一词是有特定含义的，它是为某个党派、教会或者某种学说服

---

① 安德烈·莫洛亚：20世纪初法国传记作家、小说家、散文家。
② H.G.威尔斯：19世纪末20世纪初英国小说家，以具有政治倾向的科幻小说闻名于世。

务的。"然而，现在这个词的含义已变得非常宽泛，泛指一种方式，即用口头、文字或者广告等形式，一再重复，以期说服别人相信你在事物的真与假、好与坏、是与非或者美与丑等方面的观点是正确的，应该为所有的人所接受，而且作为行动准则。威尔斯的主要小说，其目的就是要传播某种学说和原则——那同样是宣传。

问题的关键在于，小说是不是一种艺术形式。它的目的是教育，还是娱乐？要是它的主要目的在于教育，那就不是一种艺术形式。因为艺术的主要目的是使人愉悦。这一点，诗人、画家以及哲学家都是一致同意的。然而，由于基督教总是教导人们心怀疑虑地把娱乐看作是会导致灵魂堕落的陷阱，艺术的真相使许多人深感震惊。显然，把娱乐看成是件好事要合理得多。不过，仍需记住，有些娱乐确实会带来不良后果，因此避开它们也许是明智的。一般人总倾向于把娱乐看成是耽于声色，这很自然，因为肉体的快感比精神的愉悦更加明显，也更为强烈。但这种观点肯定是错误的，因为既有肉体的娱乐，也有精神的娱乐，虽然后者不如前者那样强烈，却要比前者更加持久。

《牛津词典》对艺术下的定义之一是："应用于审美方面的技巧，如诗歌、音乐、舞蹈、戏剧、演说、文学等。"这话不错，只是后面还应加上"特别按现代习惯，应用于完美工艺中，并通过对象本身的完善性来表现自己的技巧"。我认为，这就是每个小说家的目标。但我们知道，小说家又是无法完全达到这个目标的。我想，我们可以把小说称为一种艺术形式，它或许是一种并不十分崇高的艺术，但仍然是一种艺术。它只是一种本质上不太完善的艺术形式。关于这方面的情况，我在各地所作的讲演中曾涉及，现在我要谈的并不比以前讲过的多，就从中简短地引用一些吧。

我认为，把小说当成布道场所或者课堂，那是一种陋习。要是读者以为能在读小说时轻松地获得知识，我相信他已误入歧途。知识只有通过勤奋才能获得，那是一份艰辛而枯燥的工作。如果我们能把某种含有知识信息、十分有用的"药粉"裹在美味可口的"小说果酱"里一口吞下，那当然太好了。但实际情况是，在弄得这样可口之后，这"药粉"是否还有用，我们就不敢肯定了。因为小说家传递的知识会带有偏见，因而不可靠，而对事物有一种歪曲的了解，还不如不了解的好。我们没有理由要求一个小说家除了做小说家还要成为别的什么家。他只要是个好小说家就足够了。他对许多事情都要懂一点，但要他在某个特殊领域成为一个专家，那不仅没有必要，有时甚至是有害的。他需要知道羊肉的味道，但不需要把一只羊都吃下去，吃一块羊肉就够了。那样，只要他对自己所吃的羊肉有足够的想象力和创造才能，他就能很好地向你描述爱尔兰炖羊肉的味道如何。而如果他从这点出发，进而开始发表自己对牧羊业、羊毛工业甚至澳大利亚政治局势①的观点，那么我们还是谨慎为妙，最好对他的观点持保留态度。

小说家常受个人偏见的支配，他在选择题材、塑造人物以及在对人物的态度等方面，无不受此制约。无论他写什么，都是他个性的流露以及内心直觉、感情和经验的表现。无论他怎样想写得客观，他终究是他的癖好的奴隶。无论他怎样不偏不倚，都免不了失之偏颇。他用的是灌了铅的骰子。小说家从小说一开始向你介绍人物起，就在引诱你对他的人物发生兴趣并表示同情。亨利·詹姆斯②一再强调，小说家要有演戏的才能。这种说法也许不太恰当，但却十分生动，因为小说家必须把他的材料安排得使你感兴趣。为此，他甚至会不惜牺牲真实性和可信性以获得预期效果。众所周知，具有知识性或者科学价值的著作是绝对不能这样写的。小说家的目的不是教育，而是娱乐。

---

① 澳大利亚盛产羊毛，英国的羊毛主要从澳大利亚进口。
② 亨利·詹姆斯：19世纪末20世纪初美裔英国小说家，致力于小说改革，以其著名的"角度论"闻名于世。

两种不同人称的小说

　　也许，小说主要有两种写法，而且各有各的优点和缺点。一种是第一人称的写法，另一种是全知观点的写法①。用第二种写法，作者会把他认为你应该知道的一切都告诉你，帮助你随着故事的发展理解他的人物。他可以从内部描写人物的情感和动机，譬如某个人物穿过了街道，他就能告诉你，他（或者她）为什么要这样做，结果又怎样，等等。他还可以对一批人和一系列事件表示关注，然后又把他们束之高阁，开始关注另外一些人物和事件，这样使故事复杂化，以此重新唤起你可能已经有所衰退的兴趣，同时达到表现生活的丰富性、复杂性和多样性的目的。

　　这种写法的缺点是，小说中的一批人物很可能会不及另一批人物有趣。举个著名的例子来说，如在《米德尔马契》②中，当读者读到那些他不感兴趣的人物命运时，就会觉得非常厌烦。此外，用这种写法创作小说，还要冒作品庞大累赘和冗长松散的风险。写这种小说的作家中，没有谁能比得上托尔斯泰，然而即便是托尔斯泰，也难免有上述缺点。这种写法对作者提出的要求是很难达到的。作者必须深入到每个人物的内心，感其所感，思其所思。而他却有自己的局限，也就是说，只有当他以其自身作为人物的原型时，他才有可能做到这一点。如果不是这样，他就只能从外部去观察其他原型，而这样创造出来的人物，往往会缺少说服力，使读者难以信服。

---

① 全知观点的写法：第三人称的写法。
② 《米德尔马契》：19世纪英国女作家乔治·艾略特的著名长篇小说。

我想，亨利·詹姆斯之所以十分关心小说形式①，就是因为他意识到了这些缺点。他想出了一种可称为"亚变种全知观点的写法"。采用这种写法，作者仍然是无所不知的，但他只对某一个人物无所不知，而由于这个人物对其他人物并不全知，作者的无所不知也就很有限了。譬如，当作者写到"他看见她露出了笑容"时，他是无所不知的，但当他写到"他看出了她微笑中的冷嘲"时，就不是了。因为他把冷嘲赋予她的微笑，也许并没有适当的理由。毫无疑问，亨利·詹姆斯清楚地知道这种写法的实用性，那就是：他是通过某个特定的重要人物——如《奉使记》②中的史特雷瑟——的所见、所闻、所思和他的猜测，来讲述故事和展示其他人物性格的。他觉得这样写可以防止枝节纷繁，小说的结构就必然会紧凑而简洁。此外，这种写法还赋予对象以真实感，因为你现在主要关心的只是一个人，慢慢地就相信了他告诉你的事。

这里，读者应该知道的事情，是随着读者对人物的逐渐了解，逐渐地传达给读者的。而就在读者一步步地对那些令人困惑的、朦胧费解的、甚至不可知的事情的理解过程中，他享受到了阅读的乐趣。可见，这种写法使小说具有侦探故事中的那种神秘气氛和戏剧性，而这正是亨利·詹姆斯所渴望得到的小说效果。然而，一点一滴地透露事实真相也有危险，那就是：读者很可能比小说中那个正在探知事实真相的人物更加机敏，很可能会在作者希望他知道之前就已经猜到了——就是这么回事！我想，凡是在读《奉使记》的读者，大概都会越来越不耐烦地觉得那个史特雷瑟实在愚钝，连明摆着的、别人都一目了然的事情，他也看不清。已成公开的秘密，他竟然还在猜测，而且还猜不出。这证明，这种写法也有缺点。读者本不是傻瓜，而你却轻率地、无礼地把他当成了傻瓜。

既然大部分小说都使用全知观点的写法，那就只能假定，大多数小说家觉得这种方法在解决小说难点时基本上是令人满意的。不过，用

---

① 亨利·詹姆斯的作品致力于革新小说的叙事方式。
② 《奉使记》：也译《大使》，亨利·詹姆斯的长篇小说。

第一人称的写法也有优点。像亨利·詹姆斯采取的方法一样，第一人称的写法使叙述显得更真实，而且扣紧主题，因为小说家此时只能讲述他亲眼所见、亲耳所闻或者亲身经历过的事情。要是19世纪英国的那些大小说家当初能更多地采用这种写法就好了，因为他们的小说总是写得结构松散、冗长而枝蔓横生。这可能是由于他们的小说是以连载形式发表的，也可能是一种民族癖性。

第一人称写法的另一个优点是容易使你对叙述者产生共鸣。你也许不赞赏他，但由于你的注意力一直集中在他身上，不由得便会同情他。不过，这种写法也有一个缺点，那就是当叙述者——如《大卫·科波菲尔》[①]中那样——同时又是主人公时，他若告诉你说他是如何英俊有魅力，不免会有吹嘘之嫌；他若讲述自己的英勇行为，又会给人以自负之感。而当读者都已看出女主人公在爱他时，他自己却不知道，似乎又显得很愚蠢。

此外，没有一个写这类小说的作家能完全克服的另一个更大的缺点是，这类小说中的叙述主人公，即中心人物，和他周围的其他人物比较起来，总显得苍白且不够生动。为什么会这样呢？我能提出的唯一解释是，因为小说家在主人公身上看到的是他自己。他是从内部主观地观察之后讲述他所观察到的东西，所以他往往感到茫然失措或者优柔寡断。反之，当他从外部通过想象和直觉客观地观察其他人物时，要是他具有像狄更斯那样的才能的话，就会带着一种戏剧性的眼光兴味盎然地观察他们，对他们的怪癖乐不可支，写出来的人物往往与众不同、栩栩如生，从而使他自己的肖像反倒相形见绌了。

有一类用这种写法创作的小说曾经风行一时，那就是书信体小说。书信当然都是用第一人称写的，只是出自不同的人之手。这类小说的优点就是非常富有真实感，读者很容易相信那些信件是真实的，相信它们确为某人所写，而正因为读者的轻信，他便落入了小说家手中。小说家一开始就力求获得真实感：他会使你相信，他所说的事情确实发生过，

---

① 《大卫·科波菲尔》：狄更斯的自传体长篇小说。

即使像不可能发生的，如明希豪森男爵①的故事，或者像卡夫卡②《城堡》中的令人毛骨悚然的故事，他也要你相信可能是真的。但这类小说也有严重缺点。这是一种兜圈子的、故弄玄虚的讲故事方式，而且讲得过分谨慎。那些书信往往里唆，离题万里，读者不久便感到厌烦，所以这类小说也就自行消失了。

然而，有一类用第一人称创作的小说，在我看来不仅克服了这种写法的缺点，还很好地利用了它的优点。也许，这是一种最方便、最有效的小说写法。从赫尔曼·麦尔维尔③的《白鲸》一书中便可看出使用这种写法的好处。在这类小说中，作者用第一人称讲述故事，但他并不是主人公，他讲的不是自己的故事④。他是故事中的一个人物，和其他人物或多或少有某种关系。他并不决定情节发展，而只是作为其他人物的朋友、熟人或者旁观者发挥作用。就像希腊悲剧中的合唱队，他对自己所看到的事情进行思考，他可以恸哭，也可以提出忠告，但他没有资格影响事件的进程。他把读者当作知心人，把自己所知道的、希望的或害怕的事情都告诉读者，要是他觉得不知所措，也照样会坦率地讲出来。

为了不至于让这个人物把作者希望隐瞒的事情也泄漏给读者，并不需要像亨利·詹姆斯处理《奉使记》中的史特雷瑟那样，使他显得很愚蠢。相反，他可以像作者自我描述的那样，目光敏锐、聪明伶俐。这里，叙述者和读者对故事中的人物，对他们的性格、行为和动机有着共同兴趣。叙述者对这些人物的感受，也就是他要想激发读者产生的那种感受。所以，他所取得的真实效果，和作者本人作为小说主人公所获得的效果一样令人信服。他可以把主人公描述得既俊美又高尚，甚至可以给他戴上神圣的光环，而若在叙述者就是主人公的小说中，这样做就不免会引起你的反感。显然，小说的这种写法有助于使读者对人物产生亲切感，增强小说的真实性，是很值得推荐的。

---

① 明希豪森男爵：德国著名童话人物，即"吹牛大王"。
② 卡夫卡：20世纪初奥地利小说家。
③ 赫尔曼·麦尔维尔：19世纪美国小说家。
④ 譬如，康拉德的绝大多数小说就是这样写的。

除非是白痴，没有一个人愿意写作

　　某些批评家——不幸的是，还有一部分自认为属于知识阶层的读者——竟然那么愚蠢，会因为一本书是畅销书而予以指责。一本许多人都想看、都去买的书，竟然被他们认为肯定不如一本几乎无人想看、都不去买的书。

　　这实属蛮横无理。

　　洛根·皮尔赛·史密斯[①]自己从一家瓶子工厂和一块家族墓地中得到丰厚收入，却这么说作家："为钱写作的作家，就不是在为我写作。"这样的言论愚蠢之极，只能说明他对文学史一无所知。约翰逊博士就是为了挣钱偿付母亲的殡葬费才写出英国文学中的不朽之作的。

　　他还说过："除非是白痴，没有一个人愿意写作，除非是为了钱。"巴尔扎克和狄更斯也都不耻于为钱写作。批评家的任务是判明有关的作品的成功与否，至于作家的写作动机，就像作品售出多少复本一样，其实与他无关。但是，他若是一个有思想的批评家，也会有兴趣去探究导致一部艺术作品产生的各种可能的动机，调查一下有哪些特殊的原因使一部书同时会受到许多文化程度不同，嗜好也各异的读者的青睐。在这方面，只要把《大卫·科波菲尔》和《飘》、《战争与和平》和《汤姆叔叔的小屋》[②]比较一下，就会发现收获不小。

　　诚然，我不是说畅销书就一定是好书。畅销书也可能很糟糕，一本

---

① 洛根·皮尔赛·史密斯：20世纪时颇有名气的批评家。
② 《飘》：20世纪英国女作家玛格丽特·米切尔的长篇小说，小说名直译是"随风而去"（改编成电影，译名为《乱世佳人》）。《汤姆叔叔的小屋》：19世纪美国女作家斯托夫人的长篇小说。

书很可能由于涉及当时正巧使公众感兴趣的某个问题而畅销。它很可能错误百出，但还是使普通读者趋之若鹜。只是，当公众不再对那个特殊问题感兴趣时，这本书也就被彻底遗忘了。一本书也可能由于色情而畅销，因为猥亵的读者总是大量存在的。倘若出版商和作者能够幸运地引起官方的注意并想来阻止的话，这本书的销量还会激增。一本书还可能由于满足了不少人的冒险和浪漫愿望而畅销，因为在现实生活中，人们的这两种愿望是不可能实现的。为了摆脱单调和孤独的生活，唯一的途径就是沉溺于幻想，而若将这条路也堵死，那未免太苛刻了。

在美国，近年来不断加强的广告宣传也大大增加了书籍的销售量，包括小说和非小说，而且被大肆宣传的往往是一些没有什么价值的书。但我想，所有的出版商都会同意，不管他们在广告宣传方面花多少钱，都不可能使每个人来读某一本书，除非这本书里有什么东西能吸引每一个人。广告宣传所能做的，仅仅是使那些本来就想读某本书的人注意到这本书而已。正因为某本书自身具有某种可读性，出版商才会做广告。尽管这本书很可能构思很差，写得也很糟、平庸、做作、滥情或者不合情理，但它一定有某种能普遍吸引大众的东西。这就意味着，它至少在某种程度上或某个方面是成功的，指责人们不应该喜欢这样一本有那么多缺点的书是无济于事的。人们已经喜欢了，就不在乎它有什么缺点。他们只知道书里有某种特别的东西使他们感兴趣。那是什么东西，批评家必须指出来。只有这样，批评家对我们才有用处。否则，他就没必要存在。

第二章

书与你：我推荐这些书

我为你推荐的英国书[1]

在我的书单上，第一本书就是笛福[2]的《摩尔·弗兰德斯》。没有一个英国小说家能写得像笛福这样逼真。确实，当你读这本书时，你很难觉得自己是在读小说，而更像是在读一篇完整的报道。笛福使你相信，他的人物就是像他所写的那样说话和活动的。他们的行为举止那么合乎常理，他们在那种环境里就是那样生活的，对此你一点也不会怀疑。《摩尔·弗兰德斯》不是一本道德说教的书。它是喧闹的、粗俗的、野蛮的，但我认为它具有英国人性格中的那种活力。笛福的想象力不太丰富，幽默感也不够，但他拥有丰富的、多方面的生活经验。他是个出色的记者，对各种各样古怪的事件都能用敏锐的目光加以仔细观察。他没有高潮观念，也不想精心于结构，所以，读者不是被一股无法抗拒的力量席卷着，而是像随着人群一路徜徉，当走到某个街口时，他便可能自顾自地走掉了。说得清楚一点，他读了一两百页后就会觉得读够了，因为读到的东西都是大同小异的。这没什么关系。不过，我很愿意跟随这位作者，直到他把那个粗野的女主人公驯服，最后还使她带着忏悔之情进入体面的上流社会[3]。

接下来我希望你读一读斯威夫特[4]的《格列佛游记》。我在后面要

---

① 本文提到的作品，是按作品问世的年代排列先后，从18世纪初到19世纪末，并非 按其重要性排列。

② 笛福：18世纪英国小说家，其《鲁滨孙漂流记》被认为是欧洲第一部小说，因而他 也被认为是"欧洲小说之父"。

③ 《摩尔·弗兰德斯》的内容是女主人公摩尔·弗兰德斯自述身世，她原是个粗野的 下层女人，做过小偷、妓女，结过三次婚，有过无数姘夫，后来她终于有了钱，成 了一个体面的上层女人。

④ 斯威夫特：18世纪英国政论家、小说家，代表作《格列佛游记》。

谈到约翰逊博士，这里我只想提一下，他在讲到这本书时曾说："只是想出了大人国和小人国，其他一切都不怎么样。"约翰逊博士是个杰出的批评家，以富有才智而出名，但他的这句话却是在胡说。《格列佛游记》里不仅有机智和讽刺，还有巧妙的构思、出色的幽默感和充沛的活力。它的文笔也精妙绝伦，至今还没有人能像斯威夫特这样，使用我们这种笨拙的语言①，却写得如此简洁、明快而自然。我想，约翰逊博士当初若能把评价另一位作家的话用到斯威夫特身上就好了。他曾说："任何人若想把英文写得既通俗又不粗鲁、既优雅又不浮华，就必须刻苦研读艾迪生②的文章。"除了这两对形容词，他还可以加上第三对——既雄辩又不傲慢。

　　下面，再谈两部长篇小说。菲尔丁③的《汤姆·琼斯》也许是英国文学中最遒劲有力的长篇小说。这是一本豪爽、勇敢和欢快的书，刚毅而宽宏；当然，也很率直。汤姆·琼斯容貌出众，精力过人，作为朋友，我们每个人都会喜欢他，只是他做了一些使道德家感到不愉快的事。不过，谁会管这些呢？除非我们是一本正经的道德家，否则是不在乎的。我们只知道汤姆·琼斯既不自私，心地还很善良。菲尔丁和笛福不同，是个自觉的艺术家。他的小说结构有利于他描绘一系列互不相干的事件，也有利于塑造大批人物。这些人物生活在一个熙熙攘攘、纷乱不堪的现实世界里，他们形象鲜明，富有活力。菲尔丁写作很认真——当然，作家都该如此——所以他对许多重要问题都觉得有必要提出自己的看法。在这部小说的每部分的开端，总有一篇评论文章，对这样那样的问题发表议论。这些议论有时很幽默，有时又很严肃。不过，我觉得即使把它们通通跳过不读，也不会影响对小说的欣赏。此外，我想说的是，不会有人读《汤姆·琼斯》时不感到愉快的，因为这是一本富有男性气息的有益的书，书中没有半点虚伪，而且会使你的心灵感到温暖。

---

① 指英语。有许多英美作家认为英语的表述方式很笨拙，不像法语或意大利语那样灵巧。
② 艾迪生：17世纪末18世纪初英国散文家。
③ 菲尔丁：18世纪英国小说家。

斯特恩的《项狄传》是一部性质完全不同的长篇小说，可以用约翰逊博士评述《查尔斯·格兰逊爵士》①的话来说明这本书："如果你是为了故事而读它，那你不如去上吊。"不过，这要看你的性情如何，你或许会觉得它比你读过的任何一本小说都有趣，也可能会觉得它沉闷之极，矫揉造作。这部小说既不协调又不连贯，而且枝蔓横生，但它却具有奇妙的独创性，幽默诙谐，很有感染力。书中五六个极具个性的人物非常可爱，你一旦认识他们，便会觉得不认识他们是一种不可弥补的损失，而认识他们，则可以增加你的精神财富。斯特恩的另一部小说《感伤的旅行》，我想你最好不要漏读了。不过，我除了能说它读起来很吸引人之外，别的就没什么可说了。

我们暂且搁下小说，来看看别的。我想，鲍斯威尔的《约翰逊博士传》是一部已得到公认的最伟大的英语传记，不管你是什么年龄，读这本书总会觉得趣味盎然，而且获益匪浅。你不论什么时候拿起它，随便从哪一页读起，都会读得津津有味。不过，这么说实在是多余的，因为它早已出名，用不着今天再来赞扬它一番。我还是谈谈鲍斯威尔的另一本书吧，它不太出名，所以我认为人们对它有欠公正。那就是鲍斯威尔的《赫布雷德群岛游记》。大家可能都知道，鲍斯威尔的手稿一向是由马隆负责编辑的，而他认为《赫布雷德群岛游记》写得不够典雅。为了迎合当时的典雅风尚，他便自己动手对这本书进行删改，结果反而把许多精彩的章节都删掉了。后来，伊沙姆上校买下了鲍斯威尔的手稿，才使未经删节的新版本得以问世。这本书既可使你进一步了解约翰逊博士，又可使你进一步了解鲍斯威尔。它会使你更加仰慕那位健壮刚毅的老博士，又会使你更加尊敬这位备受屈辱而可怜巴巴的传记作家。他是个不该受轻视的作家，他能敏锐地观察到有趣的事情，深刻地领悟新颖活泼的妙语，而且还有一种独特的天赋，能把各种气氛不同的场景或者一席富有情趣的谈话生动地再现出来。

约翰逊博士是巍然雄踞于18世纪英国文坛的人物，他瑕瑜并存的性

---

① 《查尔斯·格兰逊爵士》：18世纪英国小说家理查生的作品。

格被公认是英国国民性的典型代表。可以说，我们几乎人人都读过他的传记，而且对他的了解甚至多于对许多和我们朝夕相处的人，但在我们当中，读过他本人著作的人其实并不多。他至少有一部著作是非常耐人寻味的。以我所见，在假日里或者在床头，最好的读物就是他的《诗人传》。此书写得清新有力、妙趣横生，简单实用的常识随处可见。虽然他的有些见解会使你吃惊——譬如，他认为葛雷①的诗味同嚼蜡，对弥尔顿②的《列西达斯》也不加称许，等等——但你仍然会兴致勃勃地读下去，因为他所写的一切都体现出他的个性。他对自己所论述的那些诗人和对他们的诗作一样感兴趣，所以，读着他对那些诗人犀利、生动、宽容的描绘，你即使没有读过他们的一行诗，也同样会觉得趣味盎然。

我接着想谈到一本书，但不免有些犹豫，因为我前面说过，我在这里谈到的都是读了能使人生变得更充实的书，而我虽然喜欢吉本③的《自传》，却又不得不说，这本书即便不读也不会有什么大的损失。当然，会错过一种很大的乐趣，但我如果因此而把这本书提出来的话，又觉得用不同的标准可以提出一大批算不上杰作的作品，那就需要专门来写一章了。不管怎么说，吉本的《自传》确实很好看，它篇幅不长，文笔优美异常，这是他驾轻就熟的技巧。整本书写得既严肃又幽默。说到幽默，我忍不住想举个例子。吉本在瑞士洛桑时坠入情网，但他父亲不同意，还威胁要剥夺他的继承权。他经过慎重考虑后，放弃了自己心爱的人。他在叙述这段经历后，写了这样一段话："作为情人，我叹息；作为儿子，我服从；我的创伤，由于时间、分离和新的生活习惯，便不知不觉地痊愈了。"我想，就凭这段妙语，这本书也值得一读。

现在，由于要谈到两部伟大的小说，我想放弃到此为止我大致遵循的年代顺序。这两部小说是狄更斯的《大卫·科波菲尔》和勃特勒④的《众生之路》。我这样做，不仅因为这两部小说在英国长篇小说的伟大

---

① 葛雷：17世纪英国墓园派诗人，长诗《墓园哀歌》为其传世之作。
② 弥尔顿：17世纪英国大诗人，长诗《失乐园》为其传世之作。
③ 吉本：18世纪英国历史学家、散文家，《罗马帝国衰亡史》为其传世之作。
④ 勃特勒：19世纪后期英国小说家、批评家。

传统中占有重要地位，而且联系到前面简略谈及的作品，我认为这两部小说充分体现了英国文学的特色。也许除了《项狄传》是个例外，上述所有作品都具有雄浑、率直、幽默、遒劲的特点，我认为这是民族性格的表现。所有这些作品都没有特别机敏之处，甚至是不太精致的。它们是行动者的文学，而非沉思者的文学。它们富有常识，有点多愁善感，充满浓厚的人情味。

关于《大卫·科波菲尔》，不用我多说，它是狄更斯最好的长篇小说。在这本书里，狄更斯的缺点几乎看不到，而他的优点却非常突出。继《众生之路》后虽然还有许多长篇小说问世，但是我觉得它是最后一部纯英国风格的长篇小说。在具有相当价值的作品中，它是最后一部没有受法国和俄国小说家影响的作品。它是《汤姆·琼斯》的正统继承者，而从它的作者身上，我们仍可以看到那位被称为典型的英国人的老词典编纂家①的气质。

现在我回头来谈谈简·奥斯汀②。我不想称她为英国最伟大的小说家，狄更斯尽管有夸张、庸俗、拖沓和感伤等缺点，但仍是最伟大的。狄更斯心胸开阔，他不仅描写我们熟知的世界，还创造了另一个世界。

他的作品有悬念，有戏剧性，又有幽默感，使人感受到生活的纷繁和变幻无穷，而这些，据我所知，除他之外只有一个小说家做到了，那就是托尔斯泰。狄更斯以他充沛的生命力塑造了一系列人物，形形色色而且各具个性，他们动荡不定——不，不是动荡不定，而是在生活中骚动不安。他以惊人的技巧处理复杂的、往往使人难以相信的故事，竟然讲得有条不紊。对于这种技巧，除非你自己也是小说家，否则是很难知其高深的。

然而，简·奥斯汀却是小巧玲珑的。她的小说世界固然很有限，总是描写那个乡绅、牧师和中产阶级的小天地，但是有谁比她更具洞察力呢？有谁比她更精微、更合理地深入人物的内心呢？她不需要我来

---

① 指约翰逊博士。
② 简·奥斯汀：19世纪初英国女作家，小说《傲慢与偏见》为其传世之作。

赞扬。我唯一想提请你注意的是，她很有特点，只是因为表现得那么自然，你便以为是平平常常的了。她的小说虽然从总体上说是没有故事性的，因为她总是避开戏剧性的事件，但不知何故，你却会一页接着一页地往下读，急切地想知道下文如何。这是小说家最重要的天赋才能，没有这种才能，他就完了。我想不出还有哪个作家比简·奥斯汀更熟练地使用了这种才能。现在使我为难的倒是，在她为数不多的几部小说中应该特别推荐哪一部为好。就我个人而言，我最喜欢的是《曼斯菲尔德庄园》。我承认，小说中的女主人公太一本正经，男主人公也是个自以为是的傻瓜，但我并不在乎。这是一部观察精细入微、充满讽刺和幽默的杰作，写得机智、巧妙，非常感人。

　　谈到这里，我想请你注意一下赫兹利特①。他的名声虽然已被查尔斯·兰姆②淹没，但在我心目中，他是个比兰姆更出色的散文家。兰姆生性可爱、温柔、机智，认识他的人都喜欢他，所以也容易引起读者的爱慕。赫兹利特却大不一样，他粗鲁、笨拙、妒忌、好斗，实在不讨人喜欢。但令人遗憾的是，最好的书并不总是由最和蔼可亲的人写出来的。说到底，艺术家的个性才是最关键的。对我来说，较之于查尔斯·兰姆耐心、伤感的和蔼性格，赫兹利特痛苦、叛逆和刻毒的灵魂更使我感兴趣。作为作家，赫兹利特是有魄力的，是大胆而健康的。他想说的话，都斩钉截铁地说出来。他的散文有血有肉，读起来不像读兰姆的散文那样使人觉得像在品尝一道美味的菜肴，而是像大口大口吃着一顿饱饭。他最精彩的作品大多收在他自编的《桌边漫谈》里，此外还有许多后人为他编的散文选集，而所有这些选集，没有一本是不收他的名篇《初识诗人》的。我认为，《初识诗人》不仅是他的作品中最扣人心弦的，同时也是英国散文中最精彩的一篇。

　　现在再谈两部长篇小说：萨克雷③的《名利场》和艾米丽·勃朗特④

---

① 赫兹利特：19世纪英国散文家。
② 查尔斯·兰姆：19世纪英国散文家。
③ 萨克雷：19世纪与狄更斯齐名的英国小说家，《名利场》为其传世之作。
④ 艾米丽·勃朗特：19世纪英国女作家，"勃朗特三姐妹"之一。

的《呼啸山庄》。由于篇幅有限，我只能简单地谈一下。当代评论家对萨克雷是颇为苛刻的。也许他生不逢时，本该生在我们这个时代，若在今天写作，他就不会有那么多清规戒律了。而在当时那个维多利亚时代，小说家无论看到多么严酷的现实，大多是不敢如实描写的。萨克雷的观点是现代的，他深刻地意识到人的平庸，而且执着地探究人性的矛盾。无论你对他的感伤情绪和说教倾向感到多么遗憾，或者对他一味迎合大众口味的软弱性格觉得多么可悲，事实上他还是塑造了贝基·夏普这样一个堪称英国小说中最真实、最丰满和最生动的人物形象。《呼啸山庄》别具一格。这部小说不太容易读，因为它有许多地方写得太不近情理，简直莫名其妙。尽管如此，它却充满了激情，而且非常感人，它有伟大诗篇的那种深度和力度。读这本书，你会觉得它不像小说，因为读小说无论怎样入迷，需要的话你总能提醒自己说，那不过是作者编出来的故事。《呼啸山庄》却不然，它深深地刺激你，就像你自己在生活中遭到了不幸似的。

还有三部小说，我觉得不读可惜，但在此我只能提一下书名。它们是乔治·艾略特的《米德尔马契》、特罗洛普①的《尤斯塔斯钻石》和梅瑞狄斯的《利己主义者》。

至此，你一定注意到了，说不定还会觉得有点奇怪，为什么我对诗歌只字未提。我们国家固然没有产生出能和其他国家的大师并驾齐驱的大画家、大雕刻家和大作曲家（这些方面的成就虽然也很可观，却并不怎么卓越），但是如果我声称我们的诗人是绝对一流的，我敢相信，别人绝不会说这是出于民族偏见或者褊狭的爱国主义。然而，诗歌是文学之花和文学之冠，它容不得凡俗和平庸。我记得埃德蒙·戈斯②曾对我说，他宁愿读平凡的诗，也不愿读普通的长篇小说；他说读诗无须多花时间，也无须集中精力。不过，我对那些光是有韵的东西却不感兴趣，不管它们格律多么完美。对我来说，诗必须是伟大的，否则就不值一

---

① 特罗洛普：19世纪英国小说家。
② 埃德蒙·戈斯：20世纪初英国文学评论家。

读，还不如读读报纸。我也没法随随便便地读诗。我需要有一定的心情和合适的环境才行。我喜欢在夏天黄昏时分，在花园里读诗；我喜欢坐在悬崖上，面对大海，或者躺在长满青苔的林中斜坡上，从口袋里拿出一卷诗来读。

但是，即便最伟大的诗篇也不免有令人生厌的地方。许多诗人一生写了不少诗集，其中也不过两三首是真正的好诗。我认为凭这两三首诗已足以对他们做出评价了，因此我不愿读那么多，而所得却那么少。所以，我喜欢诗选。我知道批评家看不起诗选，他们说，要欣赏某个作家，就得读他的全部作品。但我并不想听从批评家的指导，我是作为一个普通人，为了寻求安慰、为了丰富生活或者为了获得安宁才读诗的。为此，我很感谢那些目光敏锐的学者，他们从浩如烟海的英国诗歌中去芜存菁，正好适合我的需要。据我所知，最好的三本诗选是帕格雷夫的《黄金诗库》《牛津英诗选》和杰拉尔德·布莱特的《英国短诗精华》。不过，我们既然生活在当今世界，对当代诗人的作品也不该忽视。他们总该为我们写出某些值得一读的东西吧。遗憾的是，我能读到的仅有的一本当代诗选也选得不好，所以我连它的书名也不提了。

当然，每个人都应该读莎士比亚的那些伟大的悲剧。莎士比亚不仅是有史以来最伟大的诗人，也是我们民族的光荣。我很希望哪位有鉴赏力、有才学和有识别能力的人，哪天能编出一本莎士比亚戏剧和诗歌的精选本来，其中除了收录我们大家都熟悉的那些著名段落外，还把一些精彩片段，甚至单行诗句也一并选入。这样，每当我需要享受一下诗之精华时，便可随手翻阅了。

补遗①

　　限于篇幅，有几部小说在我推荐英国文学作品的那篇文章里只提了一下书名。为了满足我自己的愿望，我想在此对这几部小说再谈上几句。它们是特罗洛普的《尤斯塔斯钻石》、梅瑞狄斯的《利己主义者》和乔治·艾略特的《米德尔马契》。当初我写那篇文章时，已多年没有重读这几本书了，后来我又把它们读了一遍。我当初建议你读特罗洛普的《尤斯塔斯钻石》，而不是他最著名的《巴切斯特城堡》，因为《尤斯塔斯钻石》是一部独立完整的作品。至于《巴切斯特城堡》，我认为要真正欣赏它就得把整个系列的小说都读一遍，否则是很难弄清楚人物动机及其行为后果的。而根据我提出的既有趣又有益的读书宗旨，特罗洛普又算不上是那么重要的作家，值得你去读他的六大本用小字印得密密麻麻的系列小说②。此外，我记得《巴切斯特城堡》里有许多近似漫画的描写。这些描写可以说是维多利亚小说的一种特色，现在读来是令人生厌的。但是，当我重读了《尤斯塔斯钻石》之后，我觉得你最好还是去读那部更有名一点的《巴切斯特城堡》，尽管它有这样那样的小缺点。

　　《尤斯塔斯钻石》可以当作一本侦探小说来读，有两个很巧妙的悬念设计，只是写得实在太长。从特罗洛普写出《尤斯塔斯钻石》到现在，我们已掌握了许多写这类小说的技巧。同样这些内容，现代作家只需用三百页的篇幅照样能写得很出色。特罗洛普对人物的刻画虽然很精细，但是这些人物并不十分有趣，无非就是维多利亚时代的小说中常出

---

① 此文为上一篇《我为你推荐的英国书》的附录。
② 《巴切斯特城堡》是六部系列长篇小说《巴赛特郡纪事》中的第二部。

现的那些老面孔。这部小说给你的印象是，特罗洛普希望像狄更斯那样写出能使读者轰动的作品，只是没有成功。书中最有人情味的人物是莉奇·尤斯塔斯，但特罗洛普显然对她极为反感——至少他希望读者对她反感——所以对她处理得很不公正。就像律师在法庭上大肆威吓犯人反而会使你不顾犯人的罪行而同情他一样，你也会觉得莉奇这个人其实也不比别人坏多少，作者是大可不必对她大加鞭挞的。尽管如此，这部小说读起来却很流畅，对维多利亚时代古老的英国习俗感兴趣的人，还可以从中得到很大的乐趣。这也算是对它的一种赞许吧。

我虽然劝你读《尤斯塔斯钻石》不如读《巴切斯特城堡》，但我必须说明，要是期望过高，那是要失望的。特罗洛普的成就近年来多少有点被人夸大了。这是因为曾有一代人几乎把他遗忘，重新被发现后，由于相隔已久而产生的那种出土文物似的魅力，人们又给了他过分的赞誉。他是个老实而勤奋的"小说匠"，有相当敏锐的观察力，也有使人动情的天赋。他的小说固然结构松散，却还能用流畅的文笔写出流畅的故事来。但是，他既缺乏激情和机智，又没有深刻的见解；他没有能力用一句话揭示人物性格，或者点明事件的重要含义。他现在之所以使人感兴趣，只是因为他质朴、准确和真挚地描绘了一种早已消逝的社会风貌。

五十年前，凡自认为有文学修养的知识青年都热衷于读梅瑞狄斯的书。他们读他的书，就像继他们之后的一代青年读萧伯纳的书、十年前的年轻人读艾略特①的书一样。现在，我敢肯定，在年轻人中间已经很少再有梅瑞狄斯的读者了。然而，他的《利己主义者》却是一部出色的小说。当然，对梅瑞狄斯所描绘的那个社会阶层，我们不会像他那样凛然敬畏。我们也不会承认那些乘着四轮马车来来往往的乡村绅士和肥胖的贵妇人是社会中坚，倒会觉得他们庸俗无聊，因为从梅瑞狄斯从事创作的那个时代到现在，世界已经大大地改变了。

小说中的克莱拉·米德尔顿是个有自由思想和大笔家产的年轻女

---

① T.S.艾略特：20世纪初美裔英国诗人，代表作《荒原》。

人，容易冲动，当她发现自己不再爱威罗比·帕特恩爵士后，就想和他解除婚约，于是大惊小怪地把事情弄得纷纷扬扬①。放到现在，她是很难触动我们的。现在的年轻女人遇到这种事，轻而易举就把它处理掉了。加上现在我们都要求小说写得合乎情理，所以对于那种只要有点常识就能避免的所谓困境，我们只会觉得可笑。克莱拉最后决定逃到伦敦去，她慌慌张张地溜出家门，直奔火车站，但是途中遇到一场暴雨，鞋湿了，没赶上火车，最后又被劝说回家。一般认为，机智是女人的特点，而克莱拉连一点小小的机智也没有表现出来。说来奇怪，她怎么会没想到，结婚是需要添置衣服的，正好可以作为去伦敦的借口，这是谁也不会感到意外的。梅瑞狄斯的文体又使他的书读起来很艰涩。他那种玩弄文字技巧、跳跃回旋的风格简直令人厌烦。你会觉得他好像没法简单明了地写出一句话来，所以他自己似乎颇为得意的机智锋芒也就丧失殆尽了。

但是，他却有一种才能，那就是他能创造出活灵活现的人物，使你久久难忘。和《白鲸》②等小说里的人物不同，他笔下的人物并不超出真实的人，但又比平常人要奇特一些。他们有康格里夫③喜剧人物的那种不自然的地方，却又不显得死板。梅瑞狄斯用他的活力赋予他们生命——他们别有情趣，就像霍夫曼④怪诞小说中那些由魔术师赋予生命的木偶一样。他们是真正的创造物，只有真正的小说家才能创造出来。所以，当你读梅瑞狄斯的小说时，尽管他的文笔闪烁，他的社会准则虚浮不当，他的构思有时也很拙劣，但你仍会读得津津有味。这全靠他在小说中注入的那种活力。他让故事自然展开，用他富有创造性的力量和热情奔放的节奏冲天而上，把你带到空中，并在那里翱翔。

说《利己主义者》是梅瑞狄斯最出色的小说是因为它的主题具有普遍性。利己主义是人性的主要因素，而且是我们唯一无法抗拒的因素（虽然它极其丑恶，但我不愿称它为罪恶，因为它也是美德的动力）。就

---

① 威罗比·帕特恩爵士和克莱拉·米德尔顿是《利己主义者》里的男女主人公。
② 《白鲸》：19世纪美国小说家麦尔维尔的长篇小说。
③ 康格里夫：18世纪初英国剧作家。
④ 霍夫曼：19世纪初德国浪漫派小说家，以写志怪小说闻名。

是它，决定了我们的生存；如果没有它，我们便不会是现在这样子；如果没有它，我们便不会存在。但是，我们又必须时时努力抑制它，因为只有竭尽全力控制住它，我们才能平平安安地生活。通过威罗比·帕特恩爵士这个人物，梅瑞狄斯描绘出一幅利己主义者的绝妙画像。我想，没有一个人读了这本书而不感到一点良心不安的，如果他看不到自己身上至少有些地方也像威罗比爵士一样既丑恶又可笑，那他就是个比威罗比爵士更加彻头彻尾的利己主义者。梅瑞狄斯说得对，他这个可怜的主人公不是这个人或那个人，而是我们每一个人。所以，我建议你读《利己主义者》，因为它不仅是一部生动有趣的小说，而且还可能有助于你认识自己。

现在我要谈谈《米德尔马契》。如果仅仅就一部小说而言，《米德尔马契》似乎比我刚才谈到的两部小说都好。这是一件尽善尽美的艺术精品。这是很不容易的，因为乔治·艾略特没有以某一社会阶层的某一群人，而是以不同阶层的一群群不同的人作为小说描写的对象，所以她为你描绘的这幅图画中，既包括靠米德尔马契镇周围的地产为生的地主，也包括居住在那里从事各种职业的人，如店主和商贩等。乔治·艾略特不像其他小说家那样，只要你关注两三个人的命运，好像他们就代表了现实生活，他们之外的世界是无关紧要的。不是的，她要你关注的就是构成我们这个世界的各种各样的富人和穷人的命运，而且她还用精湛的技巧把发生在他们之间的形形色色的故事安排得井井有条。

她不像那些想写结构复杂的小说而又缺少技巧的作家那样，让你的兴趣集中到某一批人物身上后又转向另一批人物时会觉得别扭。不是的，她使你对所有人物同样感兴趣。她从这一批人物写到另一批人物时，你会觉得非常自然，就像我们在现实生活中把注意力从某些人转向另一些人一样。这就使她的小说显得特别真实。虽然故事是从乔治四世在位[①]时就开始了，但我们觉得我们所知道的生活就是那样的。书中人物众多，但都非常自然。她对人物的观察很精细，所以个个都是独具风格

---

① 乔治四世在位时间是1811年至1820年。

的活生生的人。

然而，乔治·艾略特缺乏激情，所以她不能像梅瑞狄斯那样创造出天马行空式的人物来。（我忽然想到，这倒可以为克莱拉·米德尔顿竟然没有想到用嫁妆做出合理解释，因为"天马"是无须考虑结婚礼服的。）乔治·艾略特冷静、准确，同时又不无同情地看待她的人物。她的主人公不比我们崇高，坏蛋也不比我们坏。她那样深入地刻画人物，不但使我们像旁观者一样看到他们，而且也使他们自己也看到了自己的真实面目。所以，即便是那个卡索朋先生[①]，也不仅是可恨，还很可怜。这些人物都具有现代气质，不只是纠缠在个人情感中，他们关心政治，对当时的各种问题都感兴趣，他们还像我们一样思考经济问题。他们有感情，也有头脑。总之，他们在很大程度上是和我们一模一样的。

总结我对《米德尔马契》的看法，我想说的是，乔治·艾略特具有伟大小说家的所有天赋，唯独缺少火热的激情。确实，在充分合理地解释生活方面，没有一个英国作家能和她相比，但她在理智和富有同情地观察生活时，却偏偏忽视了生活中的浪漫因素。

在结束本文之前，我还想弥补一个疏漏。我在《我推荐给你的英国书》一文中谈到诗选时，忘了把罗伯特·勃里奇斯[②]选编的《人之精神》也提一下。有个批评家在评论我那篇文章时说，我不该把《牛津英诗选》列出，因为他认为那部诗选并不好。我不同意他的看法，但我承认《牛津英诗选》的后半部分确实选了一些不怎么好的诗。这是不可避免的。任何选本都出自选编者的判断。一般说来，在选择历代作家的作品时，选编者大多是有把握的，但在选择当代作家的作品时，他们就犹豫不决了。因为当代作家的作品尚未经受时间的考验，今天使我们感动的作品，会不会继续感动下一代人，这是谁也不敢保证的。但是，如果谁对《人之精神》还想挑剔一番的话，那他一定是个苛刻的批评家。这部诗选非常鲜明地体现了选编者的个人趣向，其中所选的每一首诗都是按

---

① 卡索朋先生：《米德尔马契》中的重要人物。
② 罗伯特·勃里奇斯：19世纪初英国桂冠诗人。

他的趣向选定的。由于罗伯特·勃里奇斯学识渊博又有个人见地，同时还非常崇尚美，所以他选入了不少普通读者不太熟悉的冷门作品。这是一部高雅而有吸引力的诗选。

最后，让我用约翰逊博士给施莱尔女士①的一封信里的一句话，作为本文结束语。他说："不读书的人不经常思考，所以也不经常有话可谈。"

---

① 施莱尔女士：约翰逊博士的亲密女友。

我为你推荐的法国书

在各国文学中，法国文学是最丰富多彩的。美中不足的是，法国的诗人大多是冷冰冰的。不过，法国的散文艺术却硕果累累，其成就无与伦比。法国作家长期以来一直影响着我国作家，这是有目共睹的事实。

即使到了最近，法国人在散文写作方面似乎仍然是我们学习的典范。当然，法国有自己的有利条件：它地处欧洲中部，人口众多、生活富裕、文化发达，这些都有利于文学的发展。法国人天生就有朴质、节制和富有理性的性格特点，这些特点较之于诗人，对散文作家更加有用，因而很容易产生杰出的才智之士。法语是一种精确和讲究逻辑的语言，运用这种语言，作家能优雅、明晰地表达自己的思想感情。相比之下，英语就显得相当混杂和累赘，原因就在于它还没有把几百年来吸收进来的各种外来语加以同化。法国文学是一个如此丰富的宝库，可惜我篇幅有限，显然只能挑出其中的几本书来谈谈。

首先，我要你注意一本不厚的书，它叫《克莱福公主》，作者是德·拉·法耶特夫人①。这本书出版于一六七八年，文学史家会对你说，它是最早的一部心理小说。当然，它写得很有趣，但说得更恰当一点，它是一部具有现代风格的小说。小说背景是亨利二世的宫廷，女主人公是个显要而贞洁的贵妇人，她尊敬自己的丈夫，但并不爱他。在一次宫廷舞会上，她遇到了奈莫尔公爵，两人一见钟情，但是她不愿做出伤风败俗的事情。为了抵制那种使她心神不安的诱惑，她便求助于丈夫，向丈夫坦白了自己对奈莫尔公爵的爱慕之情。她丈夫生性善良而且相信妻

---

① 德·拉·法耶特夫人：17世纪法国女作家。

子不会对他不忠，但是他的性格又很脆弱，不由自主地用妒忌来折磨自己。他于是变得多疑、烦躁而易怒。小说中对他在精神重压下性格逐渐变化的描写，我觉得是我读过的所有小说中写得最自然的。小说中的故事很有吸引力，人物都一心想安分守己，然而在环境的影响下却又无法自制，最后当然是一败涂地。小说寓意似乎是想告诉你，对人的要求不能过高，不能超过他力所能及的限度。这本书今天读来特别有意义，因为现在的人大多认为爱情是不顾法律的，好像在任何情况下情欲都要比责任重要。

接下来我要你读的一部长篇小说，性质就完全不同了：它是普雷沃神甫①写的《曼侬·莱斯戈》。此书的人物一点不像《克莱福公主》中的人物，没有那种敢于面对悲剧处境的崇高灵魂。他们只是些脆弱的、尽干蠢事的凡夫俗子，而我们之所以会同情他们，就是因为我们发现他们的弱点正是我们自己的弱点。这是一部富有人情味的小说，任何初读这本书的人都会觉得趣味盎然。曼侬尽管有种种过错，但她是那么活泼，那么自然，那么可爱。泰格里昂②对这个不忠实的女人的坚贞不渝的爱情又是那么令人感动！他意志薄弱？确实，他意志薄弱。她是坏女人？确实，她是坏女人。她是淫荡的、势利的、狠毒的，同时又是殷勤的、慷慨的、温柔的。这样的女人当然算不上是好女人。但我想，任何男人见到迷人的曼侬·莱斯戈，都不会无动于衷。

在此我还要谈到一部较短的长篇小说——伏尔泰③的《老实人》，在它不长的篇幅中却包含着无限的机智、幽默、揶揄、理智和趣味。能把这样丰富的内容压缩在这么短的篇幅里，真是前无古人。我们一看就知道，很明显，这本书是讽刺当时流行的乐观主义哲学的——就如把大片地区变为废墟、使无数人丧命的里斯本大地震，这本书把所有相信世界无比美好的大人先生一个个震倒在地。没有谁的头脑能比伏尔泰更包罗万象、生动活泼。就在这部小说中，他用玩世不恭的冷嘲热讽取笑种种

---

① 普雷沃神甫：18世纪法国作家。
② 泰格里昂：《曼侬·莱斯戈》中的男主人公。
③ 伏尔泰：18世纪法国启蒙思想家、大文豪弗朗索瓦-马利·阿鲁埃的笔名。

当时仍被认为神圣的事物，如宗教、政治、爱情、勇气和忠诚，而小说的寓意（其实并不邪恶）则是：宽容和忍耐才是真正的美德，你要耕耘自己的园地，也就是说，要勤奋而坚毅地做好你必须做的事情。

下面我要谈到的一部作品极其重要，那就是卢梭①的《忏悔录》。

我想，这本书是大多数人都会感兴趣的，虽然有一些人觉得它讨厌。如果你认为研究人性比研究其他东西更有意思的话，那你一定会觉得这本书很值得一读。因为就在这里，一个人把自己的灵魂赤裸裸地呈现在你面前。他不像其他人那样，写到自己时往往只是展示自己的一些毕竟还不失为有趣的弱点，而是毫不犹豫地解剖自己，让你看到他是怎样一个忘恩负义、无法无天、弄虚作假和卑鄙龌龊的小人。你不可能会对他有半点同情，因为他实在是十恶不赦。然而，就是这个人，他对自然之美却爱得如此深切，他的感情是如此温柔，他的叙述又是如此神奇，因而无论你怎么嫌恶他，他还是会把你迷住。再说，无论是谁，只要他不是自欺欺人，在听这个意志薄弱、浮躁而自负的可怜虫做自我忏悔时，都会扪心自问："我和他到底有什么两样？要是我把自己内心的真实情况也袒露出来，那些东西我自己看了也会不胜震惊，会觉得无地自容，那时我还会像现在这样煞有介事吗？"所以，我得预先告诉你，虽然在这个处处不如人意的世界上，自得其乐往往是我们用以应付生活的重要法宝，但是读了这本书之后，你的自得其乐心理，多少是会受到一点干扰的。

整个19世纪，法国小说真可谓琳琅满目，美不胜收。最伟大的三个小说家是巴尔扎克、司汤达和福楼拜。我认为，巴尔扎克可以说是全世界空前伟大的小说家。他和我们的狄更斯一样，擅长写异常的人而不是寻常的人，擅长写邪恶的人而不是善良的人，但他旺盛的创造力和庞大的创作数量，却是狄更斯望尘莫及的。他旨在于记述他那个时代的社会历史，而且做得相当成功。你读他的小说，不会觉得你所看到的仅仅是一小群人物，而是觉得看到了整个社会，其中还蕴含着远比个人命运重

---

① 卢梭：18世纪法国启蒙思想家。

要的种种意义。我认为他是第一个认识到事件本身的重要性的小说家。他笔下的人物忙于开店或者经商，不是发财，就是破产。他虽然也像其他小说家一样，把爱情放在一个重要的位置上，但他所创造的那个世界的真正推动力，却是金钱。他尽管写得粗糙、过分，而且缺乏高雅的鉴赏力，但他有激情，有活力。他所创造的人物虽然有点夸张和不太寻常，却一个个栩栩如生。有人指责他，说他的小说就像传奇剧，然而我倒想问，既然他写的是一些奇特的人物，那又怎么可能让他们在一个循规蹈矩的平凡世界里活动呢？要表现暴风雨的壮观，必须用高山和大海来衬托。巴尔扎克的许多长篇小说都写得非常生动有趣，很难说哪一部是最好的，但在我看来，《高老头》最充分地体现了他那种富有变化的创造力。所以，我想还是向你推荐这本书吧。

　　司汤达的两部长篇小说，我希望你读一读。首先，当然是读《红与黑》，然后——如果你愿意和我一样的话——读《巴玛修道院》。我得承认，司汤达是我偏爱的小说家。我喜欢他那种朴质、精确的风格，以及他那种冷静细致的心理分析。他对人的心灵活动可谓独具慧眼。在人的各种品质中，他最崇尚的是精力旺盛，所以在他创造的人物中，他描写得最细腻、最用心的，就是那些不怕任何障碍而执意要实现自身愿望的人，或者说，那些为了达到自己的目的不择手段的人。在我看来，《红与黑》前面三分之二是所有长篇小说中写得最好的，后面三分之一相对来说似乎差一点。不过，这是有特殊的原因的。司汤达原先以事实为基础构思这部小说[1]，但是当他对自己虚构的人物于连·索瑞尔已失去控制时——虚构人物常会如此——他却仍然要求人物的行动和他原先设计的环境相适应。这就使你大为扫兴了，因为你根本就不会相信，那个无情无义、野心勃勃、老谋深算的于连，竟会干出那么一件无知而鲁莽的蠢事！[2]

　　我接着要谈的是福楼拜的《包法利夫人》。这是现代小说史上的一

---

① 《红与黑》的人物和故事源自当时轰动法国的"伯尔岱案件"。
② 指于连向德·瑞那夫人开枪。

座里程碑。不过，我最近重读了一遍，却不能不觉得福楼拜一心想写得客观，其结果却使这部小说读起来有点生硬和枯燥。这多少影响了我对他的爱慕，尽管我依然认为这部小说是一部了不起的杰作。小说中的人物描写细腻、逼真，当你读完它之后，你会觉得生活对于那些平凡的人来说是那么残酷无情，因而会深切地、同时不免有点轻蔑地哀怜他们。

福楼拜把那些人物展现在你面前，不仅他们本身是如此真实，就是他们忍受的痛苦也如此真实，以至于他们已不再是个别的人，而成了人类的典型代表。

由于篇幅有限，有些不太重要的书我只能略提一下。本杰明·贡斯当①写过一部篇幅不长的长篇小说，名为《阿道尔夫》。大多数作家习惯写爱情的产生，贡斯当却相反，他以罕见的有力笔调描写了爱情的衰退。这部作品是对人性的一种真实记录。《三个火枪手》是一部出色的传奇小说。或许，它算不上真正的文学作品，人物都是粗线条的，结构又很松散，但它却很有吸引力。而这一点，我必须指出，对小说家来说恰恰是最重要的。至于阿那托尔·法朗士②，他虽然没有多大才气，但风格很优美。这种风格在一本名叫《珍珠贝盒》的短篇小说集里发挥得最为出色。他一度被人过分推崇，现在却又被人过分冷落。

最后我要指出的是，就在我们这个时代，法国产生了一位堪与历代大师媲美的伟大小说家，那就是马塞尔·普鲁斯特。他的作品已有英译本而且译文非常完美，在我看过的所有翻译作品中，我觉得只有这个译本没有使原文减色。普鲁斯特一生只写了一部长篇小说③，但这部长篇小说却长达十五卷。这部洋洋巨著一出版就让人惊叹不已，对它的颂扬也到了失去理智的地步。我自己就曾说过，我宁愿读普鲁斯特读得厌烦，也不愿读其他作家的作品来解闷。但是，重读这部作品，我们大多数人的态度也许会变得比较清醒。其实，普鲁斯特经常重复，他的自我剖析也过于烦琐，对妒忌心理的分析冗长而乏味，即使最有耐心的读者最后

---

① 本杰明·贡斯当：18世纪末19世纪初法国政治思想家、作家。
② 阿那托尔·法朗士：20世纪初法国小说家，曾获诺贝尔文学奖。
③ 指《追忆似水年华》。

也不免生厌。尽管如此，他的优点还是远远超过他的缺点。他是个具有独创精神的伟大作家，他的观察细致入微，他的创造力和心理透视力无与伦比。但我相信，他在未来会作为一个卓越的幽默作家而受人称颂。因此，我劝你在读这部大作时，虽然有许多枯燥的地方完全可以跳过去不读，但是那些描写万杜兰夫人和夏吕男爵的文字却千万不能遗漏。这是两个刻画得最淋漓尽致的喜剧人物，是我们这个时代不多见的。

我为你推荐的美国书

必须有言在先，我虽然读过许多美国书——确实，我不到十岁就一边笑一边读《阿狄莫斯的书》[①]和《海伦的小娃娃》[②]了——但我并不想装得好像和一个喜欢看书的美国人一样，已经把该读的美国书都读过了。我没有必要把那些书都读一遍，我是随便读读的。每个国家都有不少只有本国人感兴趣的书，外国人去读是不合适的。譬如，我就觉得没有必要去读乔纳森·爱德华兹[③]的书，还有像《里默大叔》[④]里的美国方言，也不是我能完全弄懂的。所以，我绝不认为我是在发表权威性意见。我只是谈谈我的看法，而且我还得承认，这是一个英国人根据他本国的观点读了一些美国书之后的看法，因此是不免有偏见的。我知道我的有些看法并不符合美国评论界的权威观点，很可能会受到指责。我想谈的是美国文学中那些最富有美国特性的作家，至于那些明显受英国文学影响的作家，我不感兴趣。一本美国书，要我感兴趣就得有美国味。

对于那些我将谈到的书，我当然不可能说出连美国人也没听说过的新鲜话来，但我相信，我能给非美国人（包括我们英国人）开一张书单，使他们对美国的"美国特性"有个概念，从而了解哪些东西影响了这个国家的国民性，以便他们往后和这个国家的人民更好地交往。

我只想谈一些名副其实的文学名作。我对当代的作品将一概不提。一方面是因为我对此不太熟悉，另一方面是因为最近五十年出现的大量作品

①《阿狄莫斯的书》：19世纪早期美国幽默作家布朗的作品。
②《海伦的小娃娃》：18世纪后期美国作家哈伯顿的作品。
③乔纳森·爱德华兹：美国早期宗教作家。
④《里默大叔》：19世纪美国作家哈里斯的作品。

中，哪些将被证明是有永久价值的或者是有代表性的，目前还说不上来[1]。我和有些批评家的看法不同，认为不能因为某本书读者多，成了畅销书，就说它没有价值，《大卫·科波菲尔》《高老头》和《战争与和平》都是畅销书。但是，也不能因为畅销，就说某本书一定是杰作。一本书受欢迎可能有多种原因，某种原因一旦不复存在，这本书也就没人读了。对于畅销书，我的做法是：在它出版后的两三年内绝不去读它，因为两三年后我会惊喜地发现，许多轰动一时的书已经不再需要我费神去读了。

我在这里必须再次强调，我坚决主张为娱乐而读书。不应该把读书当作一项任务。读书是一种乐趣，是人生所能给予的最大乐趣之一。如果我在下面谈到的那些书不能使你心动，或者使你感兴趣，那就完全没有必要去读。我在动手写这篇文章时，确实就是这么想的，否则的话，我是不敢下笔的。因为我要谈到的那些问题，并不是我十分精通的。我知道，我在这方面的知识还不够，所以在收集资料的同时，还读了两三本有权威性的美国文学史。我本想把自己的看法和那些最权威的观点比较一下，以便在发现他们的观点和我的看法不一致时，可以考虑是否修正我的看法。然而，我却不无惊异地发现，他们谈论的尽是些我认为和文学本身毫不相干的问题。他们大谈特谈某个作家写作时的社会条件和影响他写作的政治环境。他们的评述很有趣，见解也无疑是正确的。他们讨论某个作家对当时重大社会问题的看法，探讨他思想的哲学意义，等等。但是，对于他的写作风格，他们好像认为是不必多谈的；对于作品的结构、写法以及塑造人物的手法，他们都不大在意；而对于作品的可读性如何，他们根本就只字不提。在我看来，这些一本正经的先生一点也没有注意到，书是可以为娱乐而读的；他们也没有注意到，文学是一种艺术。是的，文学就是一种艺术。它不是哲学，不是科学，不是社会经济学，也不是政治。它是一种艺术，而艺术，是为人提供娱乐的。

在我开始谈那些美国书之前，还有一句话要说：你千万不要指望它

---

[1] 基于这一原因，毛姆没有提到当时已经出名的一些美国现代作家的名字，如海明威、福克纳等，而这些作家的作品，后来"被证明是有永久价值的"。

们会像我在前面谈到的那些书一样振奋人心。虽然"天才"一词现在用得很滥，但我仍不愿把它随便用在一个写了三四个成功的剧本或者两三部成功的小说的人身上。我认为天才是非常罕见的，所以在我下面将要谈到的所有作家中，没有一个配得上这一称号。在这些人当中，有的很有才华，有的却不太有才华。他们大多需要克服重重困难，不管他们自己是否意识到，为了创造一个国家的文学，他们必须摆脱由教育和社会偏见加在他们身上的束缚，摆脱外国影响的束缚，开辟出一条新路来。

他们生活在一个新的国家，这个国家的文化刚刚形成，还有许多重要的实际问题需要解决，因此艺术必然不受重视。我们知道，他们中有些人忍受不了这样的环境，就逃到欧洲来了，因为这些人认为欧洲的环境比较适合艺术发展。明智的人留在那里，如果条件再有利一些，这些人原是可以创作出更完美的作品来的。不过，尽管障碍重重，他们还是难能可贵地写出了不少优秀作品，这说明他们确实富有精神活力和扎实的才能。美国文学的历史还不到一百年[①]，对它应该公正一点。

请你想一想，如果在英国文学中去掉整个18世纪——且不谈乔叟[②]和莎士比亚，还有17世纪的那些伟大的诗人和散文家——只要我们没有了蒲柏[③]，没有了斯威夫特，没有了菲尔丁，没有了约翰逊博士，没有了鲍斯威尔，英国文学就不可能像现在这样成为英国精神的不朽象征。

不过，我还是要从一本18世纪的书开始谈起。美国文学史上提到的自传寥寥无几，但其中的一本却写得极为有趣，那就是本杰明·富兰克林[④]的《自传》。它以质朴的英语写成，流畅可读，就如作者的为人。我们知道，富兰克林深受英国语言大师的熏陶，他的《自传》不仅叙述流畅，还成功地为自己描绘了一幅既生动又真实可信的肖像。我不明白，为什么在美国一提到富兰克林，人们就有轻蔑之意。他们对他吹毛求疵，

---

① 本文写于20世纪40年代，真正有美国文学是在19世纪50年代，所以说"不到一百年"。

② 乔叟：14世纪英国诗人，被誉为"英国文学之父"，代表作《坎特伯雷故事集》。

③ 蒲柏：18世纪英国桂冠诗人。

④ 本杰明·富兰克林：18世纪美国政治家（美国独立战争时期重要领导人之一）、物理学家、作家、慈善家。

说他的箴言其实是常识，他的理想其实很平庸。确实，他不是浪漫主义者，但他精明而勤奋，是个出色的实干家。他为他的同胞谋福利，同时头脑也很清醒，绝不让他的同胞欺骗他，而是非常机敏地利用他们的弱点来达到自己的目的。他的动机有时确实很自私，但有时也很大公无私。在生活中，他讲究个人享受，同时也能对种种不幸坦然处之。他很仗义，也很慷慨，是个够朋友的人；他谈吐机智泼辣；他喜欢喝酒，也喜欢女人，甚至有点放荡，常找女人寻欢作乐；他是个多才多艺的人；他活得很潇洒，从不虚度时光；他为他的国家、他的州县和他的城镇都做过不少好事。我觉得，就像约翰逊博士是个典型的英国人一样，他是个典型的美国人。那么，为什么他的同胞们会对他没有好感呢？我常这样自问，而且想来想去只想出一种解释：也许是因为他从不虚伪。

现在，让我们直接进入19世纪。这一百年间，最杰出的作家是赫尔曼·麦尔维尔、瓦尔特·惠特曼和爱德加·爱伦·坡。要是只允许我说出三个有天赋的美国作家，我会毫不犹豫地选择这三个名字。不过，我要暂时把他们搁一搁，因为，我再说一遍，我写这篇文章的主要目的——也是你的兴趣所在——是要尽我有限的知识和篇幅谈谈美国文学中的美国特点，所以我不想按年代顺序来谈。还得加上一句：为了避免冗长啰唆，我将只谈那些我有充分理由认为应该读一读的书。那些书谁都不能不读，任何有教养的人读了它们，一定会觉得趣味无穷，受益匪浅。

然而，我不得不承认，为写这篇文章我把《红字》①重读一遍之后，却觉得所得教益和乐趣都很有限。我想，实事求是总没有坏处，所以我坦率地对你说，就在最近的四十年间，美国至少出现了五到六个才华远胜过霍桑的小说家，只是出于成见以及这些小说家还活着的缘故，我们才不承认这一点。尽管如此，《红字》毕竟是很有名的，我想每个读过些书的美国人肯定都读过这部传奇小说。我觉得，小说的序言"海关"，比小说本身更有意思，因为它写得轻松幽默，很有吸引力。

一部小说，首先要让人觉得可信。如果你本能地觉得人物的行为

———————
① 《红字》：19世纪美国小说家霍桑的代表作。

举止不合常理，那么这部小说就完蛋了，小说家也完蛋了。霍桑在《红字》的开头部分就面临这样一个难题：他得找到理由，让人相信那个随便去哪儿都可以的海丝特·白兰①，为什么偏要留在那个使她备受羞辱的地方。当然，他可以把这个归因于她对亚瑟·丁姆斯代尔②的爱情，是强烈的爱情使她宁愿含羞忍辱也要留在那个地方。但是，他却没有解决另一个更大的难题，而他如果解决了这个难题，这部小说也就不会是现在这个样子了。

清教徒③是虔诚的，同时也是很现实的，对于男女之间的事情，他们不会不懂。天上的鸟是不会使女人怀孕的，只有男人才会，这一点海丝特是理应知道的。既然怀孕了，她又为什么不到远一点的地方去把孩子秘密地生下来呢？这让人无法相信。如果说，是因为情人相爱而舍不得分离，那么，既然他们后来能很容易地乘船返回欧洲，为什么在情况如此严重的时候却想不到走这条路呢？真是令人费解。他们也许不知道罗格·齐灵窝斯④已经死了，否则的话，他们就会像一个世纪后本杰明·富兰克林和可敬的里德小姐那样按习惯法结婚⑤。

霍桑没有塑造生动的人物形象的天赋。罗格·齐灵窝斯简直不是一个活人，而是邪恶和狠毒的堆砌物；海丝特不过是一尊精美的雕像；丁姆斯代尔牧师也是死气沉沉的，只有当他和海丝特最后决定私奔之际，在他急切地想知道船究竟什么时候起航时，才开始显示出生气。他已经为自己当选教区长写好了布道的讲稿，很不愿意放弃。在这里，霍桑对人性做了非常精彩的刻画。我要你读《红字》，不是去欣赏它的故事，而是要欣赏它深刻动人的文笔。

霍桑的文笔是以18世纪英国的伟大作家为楷模的。譬如，像"在他

---

① 海丝特·白兰：《红字》中的女主人公，她因未婚先孕而受到教会的惩罚，脸上被写上一个红色"A"字。
② 亚瑟·丁姆斯代尔：《红字》中的男主人公，海丝特的情人。
③ 美国早期移民大多是清教徒，《红字》所写故事，就发生在清教徒中间。
④ 罗格·齐灵窝斯：《红字》中的重要人物，是海丝特和亚瑟·丁姆斯代尔相恋的主要障碍。
⑤ 富兰克林和里德小姐于1730年按习惯法结婚，即不举行宗教仪式，过婚姻生活。这在当时的美国是惊世骇俗的。

心里就是从蝴蝶翅膀上抹下一些绒毛也不忍心"这样的话，完全像出自斯特恩之手，斯特恩见了一定会大加赞赏。霍桑有敏锐的耳朵，又善于遣词造句。他能把一个句子写得长达半页，从句层叠，但结构匀整，就如水晶般明晰，而且读来铿锵有力。他能写得精美而多变。他的散文就像哥特式织锦一样，精致而华丽，但他的审美观又很有节制，从不流于浮华或者夸张。他的隐喻意味深长，明喻则恰到好处。他的用词也完全符合他的题材。文学的风尚随时代而变，很可能今天流行的粗俗文风今后会不再流行，很可能读者会重新喜欢典雅文风。届时，作家们也就会纷纷向霍桑学习如何写好一句不止六七个词的句子，如何写得既庄重又明快，如何使文句读上去富有韵味而又不显得做作。

霍桑属于文学史家所谓的"康科特派"①，而这一派的主要成员是爱默生和梭罗，所以我似乎也应该谈谈这两个作家。《瓦尔登湖》②的好坏要看读者的口味而定——我读这本书的时候，既不觉得厌烦，也不觉得兴奋。这本书写得很流畅，文笔轻松文雅，而不是一本正经的。不过，要是我被大雪困在荒无人烟的美国西部草原上，只有一头不会说话的牲口和我做伴，要是我在避雪的小木棚里发现一本书，这本书恰恰是梭罗的《瓦尔登湖》，我会感到万分沮丧。写这种书需要有充沛的精力、独特的经验和大量的冷僻学问，而梭罗这个人却生性懒散，生活经验和知识也都有限，书虽然读过不少，但读的都是些过了时的旧书。我觉得他缺乏激情，所以他尽管大胆使用了这样的主题，却没有从中生发出深刻的含义。他发现了一个"知足常乐"的秘密，说：如果你没有多大追求，就无须付出多大代价，也就容易满足。这些我们早就听说过了。霍桑说："你若能习惯于跟一些和你不同的人相处，由于他们无视你所追求的东西，你就不得不放下自己所关心的一切而去了解他们的生活和他们的才能，这对于你的道德修养和知性健康来说都是很有益的。"这话倒说得很有道理，写书的人尤其应该铭记在心。

---

① "康科特派"信奉超验主义，也就是美国的浪漫主义。
② 《瓦尔登湖》：梭罗的一部散文作品，讲述他在瓦尔登湖畔的隐居生活。

和梭罗相比，爱默生的地位当然要高得多。多年前，我在科摩湖畔碰到一个金发女人，就是她使我开始读爱默生的。在我们的旅游途中，她身边一直带着一本爱默生的《论文集》，其中她认为重要的句子和段落都用蓝色铅笔（也许是为了和她眼睛的颜色相一致）画了出来，每页至少有两三处。她告诉我说，她从爱默生那里得到了莫大的安慰，只要生活中一遇到难题或者不幸，便求助于他，而且总能如愿以偿。多年后，我在夏威夷又碰到她。她热情地叫我到她临时租下的寓所共进午餐。她本来就很有钱，自从我们上次相遇后，她身份也提高了，因为她丈夫封了爵位，她成了贵族夫人。她接待我时穿着一身卡洛服装（卡洛姊妹是巴黎最时髦的服装设计师），戴着一条价值至少五万英镑的珍珠项链，脚上却不穿鞋袜。

　　"你看，"她指指她那双赤着的脚说，"我在这里过着简朴的生活。"我见她的两只脚上都患有拇趾囊肿，心里很同情。这时，一个穿得像明朝皇帝似的中国管家给我们端来了一大盘各种各样的鸡尾酒。我问她是不是还在读爱默生，她赶紧从桌子上抓起一本书，按在她平坦干瘪的胸口上，对我说："是呀！"她无论到哪里都一直带着爱默生的这本《论文集》。她挥了挥戴着珠宝的手，指着窗外的大海说，要是不读爱默生，她也就不可能真正领略到太平洋的伟大精神意义。不久前，这个女人已寿终正寝，但她至死都是爱默生的忠实信徒。她把她的游艇和藏书都遗赠给她的一个情夫，也算是她晚年的另一种安慰，但她却没有给那个情夫留下足够的钱来维护那艘游艇，于是他就把它卖了。至于那些旧书，是换不到几个钱的，他可能还保存着。

　　如果真是这样，我希望他能知道，他那位已故贵妇人从爱默生的书里得到过不少安慰。然而，我得承认，我从爱默生的书里却从来没有得到过什么安慰。我不想对这位被他的同胞引以为荣的作家说些大不敬的话。我承认，他的性格很有魅力，而且很仁慈。你读他的日记，不能不钦佩他从小就有深邃的思想，钦佩他竟能把自己的思想表达得如此流畅。他是个演说家，他是为了在讲台上演说而写作的，所以当年他演说时的那种风度和语调，在书页上已经领略不到了。尽管如此，我还是只能说老实话，我在他那些著名的散文中并没有得到多大的教益和乐趣。

有许多地方，他几乎可以说是很陈腐。他有使用华丽辞藻的天赋，但往往华而不实；他就像一个动作敏捷的滑冰运动员，在一片陈词滥调的冰面上滑来滑去，竟然在那上面划出了一幅幅令人眼花缭乱的图案。

他要不是那么一个好人，倒有可能成为一个更好的作家。那么，既然如此，人们自然会好奇地问，又是什么使他成为一个著名作家的呢？他在世界文坛上也占有重要地位，这又是为何呢？为此，我劝你读一读他的《英国人的性格》一书。在这本书里，由于他不得不写到许多具体事物，也就不像在《论文集》里那样容易被一些空洞无物的所谓"思想"所框住。这本书比他的其他所有的书都写得更加生动、更加贴切，也更加有趣。读这本书，我才确确实实觉得是一种享受。

也许，美国人对"康科特派"作家的重视是外国人无法理解的。作为外国人，我们只好把他们忽略掉，去看看别的作家。艾德加·爱伦·坡的情况正好和爱默生相反，他在欧洲其实比在本国更受尊敬。譬如，他对法国文学界的影响至今还很大。也许是因为他的品性和为人不那么高尚，他的同胞才没有给予他应有的尊敬。然而，作家的品性和为人是和读者无关的，读者关心的只是他的作品。

爱伦·坡的诗歌非常优美，是美国历史上前所未有的。他的诗歌就像威尼斯画派的有些画，以一种意想不到的美，使你惊心动魄。你读着他的诗歌，只觉得感官得到了满足，也就不去管它到底有没有激发你的想象力了。它给你的就是纯粹的美，无与伦比的美。除了是诗人，爱伦·坡还是一个目光敏锐的评论家，尤其是他对短篇小说的看法，长期以来一直是后世小说家的座右铭。至于他自己写的那些小说，也是出类拔萃的。不用我说，你也知道，他的《金甲虫》和那位杜宾先生①的故事开了侦探小说的先河，结果是世界上出现了许许多多这种我们大家都喜欢看的书。现在已经有许多作家在侦探小说这片园地里耕耘，他们尽管

---

① 杜宾先生：一个出现在爱伦·坡的几个短篇小说中的私家侦探，是欧美文学史上第一个侦探形象。

各显神通，却没有一个人在爱伦·坡最初开垦出来的这片园地之外开垦出新田地来①。

他的恐怖小说和神秘小说或许得到过霍夫曼和巴尔扎克的启发，但他是个最自觉的艺术家，他的作品出色地达到他自己预期的效果。凭着这些作品，他也得到了应有的名声。他的文笔有点浮夸，他喜欢使用浪漫的修饰和夸张的对话，就像他笔下的人物一样纯属虚构。他的题材有点褊狭，但你必须容忍这些，因为他给我们的是当时世界上独一无二的东西②。他写得很少，写出来却几乎篇篇趣味无穷。只是，他的作品没有特殊的美国味，无论在他的小说中，还是在他的诗歌中，我都找不到什么东西是英国作家不可能写出来的。所以，我们如果想在美国文学中寻找有美国乡土气的作品，还得到别处去找。

不过，在此之前我得先谈谈一个故意回避美国背景的作家——亨利·詹姆斯③。他不是美国最伟大的作家，但确实是最出名的作家之一。他才华卓著，可惜的是，他性格上的某种缺点使他的才华没能得到充分发挥。他有幽默感，有洞察力，感觉细腻，又有戏剧感，但是他平庸的灵魂使他对死亡的恐惧和生命的神秘感到困惑。他观察事物的表面极其敏锐，却不能看透事物的底蕴。他把他的《奉使记》视为自己最好的长篇小说，但最近我重读了一遍，颇为它的空洞感到惊讶。小说使用的那种迂回曲折的文体使人厌烦。人物的语言没有表现出人物的个性，似乎每个人说的话都千篇一律，都是亨利·詹姆斯自己的语言。唯一比较有趣的人物是纽萨姆太太，但她却始终没有出场。斯特雷切尔则是个愚蠢的老太婆，专爱打听别人的隐私。幸亏亨利·詹姆斯有讲故事的才能，能使读者急于想知道下文如何，再加上他对巴黎的春天和夏天的那种宜人景色的描绘（我从未见过这样精彩的描绘），读者才跟着他一页一页地读下去——这是小说家最重要的才能。否则的话，这部小说简直令人

① 意为后来的侦探小说家仍遵循爱伦·坡的基本套路。
② 意为爱伦·坡的侦探小说、恐怖小说、神秘小说都属首创。
③ 亨利·詹姆斯出生在美国，但长期居住在伦敦和巴黎，其作品也大多以欧洲为背景，即写生活在欧洲的美国人。

难以卒读。

我还是比较喜欢他的另一部长篇小说——《美国人》。这部小说写得明快而优美，用词或许稍嫌陈旧（例如，不说人们"走了"，而说"辞别"；不说"回家"，而说"回府"；不说"上床睡觉"，而说"就寝"），不过这可以使人感受到一种历史气息，倒也不是全然不可取的。这部小说的奇特之处在于它讲的是一个没有爱情的爱情故事。克里斯托弗·纽曼娶德·桑特雷女士为妻，本来就只是为了让他的几个孩子有一个母亲，使餐桌有一个女主人，从而给家庭增添一点光彩，所以当他们的婚姻破裂时，他内心并不痛苦，只是觉得丢了面子。小说里的人物都不是真实的人，男的就像一件塞满填料的衬衫，女的就像一条撑在裙架上的裙子。

桑特雷女士尽管妩媚动人、温文尔雅，却纯粹是个俗套人物，让人觉得不是自然的写生，而是作者悉心研读巴尔扎克的小说后从中移植过来的。然而，巴尔扎克能把自己的激情赋予哪怕是最俗套的人物，亨利·詹姆斯却毫无激情，因而这个人物只能像《妇女杂志》上的时装模特一样了无生气。那个美国人纽曼是个西部开拓者，按照故事里的那个特定历史时期，他很可能到加利福尼亚去淘过金。但是亨利·詹姆斯对他所要描写的人物好像太不了解，以至于这个人物一看就是不近情理的。无论在圣路易的赌场，还是在旧金山的海滨，纽曼都不大可能学会写那种文雅的书信。我觉得，亨利·詹姆斯是被自己的人物愚弄了。

贵族贝尔加德家拒绝与纽曼联姻，也不是因为纽曼的财产是靠做生意挣来的，而是因为他们及时发现了他原来是哈佛大学的一个英语助教。尽管如此，《美国人》还是值得一读。亨利·詹姆斯讲故事的才能确实高明，故事中的悬念设计确实奇妙，对戏剧场面的运用也确实娴熟自如，所以他自始至终都能把你吸引住。小说情节就像侦探小说一样扣人心弦，甚至比侦探小说还要玄乎。此外，你还不时会感受到作者的那种和蔼、文雅、富有教养的性格魅力。《美国人》不是伟大的小说，但读起来非常有味。一部六十年前出版的小说还能这样，真是不可多得。

接下来，我要谈一部伟大的小说，那就是《白鲸》。我在南洋群岛时，曾一度津津有味地读过麦尔维尔的南洋小说《奥穆》和《泰比》，但后来再没有想过重读。至于《比埃尔》，我根本就没有读，因为我听一些有见识的批评家说，麦尔维尔写这本书时精力不济，所以写得一塌糊涂。然而，就凭《白鲸》也足以使任何作家成名。有些批评家说它的文笔过于夸张，我却认为这正适合它的题材。夸张手法是得失无凭的，使用得当可以出神入化，使用不当则会荒诞不经。我得承认，麦尔维尔有时确实流于荒诞，但要一个人始终在高空行走是不可能的。只要想一想他那些最好的章节写得何等苍劲有力，何等简洁明快，那么对他的偶尔失足也就不会计较了。

有好几章，譬如关于图书馆所藏文物的掌故和详述鲸鱼历史的那几章，我觉得是多余的。麦尔维尔显然是想炫耀一下自己渊博的知识。但对一个有杰出才华的作家，你得允许他有怪癖。俗话说："荷马也有打盹的时候。"莎士比亚有时也会洋洋洒洒地写一大段废话。麦尔维尔对新贝德福德①风光的描写、对事件的叙述，以及对人物的刻画——尤其是对那个可怕的人物亚哈②的刻画，确实不同凡响。这里有一种惊悸、一种神秘、一种征兆、一种激情，它显示出人生的凶险、命运的不可抗拒、邪恶的无处不在，而所有这一切，都使你凝神屏息、瞠目结舌。你被震倒在地，然而你又觉得仿佛高高地升到了空中，有一种奇异的感觉。如果你是个作家，当你把自己所从事的艺术提升到如此高度，对人的心灵、思想和感情产生如此重大的影响时，你也一定会觉得无比自豪。

尽管麦尔维尔的这部小说一开始写到了新贝德福德，后来的故事也是发生在一艘美国捕鲸船上，然而我在小说中却找不到我想寻找的那种特殊的、可贵的美国乡土气息。他的教养是欧洲教养，他的文风给你的印象也是17世纪英国散文家的那种文风。他笔下的人物——至少是主要人物——虽然都是美国人，但他们只是表面上的美国人。他们比任何真实的人都要高大，确实不属于世界上任何国家，而属于一个令人望而生

---

① 新贝德福德：美国东海岸一地名。
② 亚哈：《白鲸》中的主人公，一艘捕鲸船的船长。

畏的奇异国度，那里同时还有类似陀思妥耶夫斯基小说和《呼啸山庄》中的那种心情烦躁、相互折磨的人物。

要想说清楚美国乡土气息究竟是什么，这本来就不容易，而我的篇幅又很有限，所以更加不可能了。在文学中，它是这样一种特点：它使一个国家的作品有别于另一个国家的作品，使人一眼就能看出，这样的作品只能在这样一个国家才能产生。让我举个很好的例子来说明。在马克·吐温的作品中，你就能明显地感受到极其浓郁、典型的美国乡土气息。譬如《哈克贝利·费恩历险记》，这是马克·吐温最好的作品，一部真正的杰作。在马克·吐温生前，人们只把他看作幽默作家，读他的作品只是为了消遣，而当时的权威批评家对幽默作家往往是不屑一顾的。然而，在他去世之后，人们对他的态度就变了。

我想，他现在已经是一致公认的美国最伟大的作家之一。这无须我多说，我只想指出一点：当马克·吐温想用正规的文学语言来写作时，他写出来的东西（如《密西西比河上》）往往只是些干巴巴的新闻报道。而当他写《哈克贝利·费恩历险记》时，他却聪明地想到了用主人公自己的口气来写①，于是就开了美国方言文学的先河。而就是这种方言文学，现已证明是当今许多最典型的、最优秀的美国作家汲取灵感的源泉。马克·吐温向他们表明，从17或者18世纪的英国作家那里是找不到生动的文学语言的，只有到本国人民的语言中去找。

不过，如果认为哈克贝利·费恩所说的那种语言，就如画家所谓的"写真"，就是方言本身，那也是愚蠢的。一个从未受过教育的孩子，是不可能说出那么干净利落的词句的，也不可能一开口就有那么恰当的措辞。很可能，马克·吐温觉得，如果直接使用方言用第三人称叙述故事，会有损文学的尊严，所以他采用了这种表现方法，让我们觉得这种语言是他的小主人公的真实语言，而当我们很乐意地接受了这种语言时，他也就使美国文学从长期的束缚②中解脱了出来。《哈克贝利·费

① 指让哈克贝利·费恩用美国方言自述其经历。
② 长期的束缚：指英语的束缚，因为美国人使用英语，而英语是英国人的语言，对美国文学来说，是一种束缚。

恩历险记》以其多变而惊人的奇妙构想、充沛的活力和饱满的热情，继承了"流浪汉小说"的伟大传统，而且足以和这一传统中的两大杰作即《吉尔·布拉斯》和《汤姆·琼斯》相媲美。可惜的是，马克·吐温把那个讨厌的小笨蛋汤姆·索耶[①]引进了这部小说，破坏了最后几章。否则的话，这部作品真可以说是无懈可击了。

给我的篇幅现在已不多了，所以关于《俄勒冈的小路》[②]我只能简单提一下。帕克曼的那次旅行，迄今还不到一百年，那时草原上有成千上万的野牛，还有心怀敌意的印第安人，处处有危险需要防备。他很勇敢，也很坚毅，还有一种沉静的幽默感。他就是以这样的性格，以荒野为题材，写了一本从头到尾都很有趣的书。这本书确实很好，如求全责备的话，就是文采稍差一点。

关于艾米莉·狄金森[③]，我也得说上几句。在我看来，她不配受到那么高的赞誉。我这么说，大概许多人会不高兴。她被推崇为伟大的"美国诗人"，然而诗和国籍是无关的。诗人生活在天界里，不属于任何国家。

我们说荷马，何尝把他称作伟大的"希腊诗人"，或者说但丁，何尝把他说成伟大的"意大利诗人"？这样说的话，只会贬低他们。我们也不应该让一个诗人的个人经历来影响我们的判断。艾米莉·狄金森有一段不幸的恋爱经历，长年孤独隐居；爱伦·坡酗酒，常常忘恩负义，但这并不就使前者的诗好些，后者的诗坏些。读艾米莉·狄金森的诗，最好还是读她的诗选，因为那些经过挑选的诗最能显出她的机智、辛辣和质朴。她的诗选大多选得太少，如果多选几首的话，内容会丰富不少。但是，你若去读她的全集，则很可能会大失所望。

她在自由唱歌时，节奏协调而且转换灵活，用词贴切，感情真挚，新奇的意境层出不穷，这时她写出来的诗最精彩。可惜，她并不经常处

---

① 汤姆·索耶最初在《哈克贝利·费恩历险记》中出现，后来马克·吐温又以这个人物为主人公写了《汤姆·索耶历险记》。
② 《俄勒冈的小路》：19世纪美国作家帕克曼的历险小说。
③ 艾米莉·狄金森：19世纪美国女诗人，生前不为人知，去世后家人将其遗作发表，名声大作。

于这种最佳状态。就像艾默琳·格兰杰福德小姐①一样，艾米莉·狄金森也胡乱写诗。在形式上，她又非常刻板，老是用四行一节的旧格律或者民歌格律。这种形式本身就有局限，到了她手里更见局促，因为她的耳朵不灵②，语言也难得简练，很不适用这种格律。她的性格和思想都很复杂，因此往往为了说得"思想深刻"而不惜牺牲优美的抒情。她也写讽刺短诗。这需要一针见血，但她刺下去的针头却往往偏离目标。她有天赋，但天赋不高。有人硬说她有多大的才华，而在她的作品中却看不出多少。这样名不副实，常使读者困惑不解。诗歌是文学之冠，我们有权要求冠上的珍珠不能是人工培养的，宝石也不能是重新打磨的。美国将产生一大批新诗人（我认为，其实已经产生），他们将使硬堆在艾米莉·狄金森身上的赞美之辞更显得华而不实。

现在，只剩下瓦尔特·惠特曼了。我把他留到最后，是因为我们在他的《草叶集》③中最终找到了我们一直在寻求的、真正摆脱欧洲影响的、纯粹的、地道的美国特性。《草叶集》虽是一部极其重要的作品，但我不能不告诉你，很少有像惠特曼这样不平衡的大诗人，因为我一开始就提醒过你，我劝你读的书，不管其他方面有什么优点，必须读起来非常有趣。有不少书，读过后之所以会大失所望，我觉得就是因为批评家把它们说得太好了。

世界上没有十全十美的东西，一般说来，有缺点的东西才有优点。书也一样，读者最好知道自己从中可以获得什么。否则的话，一旦发现自己的所获远不如批评家说得那么多，很可能会错误地认为自己没有能力鉴赏某种东西，而事实上，这种东西根本就不存在。惠特曼的诗，开始部分都写得非常好，但不知是因为他觉得写诗是件很容易的事，还是因为他天生喜欢唠叨，他常常会没完没了地往下写。其实要说的前面都已经说过了，后面并没有写出什么新东西。对此，你必须容忍。他写的诗，有的地方模仿《圣经》的韵味，有的地方模仿17世纪的无韵诗，有的

---

① 艾默琳·格兰杰福德小姐：马克·吐温《哈克贝利·费恩历险记》中的人物。
② 耳朵不灵：意为使用韵律不熟练，时而出错。
③ 《草叶集》：惠特曼诗歌总集的名称。

地方则模仿那种既刺耳又单调的劣等散文。对此，你也必须容忍。

当然，有这些缺点是令人遗憾的，但没有多大关系，我们可以跳过去不读。《草叶集》是一本可以随便从哪里开始读的书，你觉得有趣就往下读，觉得没趣就翻过去，随便翻到哪里都可以，然后再往下读。惠特曼能写出既纯又美的诗句，也能写出震撼人心的诗句，而且往往能营造出异常动人的意境。不用我说，他是所有诗人中最具爆发力的。

他充满活力，充满对生活的真切感受。他感受到生活的缤纷和喧哗，感受到生活的热情和美好，感受到生活的刺激和欢乐，这就是美国人引以为自豪的真正的美国特性。他把诗的艺术交还给了普普通通的人。他使人们看到，并不只有在月光下、在城堡的废墟上和在少女的相思中才有诗，在大街上、在火车上、在轮船上、在工匠的敲打声中、在农夫的耕耘中、在日常的忙碌和休息中，都有诗。总之，在整个生活或者说在各种各样的生活中，都有诗。就像华兹华斯①曾向我们表明，写诗不一定要用诗的语言，用日常语言也照样能写诗。惠特曼向我们表明，写诗不一定要用风花雪月，用油盐酱醋也照样能写诗。所以，他的诗不但不逃避现实，反而紧紧地拥抱现实。

要是哪个美国人读了惠特曼的诗却没有对自己国家的辽阔和富饶更感到自豪，或者没有对未来更充满希望，那他一定是个心智愚钝的白痴。我认为，惠特曼的诗表明美国已经在文学中真正意识到了自己。这是具有男性气概的豪放的诗、民主的诗，这是一个新兴国家的战歌、一种民族文学的基础。我们在欧洲的博物馆里时而会看到人们把耶西②的家谱画成一棵树的样子：亚当③是这棵树的粗壮的树干，以色列的历代圣贤和帝王则是从树干上长出来的树枝。如果我们也想用一棵树来表示美国文学的家谱，如果说像欧·亨利、林·拉德纳、西奥多·德莱塞、辛克莱·刘易斯、威拉·卡瑟、罗伯特·弗洛斯特、范切尔·林赛、尤金·奥尼尔和埃德温·阿林顿·罗宾逊这样的美国作家是这棵树上的树枝，那么粗壮的树干就是自信而豪迈的瓦尔特·惠特曼。

---

① 华兹华斯：19世纪英国"湖畔派三诗人"之一。
② 耶西：《圣经》人物，以色列大卫王之父。
③ 亚当：《圣经》人物，上帝造的第一个人，人类始祖。

第三章

书与我：我是这样读书的

我是个差劲的读者

我十八岁时学会了法语、德语和一些意大利语，但我深知自己还很无知。于是，我就读我能弄到的所有能读的东西。我的好奇心如此强烈，以至于秘鲁的历史或者牛仔的回忆录，我也想读，就如我想读关于普罗旺斯诗歌的论文或者圣奥古斯丁①的《忏悔录》。我想，这使我有了相对多的知识，而拥有这些知识，对一个小说家来说是很有用的。因为说不定，哪一点冷僻的知识会在哪一天正好派上用场。

我曾把自己读过的书列成好几张书单，其中有一张出于偶然至今仍在我手边。那上面写着我在两个月里读过的书。当然，那是我为我自己写的，别人相信不相信无所谓。那张书单表明，我在那段时间里读了三部莎士比亚的剧本、两卷蒙森②的《罗马史》、大部分的朗松③《法国文学史》、两三部小说、一些法国古典作品，还有几本科学著作和一个易卜生④的剧本。

我那时确实是个勤奋的学徒。在圣托马斯医院实习期间，我系统地读了英国文学、法国文学、意大利文学和拉丁文学。我还读了很多历史书、哲学书和科学论著。我的好奇心太强了，以致没花时间去认真思考读过的书。我迫不及待地读完一本书，又迫不及待地开始读另一本书。

---

① 圣奥古斯丁：古罗马帝国时期哲学家、神学家，生于北非塔加斯特，其神学思想成为基督教教义的基本来源。
② 蒙森：18世纪德国历史学家。其主要成就是对古罗马历史的研究，五卷本《罗马史》（第四卷未完成）是他积三十年之功写成的史学巨著。
③ 朗松：19世纪末20世纪初法国文学批评家、文学史家，《法国文学史》是其代表作。
④ 易卜生：20世纪初挪威剧作家，其"问题剧"如《娜拉》《人民公敌》等，奠定了欧洲现代戏剧的基础。

读书对我来说是历险，每当我开始读一本名著时，我总是心情激动得像一个要上场的年轻垒球选手，或者像一个要去参加交谊舞会的少女。记者采访时经常会问受访者，什么时候是他生活中最激动的一刻。如果是问我而我不羞于回答的话，我会说，是我第一次拿起歌德的《浮士德》开始读的那一刻。我从未失去那种感觉，即便到了现在，我有时读这本书的最初几页，仍会热血沸腾。

读书对我来说也是休息，就像对别人来说，聊天和打牌是休息一样。不仅如此，读书还是我的必需，如果有谁剥夺我读书的权利，哪怕是一会儿，我也会像吸毒者被夺走海洛因一样暴跳如雷。我觉得读读火车时刻表或者菜单，也比什么都不读要好。还不只是读读而已，我曾认认真真读过军需部购物处的价目表和旧书店里的书目表，读得津津有味。我觉得，就是读读拉丁字母表也使我心旷神怡，比读近来出版的一半小说有意思得多。

但我也时常放下书，因为我意识到时光流逝，人生苦短。我活在这个世界上，要写作就要有人生经验。这是必需的，但我活在这个世界上本是为了经历人生，而非为了写作。对我来说，仅仅成为一名作家似乎还不够。因为我为自己设定的人生理想很明确：最大限度地体验人生，体验做人这件奇妙的事情。我要体验作为一个人的种种痛苦，同时也要体验作为一个人的种种欢乐，这是作为一个人的命运的一部分。我认为，没有理由要使肉体需求服从于精神准则。所以，在社会交往和人际关系中，我决定去做我能做的任何事情：无论是饮食、男女、奢侈、运动、艺术、旅行。就如亨利·詹姆斯所说："不管是什么，只要能做的，都应该做一做。"不过，你努力要做的，不一定都会成功。但无论是做成功了，还是做不成功，我最后总会如释重负般坐下来，以书为伴。

说来我虽然读了不少书，可我是个差劲的读者。我读得很慢，跳读也读得不好。我发现，不管一本书多么糟糕，多么使我厌烦，我总要把它读完才安心。没有被我从头到尾读完的书，扳着手指就能数出来。

另一方面，我读过两遍的书也寥寥无几。我虽然很清楚，有些书只读一遍是没法获取其全部价值的，但因为我读了一遍就觉得已经获取我所想要的东西，所以也就不读第二遍了。这些书的具体内容可能已经被我忘记，但它们对我的影响仍是巨大而持久的。我认识有些人，他们总是一遍又一遍地读同一本书①。要说原因，只能说他们只用眼睛而没有用心在读，于是成了机械运动。这当然没有什么坏处，但若认为这是智力活动，那就错了。

① 暗示基督徒读《圣经》。

一本令人生畏的书

一、康德是怎样一个人?

每天早晨四点五十五分,康德教授的仆人兰伯会准时叫醒主人。五点整,康德坐在书房里开始用早餐,这时他仍穿着拖鞋、睡衣,戴着睡帽,而且睡帽上还有一顶三角帽。他的早餐只是喝一杯淡茶,抽一斗烟。接着,他坐在那里思考当天上午要讲的课程内容。大约一个多小时后,他更衣、下楼。教室就在他住的那幢楼的底层。他从七点开始讲课,一直讲到九点。他的课很受学生欢迎,想要坐在前面的位置,必须提早半小时进教室。讲课时,他坐在一张小讲台后面,像聊天一样侃侃而谈。他很少打手势,而是用幽默的语言和充分的例证来吸引学生。他的目的是要教会学生独立思考,因此他不喜欢学生埋头把他的每句话都记下来。

"先生们,"有一次他说,"不用这样做笔记。我的话不是神谕。"

他总是用目光扫视坐在前排的学生,通过他们脸上的表情来判断他们是否听懂了他说的话。但只要有一点点动静,就会影响他讲课。有一次,有个学生的外套上少了一颗纽扣,被他看到了,也扰乱了他的思路。还有一次,有个困倦的学生打了几次哈欠,他就停下来说:"如果一个人不可抑制地想打哈欠,那么根据礼仪,他应该用手捂住嘴。"

九点多一点儿,康德回到房间,换回睡衣、睡帽、三角帽和拖鞋,坐下来看书、写作。一直到中午十二点三刻,他起身到楼下吩咐厨娘午餐开始时间。然后,他换好正装,回到书房,等待前来和他共进午餐的客人。他邀请的客人总是在两人到五人之间,不会多,也不会少,而且每天都会邀请客人，因为他无法忍受独自一人用午餐。据说，有一次他实在找不到人来陪他吃饭，就叫仆人到街上去随便找了几个人来。他不仅要求厨娘准时备餐，还要求客人准时到达。而且，他还习惯在当天邀请客人，就是客人已有其他预约，他也不管。有一段时间，有位克劳斯教授天天都来和他共进午餐，但他还是坚持每天早上叫仆人去邀请。

客人都来了，康德会吩咐仆人上菜，自己到客厅去拿银勺子——这是他的宝贝，和他的钱一起锁在一只柜子里。客人到餐厅就座后，他说一声"开始吧，先生们"，然后就自己大吃起来。这其实是他每天吃的唯一的一顿饭，因而总是很丰盛，有汤、有豆荚烧鱼、有烤肉，最后还有奶酪和时令水果。每位客人面前还摆了一瓶红葡萄酒和一瓶白葡萄酒，随他们选用。

康德很会说话，而且喜欢一个人说，如果有人插嘴或者反驳，他就会不高兴。不过，他说的话总是很有趣，因而整场谈话其实只有他一个人在说，别人也不太介意。关于谈话，他曾在一本书里这样写道：

> 当一个涉世不深的年轻人参加一次高档次的聚会时，很容易一开口就感到窘迫（尤其是有女士在场）。这时，他若用报纸上的一则新闻作为开场白是不恰当的，因为别人会感到困惑，不明白他为什么要提到这件事。其实，他刚才肯定是从街上走过来的，所以抱怨天气不好才是最好的引子。

尽管他的餐桌上从未出现过女士，但他还是惯于用这个"最好的引子"开始和客人交谈。接着，他会谈到当天的国际、国内新闻，谈到旅行时的所见所闻，谈到外邦人的奇风异俗，谈到文学，谈到饮食。最后，他还会讲几个幽默故事。这样的故事他有很多，而且讲起来有声有色。他之所以要讲幽默故事，用他自己的话来说，是为了"让午餐在笑声中结束，这样有助于消化"。所以，他总是把午餐时间拉得很长，直到很晚才让客人离席。客人离开后，他从不坐下来休息，以免打瞌睡。

因为他认为睡眠时间要尽可能减少，这样等于延长寿命，所以他绝对不允许自己打瞌睡。午餐后，他总是去散步。

康德身材矮小，仅五英尺①高，而且很瘦，两只肩膀还一高一低。他的鼻子有点鹰钩，眉毛很整齐，皮肤很白皙。浅蓝色的眼睛虽然很小，但炯炯有神。他出门时穿着整洁，戴一顶金色假发，穿一件绣花领衬衫，打一个黑色的领结。上乘质料的外套、裤子和背心，配灰色的丝绸长袜和钉有银扣的鞋子。左边胳膊下夹着一顶三角帽，右手拄着一根金头手杖。不论天晴还是下雨，他每天都要散步，而且总是不多不少一个小时。要是雨下得太大或者阳光太灼热，就由仆人撑着一把大伞跟在他身后。他仅有一次没有去散步是因为他收到卢梭的《爱弥尔》一书后读得爱不释手，整整三天没有出门。

他散步时总是走得很慢，以免出汗，因为他认为出汗对人体有害。而且，他总是一个人散步，因为他认为只用鼻子呼吸可以避免身体着凉——如果和别人一起散步，出于礼貌也要说说话，免不了会用嘴呼吸。此外，他每天的散步路线一成不变——按海涅②的说法，总是沿着林登街走八个来回。他每天出门的时间分毫不差，小镇上的人看到他走过就能知道准确的时间，因而有人还用他来校准家里的钟。

散步回来，他就在书房里读书、写作，一直到黄昏。这时，他总是眼望着附近一座教堂的尖顶，思考他一时还没有解决的哲学问题。关于这一点，还有一个传说：有一天黄昏，他发现自己怎么也看不到那个尖顶，原来是旁边的几棵杨树越长越高，把教堂的尖顶遮住了。这使他坐立不安。好在杨树的主人得知后马上就去修剪树顶，这才使他安下心来，继续思考问题。晚上九点三刻，他把手里的事情通通放下。十点前，他肯定已睡在被窝里了。

然而，就在一七八九年七月中旬到月底的某一天，康德出门散步没有走到林登街上，而是走了另一个方向。哥尼斯堡③的居民大为惊讶，都说一定发生了什么大事。是的，他们说得没错。康德刚刚得知：七月十四

---

① 1英尺约为0.3米。
② 海涅：19世纪德国诗人、散文家，曾写《德国哲学的历史》，其中谈到康德。
③ 哥尼斯堡：东普鲁士（现属波兰）的一个小镇，康德一生都住在那儿。

日，巴黎暴民攻陷巴士底监狱，释放了所有囚犯。法国大革命爆发了。

康德出身贫寒，父亲是个憨厚的铁匠，母亲是个虔诚的信徒。康德曾这样说到他的父母："他们给了我完美无缺的道德教育。每当我想起他们，心里总是感激不尽。"其实，他还应该补充说，他母亲的宗教信仰对他最终形成的哲学体系也有影响。他八岁上学，十六岁进入哥尼斯堡大学。这时，他母亲已经去世。他父亲很穷，除了支付他的食宿费用，没有能力给他更多帮助。他的一个鞋匠叔叔给了他一些资助，他自己去做辅导教师，此外——意想不到——他在台球赌博和扑克牌赌博中赢了一些钱，这才读完六年大学。

他二十二岁时，父亲去世，家庭分崩离析。他母亲共生了十一个孩子，活下来五个：除了他，还有一个比他小很多的弟弟和三个姐妹。姐妹们后来都做女佣，其中两个嫁给了同阶层的人，幼小的弟弟则由鞋匠叔叔抚养。他没有申请到当地一所学校的助理职位，先后在几个乡绅人家做家庭教师。这使他接触到一个较为上层的社交圈，从而养成了他的绅士风度和优雅举止。

这样过了九年后，他取得博士学位，并在哥尼斯堡大学担任讲师。

那时他住在公寓里，吃饭时要选择那些有可能遇到同伴的小饭馆。但他很挑剔。有一次，他觉得公寓里一只公鸡的叫声影响他思考，想把那只公鸡买下来，但是主人不肯卖，于是他干脆搬了出去。他另一次搬家的原因是嫌同住的一个室友不善言谈。还有一次是因为室友们要求他做一次学术演讲，而这恰恰是他最不愿意的。这样过了好多年，他的经济状况才好转，终于买下一幢房子，还雇了一个仆人来照料他的起居。但是，房子里的家具还很少，挂在墙上的也只有朋友送给他的一幅卢梭肖像。房子里的墙壁原先是雪白的，但时间久了，渐渐被油烟熏黑，后来甚至可以用粉笔在上面写字。有一次，有位客人真这么做了，他温文尔雅地批评那位客人："我的朋友，您何必去惊动这多年来的沉积？这道自然形成的帷幕，岂不胜过用金钱购置的丝绒？"

康德虽然活到八十高龄，但他从未离开过他出生的那个小镇六十英里。他从小身体不好，很少有不受病痛折磨的时候，但他总能凭借意志力不去注意身体的不适，好像病痛是和他无关的东西。他经常说："一个人应该学会适应自己的身体。"他性情温和，对所有人都友好相处，但他很拘泥于礼节。他尊重别人，别人就必须报之以同样的尊重。他成名后，许多大人物都想见他一面，于是就找中间人，邀请他到府上去做客，但他却坚持要他们先到他府上来拜访，然后他才会去回访——不管哪个大人物，都是如此。

二、审美有客观标准吗？

前面我把康德的生平和个性大概说了一下，目的是使读者对这位大哲学家感兴趣，从而有足够的耐心读完我后面要写的我对他的一本书的思考。这本书的题目有点令人望而生畏——《判断力批判》①。书中讨论的是两个问题——审美与目的论。这里，我想先声明，我主要思考的是第一个问题——审美，而且我对自己的观点也没有多大把握。因为我非常清楚，像我这样一个小说家竟敢思考这样一个问题，一定会有人认为我太自以为是。

确实，我不敢冒充哲学家，我只是一个从小热爱艺术的人而已。但我敢说，凭我的经验，我对创作过程有所了解，而且作为一个小说家，我也懂得如何正确看待审美的核心问题——"美"。小说是艺术，但并不"美"。伟大的小说可以反映人心中的欲念与激情，可以探索忧郁多变的人类灵魂，可以分析人与人之间的关系，可以描写不同的文化生活或者塑造不朽的人物形象。但是，要说小说可以表现"美"，那只有在"美"这个字被不经意地误用时才是正确的。"美"或许属于诗人，但肯定不属于小说家。

下面，我要思考康德的审美理论。不过，在此之前，我要先告诉读者一件怪事：康德本人好像没有任何审美兴趣。他的一位传记家曾这样

---

① 《判断力批判》：康德"三大批判"之一，出版于1790年。另两部"批判"是《纯粹理性批判》（1781）和《实践理性批判》（1788）。

写道："无论是对绘画，还是对雕塑，即便是对其中的精品，他（康德）好像都从来没有表现出有什么兴趣。就是他到了收藏有许多非凡的艺术品的美术馆里，我也从来没有见到他仔细看过那些作品，或者用其他什么方式表现出对它们的欣赏。"

他也不是人们所说的那种18世纪的"多情人士"。他曾两次认真考虑过结婚，但他又长时间没完没了地考虑结婚的利弊问题。结果，一个他看中的年轻女士嫁给了别人；另一个等不到他做出决定，离开了哥尼斯堡。我想，这只能说明他心里没有爱情，不然的话，即便他是个哲学家，也肯定能找出足够的理由来实现自己的愿望。他有两个已婚姐妹也住在哥尼斯堡，但他在二十五年里没有和她们说过一句话。他对此的解释是：他和她们没有共同语言。这话一听就知道他这个人太理性。

是的，我们忍不住要说他不顾亲情，但只要回想起我们自己的那些和我们毫无共同之处的亲人，以及我们是怎样勉勉强强地和他们没话找话，我们又不得不承认他这么做也不无道理。他只有关系好的熟人，没有朋友。熟人生病时，他会每天派人去询问，但他自己从不去探望。熟人死了，他会说："愿逝者得到安息！"然后就把他们忘了。他从不感情冲动，但他和蔼、慷慨（在他那点家产的限度内）、乐于助人。他富有深邃的智慧和惊人的思辨力，但在情感方面却相当欠缺。

因此，他竟然能在和情感有关的审美问题上提出那么精辟的见解[①]，确实令人吃惊。他认为，美不存在于客体中[②]。也就是说，客体仅仅是供我们投射某种特定快感[③]的对象。他还发现，艺术能使某些本质上丑陋的东西具有美感。不过，他对此有所保留，承认有些东西即使在艺术中也仍然是丑陋的，甚至令人作呕。这一点，我想有些现代派画家应该牢牢记住。他还暗示说，如果生活经验过于平凡而不足以为艺术提供素材，

[①] 指康德提出审美（也称"鉴赏判断"）四特征：（1）它是愉悦的，但不带任何利害关系；（2）它是普遍的但不是概念；（3）它具有合目的性，但无目的（无目的的合目的性）；（4）它是主观的，但带有必然性。
[②] 指美与客体无关，即美是主观的（也就是：美是人赋予客体的，而非客体固有）。
[③] 某种特定快感即美感。

那么艺术家或许可以凭借想象力创造出超自然艺术。这一点，我想可以说，表明他甚至预见了20世纪抽象艺术的出现。

哲学家的思想很大程度上由其个性决定，因而我们不难预料，康德对美学问题的研究是纯理性的。他的研究目的是要证明，由美引起的快感完全是思维活动的产物。对于这一论题，他的研究方式也与众不同。他首先区分了美与愉悦的不同。他认为由美引起的快感是不受利害关系影响的，而愉悦则是由感官引起的快感，因而具有倾向性，而倾向性则和欲望以及利害关系密切相关。举个简单的例子就能说明他的观点：当我看到多利斯风格的古希腊神殿时，我所感受到的快感是不受任何利害关系影响的，因而我完全可以把它称作"美"。而当我看到一只熟透的桃子时，它在我心中引起的快感就可能和利害关系有关，因为它使我产生了想吃它的欲望，因此这样的快感只能称作"愉悦"，而不是"美"。

当然，各人的感官反应不尽相同，使我愉悦的东西可能对你毫无作用，但我们每个人都知道什么东西会使自己感到愉悦，这是毫无疑问的。愉悦仅仅是一种感官的满足，因而康德认为愉悦毫无价值。这种说法好像令人难以接受。在我看来，康德之所以会这么说，唯一的解释就是他坚信只有理性思维才具有真正的价值。还有，既然美和感官无关（因为和感官有关必然和利害有关），那么像色彩、神奇和柔情这类仅仅由感官引起的快感，也就通通和美无关了。这样的结论确实令人诧异。

但是，虽然看似荒唐，康德却是在明确的逻辑基础上做出这一结论的。人们的感官反应各不相同，如果美有赖于感官，那就不可能有评判美的标准，而没有评判美的标准，也就无所谓美学了。反过来说，既然对美的评判——简单地说，就是审美——必须要有标准，那就不能根据变化不定的感官反应，而只能根据相对稳定的思维活动。也就是说，当你试图判断某一客体是否具有审美价值时，你要撇开所有感受——譬如，它的色彩多么诱人，你感到很兴奋，等等——仅仅对它加以"思维"；这时，如果你对它的理解和想象（两者均为思维活动，而非感官反应）之间有一种自然而然的和谐关系，而且由此而产生一种快感，那就可以肯定，这一客体对你具有审美价值。

完成这一思维活动后，你就有理由要求其他人同意你的判断。评判某一客体是否具有审美价值虽然并不基于普遍概念，而是基于它所引起的快感，因而是主观判断，但不管怎样，它仍具有某种程度上的普遍性，所以你有权利要求其他人同意你在这一客体中发现了"美"，而事实上，其他人也应该承认你有这种权利。对此，康德是这样予以辩护的：

> 当一个人认识到某一客体能为他带来不受任何个人利害关系影响的快感时，他当然可以认为这一客体可以为所有人带来同样的快感。因为，既然这种快感不是基于任何主观意愿（或其他个人利害关系），那么主体对这一客体的喜爱也就完全和主体自身无关，也就是说，主体的快感和主体自身的一切个人因素无关。因此，主体完全可以假定他人也同样具有获得这种快感的条件，并由此坚信，所有人理应都能获得相似的快感。

不过，有证据表明，康德自己也觉得这样的辩护不太有说服力。也许是因为他认识到理解和想象并不比感受更为稳定。因为很明显，没有哪两个人的思维能力是完全一样的：哥尼斯堡镇上就有许多人比我们这位哲学家更具想象力，而他的理解力又是他们无法比拟的。因而，康德不得不假定，人类在评判"美不美"这一问题上或许有一种共同感知力。但是他又随即承认，人们在这一问题上的评判经常会大相径庭，因而这一假定也没有多少说服力。他在另一本书里甚至承认，人们对美的兴趣也不一样——而如果人类在这方面真有某种共同感知力，那就应该对美抱有同样的兴趣。所以，他后来在《审美判断的辩证法》一文中说，要想证明审美的普遍性，唯一的补救方式就是假定在审美客体和审美主体之间存在着一种"超级感知体"。

如果我没有理解错的话，他的意思是说，审美客体和审美主体都是现实的存在，因而具有现实的同一性——就如用相同的纱线织成的一套衣裤。但我认为这样的假定仍然没有说服力。在我看来，假定审美是人类的共同感知力只会得出一个有悖事实的结论，因而是徒劳的。如果说由审美产生的快感是主观的——康德极力坚持的就是这一点——那么这种快感的产生肯定离不开审美者的个性，离不开他个人的思维方式和感知方式。虽然我们都是古希腊文化、古罗马文化和古希伯来文化的后继者，具有诸多共性，但我们之中并没有两个人是完全相同的。虽然对于一些熟悉的东西——也许就是因为熟悉——我们或多或少具有美的共识，但毫无疑问，我们各人在评判"美不美"时的差异，肯定不会小于我们在评判"愉悦不愉悦"时的差异。

康德接着说，只要你完成上述思维活动而认定某一客体是美的，你就不仅有权要求其他人承认你由此而获得了快感（一种感知），而且有权假定，你的这种快感（一种感知——我再说一遍）是可以普遍传递给其他人的。这在我看来实在太奇怪了。我一直认为感知的奇特之处就在于它是不可传递的。当我看过乔尔乔涅①在弗朗科堡所画的圣母像后，如果我有语言天赋，我或许可以向你描述我的感知，但是我怎么也不可能使你和我有同样的感知。我或许可以告诉你，我恋爱了，甚至可以向你描述我在恋爱时的感知，但是我绝对不可能把我的感知直接传递给你。否则的话，就等于你和我同时爱上了同一个人，那就麻烦了。此外，我们的感知取决于我们的个性，这也是毫无疑问的。我可以毫不夸张地说，没有哪两个人对同一首诗或者同一幅画会产生同样的感知。至于康德为什么会认为感知是可以普遍传递的，我想原因只能是，他深信感知本身并不重要，不过是认知的材料而已，即感知通过理解和想象产生认知。既然认知——即思想——是可以普遍传递的，那么作为认知材料的感知，也应该是可以传递的。这也许就是康德坚持认为审美是纯思维活动的原因所在。

然而，思维是一种被动状态。思维不可能产生欣赏绘画和诗歌时的那种兴奋感和屏息感。通过思维，或许可以很好地描述人在愉悦时的反应，但不可能产生美的感受。我不相信，有人真能慢慢地、有条不紊地

---

① 乔尔乔涅：15世纪末16世纪初意大利"威尼斯画派"画家。

"思维"莎士比亚和弥尔顿的诗歌、贝多芬和莫扎特的音乐，或格列柯和夏尔丹的绘画。

三、艺术家创作是为了传递某种信息吗？

康德的感知传递理论很自然地传递给了后来的美学家。确实，艺术家——不管是诗人、画家，还是作曲家——其作品都传递了某种信息，但美学家却就此推断艺术家的创作动机就是传递信息。我认为这种推断是错误的，他们没有充分了解创作过程。我认为艺术家创作一部作品并非出于美学家臆想的那种动机。如果他真的为了传递信息，那他就不是艺术家，而是宣传家、鼓动家。我很了解小说家的创作过程：先是有一个不知从哪里来的想法，他称之为"灵感"——一个大而无当的名称。其实这个想法本身就像落入河蚌壳里的一粒沙子一样微不足道，重要的是这粒沙子最后会使河蚌产出一颗珍珠——不知为什么，这个想法总使他骚动不安，浮想联翩：各种各样的思绪从他的潜意识中涌出，各种各样的人仿佛都在他眼前晃动，各种各样的事仿佛就在昨天发生（请注意，小说中的人物要通过事件才能得以塑造，而非单纯描绘出来的）。

就这样，直到他的头脑里充满形形色色的人和事，充满一大堆混沌无序的素材。然后，他就想从中理出头绪来。有时——不是每次——他发现在这混沌无序的素材中似乎有某种秩序，就如在茫茫丛林中似乎有一条路。然而，当他想继续找下去时，一切似乎又变得混沌无序了。于是，他换一个方向再找，似乎又看到一条路，但他不能确定那是不是真正的路。而此时，他已无法放弃，因为他的灵魂已被重重地压在他的愿望之下。为了使自己的灵魂得到喘息，他就把自己所经历的一切写了出来。小说完成后，他觉得自己好像重新获得了自由。至于读者会从小说中获得什么，那就不关他的事了。

我认为风景画家——如年轻时代的莫奈和毕沙罗——同样符合这种情况。风景画家没法告诉你，为什么某一景物，如一条弯弯曲曲的溪流或者一条雪地上的林中小路，会使他那么激动，乃至于引发他的创作欲望，并觉得眼前仿佛有许许多多溪流或者林中小路可以作为他的创作素材。而他天生就是一名画家，他所要做的而且所能做的，就是用线条和颜色把他的这种感受表达出来。他这么做并不能满足他自己的感官需求——我怀疑有哪个艺术家真能通过艺术创作来达到艺术欣赏的目的，不管他从事的是哪种艺术——他只是释放了自己内心的创作压力而已。这对他来说既是快乐的，又是痛苦的。不管怎样，我相信他从未意识到要向未来的艺术观赏者传递某种信息。

其实，诗人和作曲家也符合这种情况。说实话，前面我之所以选择以画家而不是诗人或者音乐家为例，完全是因为画家的作品比较直观：一幅画放在你眼前，你只要看就行了。当然，我并不是说，你只要瞥上一眼就能看懂一幅画。那还是需要你有一定的鉴赏力，需要有一定的时间加以关注。但绘画毕竟与诗歌不同。诗歌是语言艺术，而语言中充满了联想，在不同的国家和不同的文化中又有不同的联想。此外，语言通过语音和语义同时发生作用，所以它既有感觉（听觉）上的意义，又有思想上的意义。而绘画仅有视觉上的意义，使你产生视觉美感。

至于音乐，我不敢多说，因为在我看来，人类到底是凭着怎样的神奇天赋创造出音乐来的，这是艺术中的最大谜团。然而，使许多人大为震惊，康德竟然把音乐（和烹饪一起）归入下等艺术之列。他的理由是：尽管音乐是一种令人愉悦而广受欢迎的艺术，但它却完全是感官的。其实，他有这样的观点并不奇怪，因为他一向都是用各种艺术对思维的贡献大小来衡量其价值的。所以，他对诗歌的评价特别高，因为诗歌往往突破概念限制，或者说突破严格定义的语义限制，从而释放出更多思维空间。换言之，诗歌能激发想象力。"在视觉艺术中，"他写道，"我最看重绘画，因为它最有可能进入思维领域。"

四、美是永恒的吗？

我本来就没有打算把这篇文章写成哲学论文，而只是想随便谈谈我感兴趣的话题。既然如此，在这里说些题外话，我想也没多大关系。对于审美，知识界的态度几乎和艺术评论界一模一样。这或许是不可避免的，因为他们都不得不理性地解释一个本来就和理性没有多大关系而几乎可以说是纯属情感的问题。譬如，罗杰·弗莱①就是这样。他的艺术评论时而涉及绘画，因文笔清晰而深受读者欢迎，可说是个德高望重的艺术评论家。但是，他和我们大多数人一样，也受限于自身所处时代的某些偏见。譬如，他认为艺术创作应该源于艺术家自由的审美冲动，因而严厉批评那些坚持认为艺术创作并非天马行空的人。他非常鄙视肖像画，认为肖像画的目的无非是为了显示主顾的社会地位和社会名望，因而他把肖像画家看作是毫无价值的，甚至是有害的寄生虫。

由此，他把艺术作品分为两类："一类作品是艺术家审美冲动的自由而真实的表达，另一类作品是艺术家为取悦庸众而施展的雕虫小技。"这话似乎太简单粗暴了。古埃及的法老为自己建立巨大的雕像，其目的固然和希特勒或墨索里尼在街头贴满自己的画像一样，仅仅是为了让他的臣民对他顶礼膜拜，但我们还有贝利尼②的《总督像》、提香③的《戴手套的男人》和委拉斯凯兹④的《英诺森教皇像》。这些作品表明肖像画也可以成为具有审美价值的艺术精品，而与此同时，我们也没有理由认为，这些肖像画的主顾对它们不满意⑤。如果腓力四世⑥对委拉斯凯兹画的肖像画不满意，他是绝对不会一而再、再而三地做他的模特的⑦。

罗杰·弗莱的论述之所以有纰漏，是因为他错误地认为艺术家的创作动机和评论家或者艺术观赏者一定有某种联系。如果他自己是个小说家的话，按他的性格，很可能会动手写一部嘲笑其他小说家的小说，就

---

① 罗杰·弗莱：19世纪末20世纪初英国画家、美术评论家，推崇后期印象派画家，曾任剑桥大学美术教授，著有《塞尚》《美术和构图》等。
② 乔凡尼·贝利尼：15世纪末16世纪初意大利画家、"威尼斯画派"主要奠基人之一。
③ 提香·韦切利奥：16世纪意大利"威尼斯画派"代表画家。
④ 委拉斯凯兹：西班牙人，17世纪南欧巴洛克绘画代表画家。
⑤ 意为这些肖像画仍准确地描绘了主顾的形象。
⑥ 腓力四世：西班牙哈布斯堡王朝国王，1621年至1665年在位。
⑦ 腓力四世曾好几次召委拉斯凯兹入宫为他画肖像。

如菲尔丁写《约瑟夫·安德鲁斯》嘲笑理查生[①]。殊不知，在本能的驱动下，他的写作会变成自我表现，并以此为乐。我们知道，狄更斯曾受邀就一个他并不感兴趣的话题写一部小说，实际上是为一位著名漫画家的一组漫画配上文字。他接受这项任务纯粹是为了每月能挣十四英镑。

但是，凭借旺盛的精力、丰富的幽默感和塑造生动人物的才能，他写出的《匹克威克外传》却成了英语文学中最伟大的幽默杰作。

说不定，正是那些他咬咬牙才接受的苛刻条件，逼出了他的创作天才，使他令人惊讶地创造出山姆·维勒[②]这样的人物。我从未听说过哪个才华出众的艺术家会受创作条件的限制。如果有个主顾要求一位画家为他画一幅他和妻子一起跪在十字架下的肖像画，不管这个主顾是为了沽名钓誉，还是因为真正的虔诚，那位画家都会毫不犹豫地答应他。我相信，那位画家绝对不会认为这个主顾的要求限制了他在艺术上的自由发挥。相反，我更倾向于认为，某些限制反而会迫使艺术家发挥他的才能。实际上，每一种艺术都有其自身的限制。艺术家越有才能，就越能在限制的范围内自由发挥其才能。

在我们的父亲和祖父那两代人中，曾一直有人认为绘画是一种神秘的艺术，只有画家才能真正欣赏绘画，因为只有他们才懂得复杂的绘画技巧。这种观点最初出现在法国，而在过去的一百年里，法国也是大多数美学理论的发源地。在我的印象中，是惠斯勒[③]把这种观点带到了英国。惠斯勒坚称，普通人都是不懂艺术的庸人，因而必须百分之百地听从艺术家的教诲。他们唯一的有用之处是掏钱买画，为艺术家提供衣食，至于他们对画的看法，不管是好是坏，都是无关紧要的。

这真是胡言乱语。绘画技巧固然复杂，但一点也不神秘，不过是艺

---

① 一般认为，菲尔丁的小说《约瑟夫·安德鲁斯》是对理查生的小说《帕米拉》的模拟讽刺。

② 山姆·维勒：《匹克威克外传》中的人物，匹克威克的仆人。《匹克威克外传》是狄更斯的第一部长篇小说，也是他的成名作。这部小说最初在期刊上连载，一开始读者的反应很不好，几近失败。然而，当山姆·维勒这个人物出场后，读者的反应一下子反转，小说意想不到地大获成功。

③ 詹姆斯·惠斯勒：19世纪出生于美国、习艺于法国、后定居于英国的唯美主义画家。

术家用以达到预期效果的手段而已。每一种艺术都有技巧，这和普通人没有关系。普通人只需要关心结果就可以了。当你看到一幅画时，如果你有兴趣和相关知识，你也许会看看画家是如何使用色彩、光线、线条和空间关系的，但这对你来说并不是那幅画的审美价值所在。实际上，你在看画的时候不仅动用了你的眼睛，还动用了你的经历、你的本能、你的爱憎、你的习惯、你的情感，等等——可以说，动用了你的全部个性——在解读那幅画。你越有个性，那幅画对你来说也就越意味深长。所以，那种认为只有画家才看懂画的言论，画家们或许觉得很动听，在我听来却非常愚蠢。这只会误导画家，使他们鄙视评论家，认为评论家所说的一切对他们来说都是无足轻重的，因为评论家不懂技巧。如果真是这样，我认为是画家们错了。达·芬奇的《蒙娜丽莎》虽然不是人人都能看懂的，但我们都知道，这幅画曾对瓦尔特·佩特产生过怎样的影响。它对瓦尔特·佩特来说不仅仅具有纯粹的审美价值，它使他产生那么奇特的感官反应，使他几乎晕厥——这也是它的重要价值。

　　德加①有一幅收藏在卢浮宫里的名画，习惯上称为《苦艾酒》，其实画的是一名当时颇有名气的雕刻师②和一个名叫艾伦·安德烈的女演员。他们之间的那种关系，在他们那个圈子里从不被认为是丑闻。画面中，他们俩并肩坐在一家小酒馆里的一张大理石桌面的桌子旁，周围的一切看上去既俗气又脏乱。那个女演员的面前放着一杯苦艾酒。两个人都衣衫不整、邋里邋遢，你甚至可以闻到他们身上因为长久不洗澡而散发出的汗臭味。此时，他们正醉醺醺背靠着长椅，脸色阴沉沉的，一副无精打采的神情，从中你能感觉到一种几近麻木的自暴自弃和几近无耻的自我堕落。这幅画并不美，也不令人愉悦，但它却是世界上最了不起的杰作之一，能给人真正的审美感受。

　　我当然懂得这幅画的构图、色彩和线条有何高超之处，但对我来说，它的价值远远不止这些。当我看着这幅画时，我的感觉会突然变得敏锐，

---

① 德加：19世纪末20世纪初法国印象派画家。
② 指台斯色丹，德加的朋友。

我会有意无意地想起许多东西：我会想起魏尔伦和兰波①1的诗，想起《玛奈特·萨洛蒙》②2，想起塞纳河边的船码头和附近的旧书店，想起古老肮脏的圣米歇尔街和街上的小咖啡店和小酒馆。我承认，按正统的美学理论，联想不是审美，是不应提倡的。但我为什么很在乎联想？因为联想大大加强了我在欣赏这幅画时的快感。因为像这样一幅使人产生无限遐想的画，其审美价值怎么可能像那个名气不小的评论家卡米尔·莫克莱尔所说，仅仅在于德加对画面中的大理石桌面做了特殊处理？

不过，我在此有必要向读者坦白：我一直在轻快地谈论美，好像我很清楚美是什么，而事实上，我并不能确定美的含义。美应该有其含义，但究竟是什么呢？当我们说某物很美时，我们说出"美"这个词究竟是什么意思？除了表示某物使我们有一种不寻常的感觉，"美"这个词还有其他意思吗？我注意到，这个词使美学家也感到困惑，以至于有些人避免使用它。有人说，美是形式的对称与和谐。也有人说，美是真与善。还有人声称，美就是愉悦。

康德对美曾作出好几个定义，但其总的观点是认为具有思维快感（而非感官快感）的事物是美的。此外，和我的发现截然相反，康德坚持认为美是不变的③。这一观点不仅得到许多美学家的赞同，就是济慈也在《恩底弥翁》④中一开始就表达了类似的观点："美的事物就是永恒之乐。"这句话可能有两种解释，其中之一是：只要某物是美的，就能永远使人快乐。但是，如果说美在本质上就是使人快乐，我想这就成了哲学家所说的"琐碎命题"，即美会使人快乐，因而没有说出任何新东西。我想，像济慈这样的聪明人是不会说这种空话的，他的意思只能是：美的事物必将永葆其美，因而永远是快乐之源。

---

① 魏尔伦和兰波：均为19世纪末20世纪初法国象征派诗人。
② 《玛奈特·萨洛蒙》：19世纪法国作家龚古尔兄弟合著的长篇小说，讲述一个画家和他的模特兼情妇玛奈特·萨洛蒙的故事。
③ 指美（康德认定的美）不会随时代的变化而变化，也就是说，美是永恒的。
④ 济慈：19世纪浪漫派英国诗人，《恩底弥翁》为其著名长诗。恩底弥翁，古希腊神话中的牧羊美少年，他夜里在草地上睡觉，致使月亮女神塞勒涅爱上了他。此事被宙斯得知后，让他选择要么死，要么永远不得成年。他选择了后者。

但他这么说是错的。美和世上万物一样，也是会变的。有些美，存留时间很长，譬如古希腊雕像，由于古希腊文明的影响和它对人体的表现，为我们树立了人体美的理想典范。但是，随着我们对中国艺术和黑人艺术的深入了解，到了现在，古希腊雕像已经大大地丧失了对艺术家的吸引力，不再是汲取创作灵感的源泉。它的美正在渐渐消失。我们从电影中就能见其端倪：现在的导演不再像二十年前那样总是根据古典美来选择男女主角，而是注重演员的个人才能以及和他们所要扮演的人物体貌是否相符。导演们之所以这么做，就是因为他们发现古典美不那么吸引人了。有些美，存留时间很短。我们都记得自己年轻时看过的那些诗与画，它们曾使我们陶醉于美，然而仅仅到了现在，美就从它们那里流失了，就如水从漏底的罐子里流走。因为美有赖于环境与氛围，而环境与氛围会随着时间的变化而变化。

　　新一代人会有新的需求，会用新的方式去寻求满足。他们会对从小就熟悉的事物感到厌倦，转而去寻求新的事物，而新的事物有可能是比他们熟悉的事物更旧的事物。就拿意大利文艺复兴时期的那些画来说，我们现在觉得它们很美，而实际上，在18世纪时，人们就曾对它们感到厌倦了，认为它们不过是笨拙的古代艺术家的笨拙之作。那个时代的人认为它们美吗？不美。它们的美是我们赋予它们的。而且，很可能，它们在我们眼中的美，完全不同于它们刚诞生时在那些早已作古的艺术鉴赏者眼中的美。

　　约书亚·雷诺兹爵士曾在《第二论》①中竭力赞赏卢多维科·卡拉奇②，认为他的绘画风格堪称臻于完美的典范。"他对光影的处理自然而不做作，"雷诺兹爵士写道，"所用色彩很鲜明，但又丝毫不会分散观赏者对主题的注意。尤其是他画的晨光，在我看来和庄严的主题非常相符，比提香所画的那种过于炫目的阳光更胜一筹。"赫兹利特是个大评

---

① 约书亚·雷诺兹爵士：18世纪英国画家、艺术评论家，《第二论》为其评论集之一。
② 卢多维科·卡拉奇：16世纪末17世纪初意大利画家、"学院派三兄弟"之一，他的画到了19世纪已不大有人注意。

论家，也是一名画家，曾为查尔斯·兰姆画过一幅不错的肖像。他曾这样评论柯勒乔[①]："他在绘画艺术的诸多方面表现出无与伦比的卓越才能。""一想起他，"赫兹利特自信地问道，"有谁能不（激动得）头晕目眩？"——哦，我们能，我们甚至都不会想起他。赫兹利特还认为圭尔奇诺的《恩底弥翁》[②]是佛罗伦萨画派中最了不起的杰作之一，而我怀疑，今天的人看到这幅画时会不会多看一眼。

当然，举这些例子并非要证明这两位大评论家是在胡说八道，而是说，他们所表述的仅仅是他们那个时代的审美观。所谓美感，其实就是在不同历史时期都会产生的某种不一般的愉悦感。由于它不一般，于是我们就称那些给予我们这种愉悦感的事物为"美"。而这些事物之所以能给予我们这种愉悦感，只是因为它们正好合乎我们这个时代的某些需求，如此而已。所以，若是以为我们对美的看法会比前人高明，那是很愚蠢的。我敢肯定，就如我们质疑雷诺兹爵士对卡拉奇的赞誉和赫兹利特对柯勒乔的仰慕，我们的后代也会质疑我们的看法。

五、会审美的只有少数精英吗？

我曾说过，美的创造和美的欣赏之间有一条没有桥梁的鸿沟[③]。从这句话中，读者不难推测出我的另一个观点：美的欣赏即便不完全有赖文化修养，至少也要靠文化修养才能得到提高。这也是艺术鉴赏家和美学家的观点。他们甚至声称，审美能力只属于少数人。他们的话若是对的，那么托尔斯泰所说的"真正的美属于所有人"就是错的。康德在《判断力批判》中就"精神升华"所发的长篇大论也许是这本书中最有趣的部分。不过，我在这里只能向读者转述他的结论。

---

① 柯勒乔：16世纪早期意大利"创新派"画家。
② 圭尔奇诺：17世纪意大利"学院派"画家，《恩底弥翁》为其重要作品，与济慈的长诗《恩底弥翁》为同一题材。
③ 这句话的意思是作者不可能帮助读者欣赏作品，读者能不能欣赏作品完全在于他自己。

康德认为，山区的农民只会把高山看作危险可怕的东西，就如远洋船上的水手只会把大海看作险恶无常的对手。所以，要从白雪覆盖的高山和波涛汹涌的大海中获得一种可称为"精神升华"的愉悦，必须要有相当的思维能力和相当的文化修养才行。这个观点应该说不无道理。农民会从他赖以为生的土地上感受到美吗？我想不会。因为感受到美或者说审美肯定不能受利害关系的影响，而农民一心想着的就是犁地开渠。实际上，自然美是人类的一个新近发现，并由浪漫主义时期的画家和诗人加以表现。表现自然美需要闲情逸致和文化修养，而欣赏自然美则不仅需要摆脱实际的利害关系，也需要有文化修养和思维能力。这话听上去尽管使人觉得不舒服，但我实在想不出什么理由来驳斥"美只属于少数精英"的说法。

然而，接受这种说法又使我感到不安。二十五年前，我买了费尔南·莱热的一幅抽象画。画面是黑色、白色、灰色和红色的方形、长方形和圆形的组合，不知何故，这幅画取名为《巴黎屋檐下》。我当时并不认为这幅画很美，只是觉得它有点创意，可做装饰。那时，我有一个为我做饭的女佣，一个脾气很坏、喜欢吵嘴的女人。但就是这个女人，竟然站在这幅画跟前看了很久很久，仿佛入了迷似的。我问她看出了什么。她说："不知道，我就是看着它心里高兴！"我想，她的这种感受其实就是审美体验，和我在卢浮宫里站在格列柯的《耶稣受难像》跟前的感受是一样的。

这件事（当然，只是个例子）使我开始怀疑那种认为只有少数精英才能体验艺术之美的说法是不是太褊狭了。有文化修养和生活阅历的人对美的体验或许更真切、更充分、更敏锐，但没有理由认为，没有文化、地位低下的人是不可能体验到任何艺术之美的。也许，为后者带来审美快感的东西是美学家不屑一顾的，但那有什么关系？使济慈产生创作灵感的那只希腊古瓮，也不过是古希腊时代的一只平平常常的陶罐，但它却给济慈带来那么强烈的审美体验，从而催生出英语文学中最美的诗篇①。关于这一点，康德表述得简洁明了：美不存在于客体中。客体仅仅是供我们投射某种特定快感的对象，而快感是一种情感，因此我相信，所有能够体验喜怒哀乐的人都能体验由审美而带来的快感。我基本同意托尔斯泰的话——"真正的美属于所有人"，只是要把"真正的"去掉。世界上并没有"真正的"美。因为就如我曾经说过的，美是使人产生某种欣喜感和释放感的一种契机，并不是一种实体。不过，（尽管它不是实体）为了方便起见，我在本文中还将继续像谈论一张桌子一样，把它当作独立于观察者而存在的实体来谈论。

六、美有"目的性"吗？

说了这么多题外话，现在我必须回到我的主题——康德的审美理论。下面我要谈到的是关于美的"目的"和"目的性"——这是康德这本书中最艰涩的部分，而他有时还把这两个名词②当作同义词使用，所以理解起来更加困难。本文是为一般读者写的，所以到目前为止我一直尽量避免使用哲学术语，但现在我不得不请求读者耐心听我解释康德对"目的"和"目的性"所下的定义。他的定义是：

> "目的"是一个意念的对象，而此意念可被视为其对象的产生原因，即使此对象成为可能的真实基础。而此意念与其对象间的因果关系，即为"目的性"。

为了说明这一定义，康德还举了一个例子：有人造了一幢房子，为的是要把它出租，所以出租房子就是他造房子的"目的"。但是，如果他事先没有收取房租的想法，那么他也就根本不会造房子，所以收取房租的想法就是他造房子的"目的性"。顺便说一下，这位哲学家对某种

---

① 济慈在博物馆看到一只希腊古瓮，激动不已，于是写出《希腊古瓮颂》。
② 指"目的"和"目的性"。

自然现象的目的性所作的解释有点像是说笑话，尽管他自己可能并不这么认为：

> 滋生在人类衣服、头发、床铺上的寄生虫可以归因于大自然的一个智慧设计，其动机是使人类保持清洁，因为清洁是维护健康的重要措施。

但是，把寄生虫的存在归因于这样的目的，很难说是一种论证，只能说是一种臆想，更可能是一种善意的幻想。我们在自然界中发现的所谓目的性，很可能只是我们基于主观臆想的一种理论机制。我们用这种理论机制为自然界找到某种意义，接着以这种意义为理由，认定我们在自然界中的位置，然后就根据我们的位置所需，对自然界做出解释。

不过，我现在只需要谈一谈这种理论机制和康德美学的关系。康德说："美是客体的'目的性'，而且这种'目的性'以一种与'目的'相分离的形式被感知。"然而，这种"目的性"并非真实存在，它是我们出于本性中的主观需求附加于我们称作"美"的客体的。我曾努力寻找过这样一种"目的性"与"目的"相分离的客体，因为比起抽象思维，我更擅长考察具体事物，但是徒劳，因为"目的性"的定义直接表明，"目的性"以"目的"为前提。

下面我不妨大胆试一试，举个例子来说明。一只做得就像蛋壳一样薄的瓷碗，纤巧精美，其目的显然不是用来盛饭的——因为盛饭这样的"目的"涉及利害关系，而审美的本质之一就是无利害关系——此外，这只碗的釉层下还画有图案，而且必须把碗举起并对着阳光才能看出它的精妙绝伦。这样一只碗，除了用来欣赏，还会有其他"目的性"吗？

实际上，康德的意思就是说，美的事物的"目的性"让人欣赏，使人愉悦。但他就是不明说。我总觉得，他是经过深思熟虑后有意回避的——他不愿意明确承认，给人以快感是艺术创作的唯一目的。

快感向来负有罪名。哲学家和道德家一直不愿承认快感本身并没有什么不好，只是人们在追求快感的过程中应该避免产生不良后果。我们知道，柏拉图就曾否定了所有不能引人向善的艺术。基督教由于鄙视肉体，纠缠于"原罪"，一直把快感视为邪恶，认为拥有不朽灵魂的人类不应追求快感。我想，快感之所以这样不被认可，主要原因是人们总把它和肉体享受联系在一起。这很不公平。快感不仅仅是肉体的，还有精神上的快感。如果我们承认，就如圣奥古斯丁所说，性交是肉体快感的顶峰（圣奥古斯丁本人显然对此有过体验），那么我们也可以说，审美是精神快感的顶峰。

康德说，艺术家在创作时所想到的就是如何使作品呈现美。我认为事实并非如此。我相信艺术家创作只是为了发挥自己的才能，至于他的作品是否美，那纯属偶然，连他自己也未必关心。我们从瓦萨里[①]的记载中得知，提香是个赶时髦的多产画家，艺术经验丰富，对艺术市场也十分懂行。由此看来，当他承接肖像画《戴手套的男人》时，很可能一心只想描绘逼真，使顾主满意，只是由于他的天赋和顾主的气质，竟然画出了一幅美的肖像画。这是个皆大欢喜的意外。弥尔顿曾明确说过，他写《失乐园》是要颂扬清教理想。如果说《失乐园》的字里行间充满了美，那也是个皆大欢喜的意外。也许，就像幸福和创新一样，美也是可遇而不可求的。

我在提笔写本文时，本不想涉及康德对"崇高"的论述，现在行文至此，不妨顺便说几句。康德坚持认为，我们对"美"的判断和对"崇高"的判断具有相似性，因为两者都属于审美判断；而且，"美"和"崇高"具有相同的目的性（不幸的是，他没有告诉我们为什么），即这种目的性完全是主观的。"我们称某些事物为'崇高'，"他说，"是因为这些事物使我们感受到了自己精神上的崇高性。"当我们面对浩瀚的大海或巍峨的高山时，我们会有一种难以形容的感情波动。我们既觉得自己无比渺小，同时又觉得自己凌驾于它们之上。我们尽管心怀敬畏，但同时又意识到自己并不受限于对它们的感觉，还有超越这种感觉的道

---

① 奇奥奇奥·瓦萨里：米开朗琪罗的学生，16世纪意大利画家、美术史家，曾创立迪亚诺学院。

德和思想能力。

　　帕斯卡①曾说："大自然也许能夺走我们的一切，但却对我们的道德人格无能为力。人只不过是一根芦苇，是自然界最脆弱的东西，但他是一根能思想的芦苇。用不着整个宇宙都拿起武器来毁灭他，一口气、一滴水就足以置他于死地。然而，纵使宇宙毁灭了他，人却仍然要比置他于死地的宇宙更高贵。因为他知道自己要死亡，知道宇宙对他所具有的优势，而宇宙对此却一无所知。"假如康德不是那么令人困惑地缺乏审美兴趣，就如我在本文第二节里提到的那样，他也许会意识到，当我们面对像西斯廷大教堂的穹顶或者格列柯的《耶稣受难像》这样的艺术杰作时，就像面对他所说的"崇高"对象一样，也会感受到道德和思想的力量。

　　我们知道，康德是道德家。他曾说："理性不会承认一个以寻欢作乐为生活全部内容的人有任何价值。"这句话我们都会同意。但他接着说："如果美的艺术不在某种程度上结合道德思想……那它仅仅是一种有害的刺激，我们对这种刺激越是依赖，就越是纵容它在我们的精神生活中散布对自身的怀疑，从而使我们越加无能和不满。"

　　在书的结尾处，他甚至说，真正通往审美的路径是道德思想和道德情操。我不是哲学家，我不敢说康德提出的，"美是客体的'目的性'，而且这种'目的性'以一种与'目的'相分离的形式被感知"这样深奥的论断是故弄玄虚，但我敢说，如果艺术作品所必需的目的性仅仅存在于艺术家的意识中，那么康德的好多结论都是没有多大意义的。艺术家的意识和我们有什么关系？我们——我再说一遍——只关心他的作品。

　　杰里米·边沁②多年前说过一句令人震惊的话："如果诗歌和'推针'给人同样的快感，那么两者之间也就不存在优劣之分。"什么是"推针"现在已经很少有人知道，我来解释一下。这是一种儿童游戏，玩法是：一人在桌面上把一根针用力推滚出去，目的是让它和另一人的

---

① 帕斯卡：17世纪法国思想家、科学家，以其《沉思录》闻名于世。
② 杰里米·边沁：18世纪末19世纪初英国哲学家、法理学家、经济学家。

一根针头横竖相交。如果成功，他就用大拇指紧按着两根针，慢慢地把它们同时拖离桌面。如果在拖的过程中两根针没有分开，对方的那根针就被他赢下了。我在上小学时和同学玩过这个游戏。不过，我们用的是钢笔尖。后来，校长发现我们玩着玩着把游戏变成了赌博，便下令禁止，一旦发现有人再玩就狠揍一顿……

现在回头来看边沁的那句令人震惊的话，有人愤怒地反驳说：精神愉悦肯定比肉体愉悦高尚，不能同等对待！那么，谁在反驳？

当然是那些赞赏精神快感的人。但他们的人数少得可怜；因为连他们自己都声称，审美能力只属于少数人。而另一方面，我们知道，大多数人出于实际需要或者个人需要，都是以物质为重的。他们的愉悦也是物质化的。不仅如此，他们还非常鄙视追求艺术、追求精神愉悦的人。

这就是为什么他们会把"唯美主义者"一词当作贬义词来用，而这个词原本仅仅是指对美的事物特别感兴趣的人。那么，怎样才能证明他们是错的？怎样才能证明诗歌和"推针"是有区别的？我猜边沁用"推针"（Pushpin）为例是为了和"诗歌"（Poetry）押头韵。那就让我们改用网球为例吧！这是一项很普及的运动，许多人还特别喜欢。打网球需要技巧和判断力，还需要目光敏锐、头脑冷静。如果我从打网球中得到的愉悦和你从提香的《耶稣入葬》、贝多芬的《英雄交响曲》或者艾略特的《圣灰星期三》①中得到愉悦是一样的，那么你怎样证明你的愉悦比我的愉悦更高尚？我想，你只能证明你的愉悦比我的愉悦更有道德含义。

然而，康德却说过一句重要的话："艺术鉴赏家们不但经常而且基本上是受惰怠、任性或古怪的情绪支配的。"他还说，"和其他人相比，他们也许更难获取道德律方面的优越性。"这在当时肯定是事实，到了今天也仍然如此。人性是不大会变的。任何人只要到康德所说的"鉴赏家"或者我们今天习惯说的"审美专家"的圈子里去待上一段

---

① 《圣灰星期三》（AshWednesday）也可译作《大斋首日》或《圣灰节》），为T.S.艾略特的重要作品。

时间，一定会发现他们之间很少有谦逊、宽容、仁爱和慷慨——简单地说，如果你以为他们对审美快感的追求会给他们带来美德，那你一定会大失所望。如果审美快感只是知识界的鸦片，那它就是康德所说的"有害的刺激"，而它本应该是有益于道德培养的。康德说："美是道德的象征。"这话说得很精辟。确实，除非对美的爱能使人品德高尚——这在我看来是美的唯一有价值的"目的性"，否则的话，我们永远没法逃脱边沁的论断——"如果诗歌和'推针'给人同样的快感，那么两者之间也就不存在优劣之分。"

你只管做人，当上帝并不存在

当你读过作为世界各大宗教基础的那些教义后，便会不无惊异地注意到，其中大部分是后人对原始教义的发挥。他们的说教，他们的榜样，已形成一种比他们自身更为重要的教规。我们大多数人听到别人的恭维总会感到困窘。奇怪的是，虔诚的教徒们在奴颜婢膝地恭维上帝时，却以为上帝会高兴。我年轻时，有个年长的朋友常邀请我到他乡间的家里去做客。他是个教徒，每天一早都要把家人聚到一起念祈祷文。但是，他却把《祈祷书》里的那些赞美上帝的段落全都用铅笔划掉了。他的理由是，没有比当面讨好别人更恶俗的事了。他是个绅士，不相信上帝会那样没有绅士风度。那时，我觉得他实在古怪。现在想想，我的这位朋友还真有道理。

人是有感情的。人是脆弱的。人是愚昧的。人是可怜的。要人承受上帝的愤怒，这事非同小可，似乎没有人承受得起。不过，要宽恕他人的罪过倒不是太难，只要你设身处地为他人想想，总不难想到一定有什么原因使他做了不该做的事情，因而也总能为他找到辩解的理由。一个人受了伤害，出于本能会感到愤怒，会采取报复行动，很难保持超然态度；但是，如果仔细想一想的话，就有可能从局外反观自己的所作所为。这样，也就比较容易宽恕他人对自己的伤害，甚至比宽恕他人对他人的伤害还要容易。要宽恕他人对他人的伤害确实比较难，需要不寻常的反省能力。

每个艺术家都希望有人接受他的艺术，但对拒不接受的人也不会发火。上帝却不像艺术家这样通情达理。上帝要求人们信仰他，其迫切程度简直会使你觉得，他好像只有用你的信仰才能证明他的存在。上帝许诺说，信仰他的人会得到恩惠，同时又威胁说，不信仰他的人会遭到可怕的惩罚。所以，我不信仰上帝。因为我不愿信仰一个我不信仰他就要对我发火的上帝；因为我不愿信仰一个还不如我宽宏大量的上帝；因为我不愿信仰一个既无幽默感、又不懂人之常情的上帝。在这方面，普罗塔克[①]就比上帝明智多了。他说："我宁愿有人说从来就没有、现在也没有什么普罗塔克，也不愿有人说，普罗塔克是个反复无常、动辄发火、为一句闲话就要报复、为一点小事也要恼怒的人。"

不过，尽管人们把自己都不愿意有的种种缺点放到了上帝身上，却不能就此证明上帝是不存在的。这只是说明，人们信奉的各种宗教就如在一片难以深入的密林里开辟出来的一条条死路，其中没有一条是可以通往密林深处的。至于人们用来证明上帝存在的种种理由，我请读者耐心地听我简单介绍一下。其中有一种理由认为，人有关于完美的观念。

既然有关于完美的观念，也就有完美的存在，即上帝的存在。另一种理由认为，万事万物都有起因。既然有宇宙，也就有宇宙的起因，这起因就是造物主，就是上帝。第三种理由认为，依据自然法则，上帝必然存在。这一理由，康德说是最清楚、最古老和最符合人类理性的，而休谟则在他的《对话录》里通过其中的一个人物之口作了这样的表述："大自然有其秩序和安排，终极原因奇妙地产生作用，每一部分和每一机制有其明显的用途和目的；这一切都清楚地说明，存在着一个智慧的源泉，或者说，一个伟大的创造者。"但康德并不同意这种说法，他认为这种说法并没有提出新的理由，和前面两种理由没有多大差别。所以，他提出了另一种说法。简单地说，康德认为，如果没有上帝，人的责任感就会失去根据，就会成为虚幻之物，而责任感是自由、真实的自我的必要前提。所以，从道德上说，我们必须相信上帝的存在。一般认为，康德的这种说法更多的是出于他的道德理想，而非他的缜密思考。我倒觉得，这种说法比其他几种说法更有说服力，虽然这种说法现在已不时兴了，只在当作"学术观点"的佐证时才有人提到。这种说法表明，人

---

① 普罗塔克：古希腊著名传记作家。

类从遥远的原始时代起就有某种对上帝的信仰，所以很难想象这样一种和人类一起进化的信仰，一种为最杰出的智者、东方圣人、希腊哲学家和经院派哲学大师所接受的信仰，到头来是毫无根据的。在许多人看来，这是人的一种本能，但情形也许是（只能说"也许"，因为没法肯定），除非一种本能有可能得到满足，否则这种本能便没必要存在。但经验表明，一种信仰的流行不论时间多长，都不能保证它一定是真理。由此看来，上述关于上帝存在的种种理由没有一种是充分有效的。当然，你也不能因为无法证明就否认上帝的存在。人总有畏惧感和孤独感，总希望自己和宇宙万物是和谐一致的。这些，既是自然崇拜或者祖先崇拜、巫术崇拜的根源，也是道德的根源，更是宗教的根源。虽然没有理由相信，你希望有的东西就一定会有，但是也没有理由说，你无法证明的东西就一定不能相信。为什么你不能相信？就因为你觉得缺少证据？这不成其理由。我倒是认为，如果你凭本能感觉到有某种东西会使你在艰难之时得到安慰，会支撑和鼓励你的爱心，那么你就不必过问这种东西的存在有没有证据。信仰不需要证据，凭你的直觉就行了。

　　神秘主义不需要证明，只需要内在的信念。这种信念并不来自教义，而是源于人的自身需要；它完全是个人的，满足的也是个人的特殊需要。它使人感觉到自己生活于其中的这个世界是神秘宇宙的一部分，因而有其自身的意义；它使人意识到有某种力量在支持他和安慰他——这种力量就是"上帝"。神秘主义者时常会说到某种神秘体验，而且说得都差不多，所以我很难说这肯定是不真实的。说实话，我自己也曾有过一次这样的体验，其神秘性也只能用神秘论者描述灵魂出窍时的语言才能描述。当时，我正坐在开罗近郊的一座荒芜的清真寺里，忽然我觉得自己如痴如醉，就像伊纳提乌斯·罗耀拉①坐在曼雷萨河边时的那种情形，仿佛有一种宇宙的神力将我笼罩，有一种和宇宙融为一体的感觉。我简直可以说，我好像觉得上帝就在我面前。毫无疑问，这种感觉是相当普遍的。神秘论者对此特别重视，因为他们认为这种感觉对人有明显

---

① 伊纳提乌斯·罗耀拉：16世纪西班牙教士，耶稣会创始人。

影响，而且会有看得见的结果。我认为，除了宗教原因，其他原因也可能引起这种感觉。不仅圣徒们乐于承认，艺术家也会有这种感觉。

还有，就如我们所知，爱情也能产生类似的状态，所以神秘论者都喜欢用情人的言辞来表达那种极乐心境。我不知道另一种心理状态是不是更加神秘，那就是你有时会有这样一种强烈感觉，觉得自己眼前的情景好像是在过去什么时候经历过的。对于这种心理状态，心理学家至今还没有作出解释。神秘论者的灵魂出窍就算是真的，也只对他们自己有意义。在这方面，神秘论者和怀疑论者是一致的，那就是他们都认为，不管我们凭智力怎样探索，一个神秘的大谜团始终存在。

面对这个大谜团，同时出于对宏大宇宙的敬畏，以及对哲学家和神学家的解释感到不满，我时而会直接求教于穆罕默德①、耶稣基督、释迦牟尼、希腊诸神、耶和华②和太阳神③，甚至求教于《奥义书》④里的婆罗门⑤。那种神力（如果婆罗门是一种神力的话）既超越于万物之上，又是万物的来源，同时又将万物包容其间。这很难理解，但不管怎么说，至少它的混沌很能考验我的想象力。只是我多年来一直和文字打交道，不能不对这种说法有所怀疑。就是看一下我自己刚刚写下的这些文字，我也总觉得它们的意思是含糊不清的。尽管对宗教而言，万物之上有某个终极原因，也就是人格化的、至高无上的、仁爱慈悲的上帝，他的存在就像"二加二等于四"一样确定无疑，但我对这种神秘的说法仍然半信半疑。所以，我始终是个不可知论者，而不可知论的观点很实际：你只管做人，当上帝并不存在。

---

① 穆罕默德：伊斯兰教创始人。
② 耶和华：犹太教信奉的上帝，也是基督教信奉的天父，即耶稣基督的在天之父。
③ 太阳神：古代腓尼基人信奉的神。
④ 《奥义书》：远古印度宗教文献。
⑤ 婆罗门：印度四大种姓中的最高种姓[即印度教（也称婆罗门教）的祭司]，也指由婆罗门的祈祷而感知的一种神力。

没有一本一劳永逸的书

当我成为一名医科大学生后，我进入一个新的世界。我读了许多医科书。它们告诉我，人是一架机器，受机械法则的控制，当机器停下来时，人的生命也就终止了。我在医院里看到人们死去，惊恐之余便相信了书本上所说的东西。我自以为是地相信，宗教和上帝的观念是人类在进化过程中为生存需要而构想出来的，它们在过去——或许现在也是——体现为某种有利于种族生存的价值观，但那只能历史地予以解释而不能视为真实的存在。我虽自称是不可知论①者，但在心灵深处却把上帝看作是一种有理智的人必须予以拒绝的假设。

然而，要是根本没有那个会把我投入永恒之火的上帝，也根本没有可以被投入永恒之火的灵魂的话，要是我只是机械力量的玩物，生存竞争就是它的推动力，那么我就不明白了，像人们曾经教导过我的善，到底还有没有意义。于是，我开始读伦理学。我用心啃完一部部令人生畏的巨著，最后得出结论：做人的目的不是别的，只是为了寻求自身的快乐，即使是舍己为人，那也是出于一种幻想，以为自己所要寻求的快乐就是慷慨大方。既然未来是不确定的，及时行乐便是理所当然的常识。

我认定，"是"与"非"只是两个词，行为准则不过是人们为保护各自利益而形成的一种习俗而已。自由之人没有理由非要遵循它们，除非他觉得它们对他并无大碍。那时流行格言，于是我也把自己的信念写成一句格言，用以自勉："想做什么就做什么，只是别让警察盯上。"我

---

① 不可知论：与可知论相对，即认为我们所知的一切都源自我们的感官，因而我们所知的世界是我们感官中的世界，至于世界本身是不是和我们感官中的世界一样，那是不可知的。

到二十四岁时，已建立了一套完整的"哲学体系"，它以两条原理为基础：一、物的相对性；二、人的圆周律。后来我才发现，第一条原理并不是什么新发现。第二条原理也许很深刻，但我现在就是绞尽脑汁，大概到死也想不出来，它到底是什么意思。

有一次，我偶然读到一个小故事，觉得非常有趣。那是在阿纳托尔·法朗士[①]的《文学生涯》的某一卷里读到的，已经是好多年前的事了，但至今还记得。故事大致是这样的：东方有个年轻的国王，登基后一心要把他的王国治理好，就把国内的贤士都召来，命令他们去收集全世界的智识慧言，并编纂成册供他阅读，因为他要成为世上最英明的君王。贤士们遵命而去。过了三十年，他们牵着一队骆驼回来了，骆驼背上载着五千本书。他们对国王说，这些书里收录了历代圣哲的所有智慧。但是，国王正忙于国事，没时间读那么多书，就命令贤士们回去对这些智慧之书加以精选。过了十五年，贤士们回来了，这回他们的骆驼背上只有五百本书。他们禀告国王说，从这五百本书里就可得知天下全部智慧。但是五百本书还是太多，国王命令他们回去再精选。又过了十年，贤士们又回来了。这回他们带来的书不过五十本而已。然而，国王却老了，他疲惫不堪，就是读五十本书的精力也没有。于是他命令贤士们再一次精选，要在一本书里为他提供人类智慧的精华，让他最后能学到他最迫切需要的东西。贤士们奉命而去。又过了五年，他们又回来了。这回他们自己也都成了老年人。他们把那本包含着人类全部智慧精华的书送到了国王手里。然而，这时候的国王已经奄奄一息，就连这一本书也来不及读了。

我想寻找的就是这么一本书，一本能使我一劳永逸地解决一切疑问的书。解决了一切疑问，我就可以放手去建立自己的生活模式了。于是，我从古典哲学家读到现代哲学家，希望在他们那里找到我想得到的东西。但我发现他们的言论很不一致。我觉得他们著作中的批判部分都很有道理，但读到其中的建议部分，我虽然说不出有什么问题，却总觉得

---

① 阿纳托尔·法朗士：20世纪初法国小说家，曾获诺贝尔文学奖。

难以使我心诚口服。这些哲学家给我的印象是，尽管他们学识渊博、推理严密、分类精细，但是他们各自持有这样那样的观点，却不是因为出于理性的思考，而是由于他们不同的气质所致。不然的话，我无法理解他们为什么要这么长时间争论不休，为什么彼此所见如此不同、差异如此之大。

我好像在哪里读到过，费希特①曾说，一个人持怎样的哲学观点，取决于他是怎样的人。我读到这句话后，当时就想，我很可能是在寻找根本没法找到的东西。于是我就想，既然在哲学上并不存在适用于每个人的普遍真理，而只有符合个人气质的真理，那么我只好缩小探索范围，去寻找一个其哲学体系符合我胃口的哲学家，一个和我是同一种人的哲学家。他对我的疑问所作的解答一定会使我满意，因为他的解答正好迎合我的气质。

有一段时间，我对美国实用主义产生了深厚兴趣。我还读过英国名牌大学的教授们写的哲学著作，从中也没有得到什么教益。我嫌他们太绅士气，不像是很好的哲学家，甚至还有点怀疑，他们是不是因为社交的缘故，害怕伤了同事的感情而不敢大胆做出合乎逻辑的结论。实用主义哲学家很有活力，他们生气勃勃，其中最重要的几位文笔也很好。他们写到了我一直没法想通的那些问题，而且写得深入浅出。不过，尽管我很希望相信，却还是不能像他们那样，相信真理就是我们用来达到实用目的的工具。

我认为，作为一切知识基础的感性资料是客观存在的，无论对你来说是否有用，它们总是存在的。此外，他们还说，如果我因相信上帝的存在而得到了安慰，那么上帝对我来说就是存在的。对这种说法，我也觉得不舒服。最后，实用主义再也不能使我感兴趣了。我觉得读柏格森②的书特别有趣，但特别难以让人信服。对本尼台托·克罗齐③，我也觉得

---

① 费希特：19世纪德国古典哲学大师之一。
② 柏格森：20世纪初法国现代哲学家，倡导生命哲学。
③ 本尼台托·克罗齐：20世纪初意大利新黑格尔主义哲学家。

不合我意。而在另一方面，我却发现伯特兰·罗素①写的东西不但清晰易懂而且语言优美，读来使人心旷神怡。我不胜钦慕地读他的书。我很愿意把他当作我所要寻找的向导。他知识广博而且通情达理。对于人的弱点，他很宽容。

但我及时发现，他是一个不太明确方向的向导。他的心智游移不定。他就像一个建筑师，当你要想有一所房子住时，他先劝你用砖头来造，接着又向你提出种种理由来证明，为什么应该用石头而不是用砖头来造。而当你同意应该用石头来造后，他又提出同样充足的理由向你证明，唯一可用的材料是钢筋混凝土。最后，你连一个顶篷也没有盖起来。我要寻求的是一个首尾一致而且能自圆其说的哲学体系，就像布拉德莱的那样，里面的每一部分都不可分地连接在一起，以至于任何一个部分都不能改动，否则整个体系就会分崩离析。伯特兰·罗素没能给我这样的体系。

最后我得出结论，我永远也找不到这么一本完整而能使我满意的书，因为这样的书只是我自己的一种理想而已。于是，我大胆地决定，这本书必须由我自己来写。我找来那些为研究生攻读哲学学位所规定的必读书，一本本地细心研读。我想，这样至少可以使我自己的写作有个基础。我觉得，有了这个基础，加上我四十年来积累起来的生活知识（因为我产生这个念头的时候正好四十岁），再加上我准备花几年时间悉心研究一番哲学名著，我将有能力实现自己的理想，写出这样一本书来。我知道，这本书除了对我自己，不会有任何价值，全多是一个喜欢思考的人的灵魂写照（因为没有确切的词，姑且这么说），说明这个人的生活经验要比一般职业哲学家丰富一点。我清楚地知道，我在哲学思维方面毫无天赋可言，所以我准备从多方面收集各种理论。这些理论不仅要满足我的心智，还要满足（应该说比我的心智更重要的）我的本能、感情和根深蒂固的偏见——作为一个人固有的一部分的偏见，它很难和本能区分开来。根据这些理论，我将建立一个对我有效并且能为我指引生

①　伯特兰·罗素：20世纪初英国现代数学家、逻辑实证主义哲学家。

活之路的哲学体系。

但是，我越读越觉得这个课题之复杂，也越来越意识到自己的无知。尤其是那些哲学杂志，更加使我灰心丧气。我在那里看到有些题目显然很重要，而且有长篇论述，但我读起来却像处在一片昏暗之中，只觉得烦琐而茫然。它们那种论述方式和推理过程、对每个论点的精密论证和对可能遇到的反面意见的陈述、对作者自己初次使用的术语的界定和随处可见的引经据典，全都在向我证明：哲学——至少是现代哲学——只是专家们之间的事情，门外汉难以了解其中的奥秘。看来，我要写这本书至少需要准备二十年，然后才能开始。这样等我写完之际，大概也像阿纳托尔·法朗士所说的那个国王一样，已经奄奄一息了。所以，我的这番辛苦，到那时对我已经没什么用了。

于是，我放弃了这个念头。

第四章

名家与名著：
伟大的作家和他们伟大的作品

歌德的第一部小说：《少年维特之烦恼》

一

在读者开始阅读本文之际，我觉得有必要先说明一下：关于歌德的评论已如此之多，该说的早就有人说过了，为什么我还要撰文来谈他的小说呢？实际上，我只是为了自得其乐——这大概是我所知道的最好的理由了。我从小就能说英语和法语，幼年时法语还比英语说得好[1]。少年时，我到德国留学一年，在大学里学习德语。此前，我在学校里读过德国诗歌，虽然只是为了应付功课，却使我最初读到了歌德的诗，而且读得如痴如醉。也许正是这个缘故，我现在读他的诗仍然和半个世纪前一样如痴如醉，而且我读他的诗不仅仅是读诗，还借此回忆我年轻时代的情景：海德堡小城古老的街道、中世纪的城堡、沿着木栈道登上王座山[2]峰顶、遥望内卡河[3]平原的美景、冬天在湖面滑冰、夏天在湖中划船、有关文学与艺术的谈话、有关自由意志与宿命论的争论，还有第一次怦然心动，尽管——上帝作证——我从来都很被动。

大概就在那时，我读了歌德的小说。时隔多年后，我又读了一次，那是前几年我打算去德国故地重游的时候。歌德共写过三部小说：第一部是《少年维特之烦恼》，第二部是《威廉·迈斯特的学习时代》及其

---

① 毛姆出生在巴黎，父亲是英国驻法使馆的法律顾问，十岁时父母先后去世，他被送回英国由伯父抚养。
② 王座山位于德国小城海德堡附近。
③ 内卡河主要流经德国巴登–符腾堡州西南部。

续篇①，第三部是《亲和力》。这三部小说中最重要也最有趣的是《威廉·迈斯特的学习时代》。我想，如今在英国已经不大有人会读这部小说了，除非出于研究的目的。我也想不出要去读它的理由——尽管它写得生动有趣，既浪漫又现实；其中人物个性独特、形象鲜明，场景描写变化有致、引人入胜；还至少含有两出高雅喜剧②，这在歌德的作品中是很少见的；还有点缀其间的诗歌，也像他诗集里的诗歌一样优美感人。此外还含有一篇关于哈姆雷特的论文，许多有名的评论家都认为这篇论文把丹麦人的暧昧性格分析得相当透彻。而最为重要的是，小说的主题既深刻又不乏趣味。然而，尽管具有这么多优点，从总体上说，这部小说终究是一部失败之作。失败的原因就在歌德自身。歌德固然天资不凡、才华出众，还人生阅历丰富，但他终究只是天才诗人，不是天才小说家。

如果有人问我，天才小说家到底要有怎样的禀赋？我回答不出，只能浅显地说，小说家应该是外向型的，否则他就无法充分表达自己。小说家的智力要求并不高，大概和一名律师或者一个医生差不多。但是，他必须善于讲故事，否则就无法吸引读者。他不需要热爱他的同胞（这要求太高），但他必须对世人深感兴趣。他必须具有感同身受、换位思考的能力，这样才能感人所感，想人所想。也许，像歌德这样内向和关注自我的人，就是因为缺乏这种能力而成不了天才小说家。

二

下面我并不想多谈歌德的生平，只是因为他自己说他写的东西（科学类著作除外）或多或少都在讲他自己，所以我不得不说说他生活中的事情。

歌德二十岁出头就进了斯特拉斯堡大学攻读法律。他自己其实并

---

① 指《威廉·迈斯特的漫游时代》。
② 高雅喜剧即内容复杂、恢谐幽默的喜剧，剧中出现的通常是上层社会的人物。

不情愿，但这是他父亲的意思，他无法违抗。那时，他青春年少、风流倜傥，见到他的人都说他一表人才。他身材挺拔，看上去比实际稍高一点。肤色红润，有一头天生的鬈发。鼻梁挺直，双唇饱满，而他脸上最为突出的是一双明亮的棕色眼睛，瞳仁特别大。他浑身充满活力，不论男女，都觉得他很有魅力。孩子们也喜欢他，他也乐于陪他们玩，甚至花几个小时给他们讲故事。

歌德到斯特拉斯堡几个月后，有个同学邀请他一起骑马到二十英里外萨森海姆镇上的朋友家玩几天。那个朋友是个牧师，叫布莱翁，已结了婚，还有几个女儿。歌德答应了，于是就去了，而且在牧师家受到了热情款待。牧师的几个女儿中有一个叫弗丽德里克，她一见到歌德就爱上了他。她怎么能不爱上他呢？她从来没见过这么清秀标致、风度翩翩、舞步轻盈的美少年。那时，华尔兹舞传入斯特拉斯堡只有十年，但已经把米努埃舞和加伏特舞彻底淘汰了。眼前这位美少年，舞步居然那么娴熟，还手把手教她怎么跳，这使她更加倾心。歌德对弗丽德里克也是一见钟情：她的金发碧眼、她的天真活泼、她的一举一动、她的那条贴合着身体的素色长裙，无不使他倾倒。据说，歌德四十多年后口述自传，讲到这段恋情时仍心情激动、声音颤抖。

这对恋人在接下来的几个月里爱得如痴如醉。歌德还写了好多情诗题赠给弗丽德里克。这些情诗中的大部分现在已经散失，但从仅存的几首中仍可以看出他当年的爱之激情。不过，他们当时究竟爱到什么地步，别人还是无从得知。有人断定，歌德根本就没有考虑过要娶弗丽德里克为妻。这很有可能。歌德在这个年纪就已经有门当户对的观念，后来年纪越大，这种观念就越牢固。他出生在令人羡慕的富有家庭，当然知道像他父亲那样严苛高傲的人是绝对不会同意他娶一个乡村穷苦牧师的女儿为妻的。再说，他自己在经济上还完全依赖于父亲。但他当时青春年少，一时冲动便坠入了爱河。谁都知道，热恋中的男人常常会昏头昏脑地许诺，热情一消退，便全部忘记。但是，他们往往会惊讶地发现，那女人竟然把他们的许诺当真了。歌德那时很可能也对弗丽德里克说了什么，使她误以为他会娶她为妻。

最后，有一件事终于使歌德幡然醒悟：弗丽德里克固然美貌动人，但她终究是个普通的乡村少女。布莱翁牧师一家在斯特拉斯堡有个亲戚，用歌德稍稍夸张的话来说，那一家人"地位显赫，家境富裕"。弗丽德里克和妹妹奥莉维亚曾到那个亲戚家住过一段时间。在此期间，姐妹俩都觉得很尴尬，甚至很屈辱。她们身上穿着普通的农家长裙，和那家女仆穿的裙子差不多，而她们的表姐妹和时常来拜访的女士穿的都是昂贵的法国时装。这使姐妹俩很自然地对那里的生活感到抵触，而她们的表亲全都不想在朋友面前提起她们这两个穷亲戚，这又使她们感到愤怒。

对于这种情况，弗丽德里克选择了沉默，但奥莉维亚沉不住气，终日愤愤不平。歌德到那里去拜访她们，显然感到气氛很压抑，姐妹俩对他的态度似乎也变了。他回来后这样写道："我最终发现她们俩离我越来越远，心里也好像有块石头落了地，因为我理解弗丽德里克和奥莉维亚的内心感受。当然，我不在乎奥莉维亚的激动情绪和愤愤不平，但我理解弗丽德里克的内心矛盾。"就这样，这段恋情以不美满的结局结束了，但却是我们可以理解的。确实，即便歌德考虑过要娶弗丽德里克为妻，现实情况也向他表明，那是不可能的。

他下决心和弗丽德里克分手。那时他正忙于准备毕业考试，有冠冕堂皇的借口减少到萨森海姆镇去的次数。他拿到学位后的第三周，就离开斯特拉斯堡回家去了。其间，他无法抑制自己的思念之情，骑马去看了弗丽德里克最后一眼。离别是极其痛苦的。"我坐在马背上，伸出手去，只见她眼睛里满含着泪水，我的心情也格外沉重。"他后来说。他离她而去，她悲痛欲绝。但他那时好像没有勇气告诉她，这次告别就是永远的分离。

他在稍后写给她的一封信里才正式告诉她实情。后来，他在自传中告诉读者，弗丽德里克的回信使他悲伤得几乎心碎："这时，我才第一次感觉到分手对她的打击和折磨，然而我却无能为力，无法减轻她的痛苦。"他还颇为内疚地说，在这种情况下，如果是女的提出分手也就算了，现在是男的提出，那是始乱终弃，实在太不应该。"我深深地伤害了一颗美丽的心灵。我在深切的悔恨中想到她为我牺牲的青春和爱情，这真的让人痛苦之极，不堪忍受。可是生活总还得继续，于是我就全身心投入到其他事务中。"年轻人总是比较坚毅，不会因为他人的苦难而精神崩溃。而在这方面，歌德又特别幸运，当他因为抛弃弗丽德里而受到良心谴责时，他可以在诗歌创作中寻求安慰："我又开始写诗来忏悔了。这种自我折磨的苦修应该看作是我内心的赎罪。《铁手骑士葛兹·冯·伯利欣根》和《克拉维戈》①中的两个玛丽和其他抱憾终生的情人，都是我内心悔过的写照。"

歌德到底有没有引诱弗丽德里克上过床？我们无处查证。有人认为，如果他们仅仅是调调情，恐怕他是不会承受那么持久的良心折磨的。所以，他写那些动人的歌词②——第一行就是"我心里乱作一团，我心里沉重不堪"——很可能不仅是因为他回想起弗丽德里克所承受的痛苦，同时也因为他回想起了她曾给过他的温情。说不定，正因为歌德是个多愁善感的人，又因为他内心悔恨交加，这才使他写出了经典的格雷岑③悲剧。不过，这只是有人对《浮士德》的成因予以考证时的一种推测而已。或许，很快就有人说，歌德未曾动过心，弗丽德里克也未曾被他占有过。

三

《少年维特之烦恼》是歌德另一段恋情的产物。在歌德和弗丽德里克分手并离开斯特拉斯堡后的半年左右，他到韦茨拉尔④去参加培训，以期获得律师从业资格。在魏玛⑤的一次舞会上，歌德偶尔遇到一个名叫夏

---

① 《铁手骑士葛兹·冯·伯利欣根》和《克拉维戈》是歌德最早的两个剧本，分别出版于1773年和1774年。
② 指歌德诗剧《浮士德》的一段歌词，后由舒伯特谱曲命名为《纺车旁的格雷岑》。
③ 格雷岑：《浮士德》中的女主人公玛格丽特，她因浮士德引诱而生下私生子，后来浮士德将她抛弃，她在悲愤中杀死了他们的私生子，终判死刑。
④ 韦茨拉尔：城市名，位于德国黑森州。
⑤ 魏玛：城市名，位于德国图林根州。

洛特·布芙的少女，她已经和一个名叫约翰·克里斯蒂安·科斯特纳的年轻人订了婚。歌德对她一见倾心，第二天就到她家里去拜访。很快，拜访就变成了天天都有的常事。他们一起散步，而夏洛特的未婚夫科斯特纳只要有空也会陪他们一起散步。科斯特纳是个讲究实际的正派人，平淡而老实，特别能包容。但是，尽管他和善容忍，歌德对他的未婚妻的倾慕，显然也使他觉得不舒服。他曾在日记里写道："我每次做完事去见我的未婚妻，歌德博士总是在她那儿。很明显，他是爱上了她。他是个哲学博士，又是我的好友，但他每次看见我到了我未婚妻那儿就马上显得很不高兴。我是他的好友，但我真的不愿意看到他单独和我未婚妻在一起，还对她大献殷勤。"

几星期后，科斯特纳这么写道："洛岑①找歌德认真谈了。她告诉歌德，他们之间只能是朋友关系，想要超出这种关系是不可能的。歌德听了立刻脸色发白，一句话也没说就转身走了。"

那一年夏天，歌德一直留在韦茨拉尔。他下决心想离开夏洛特，但又迟迟做不到。直到秋天来临，他才终于下定决心。他和夏洛特，还有科斯特纳，一起度过了最后一晚，但他仍没有表露心迹，第二天一早就离开了韦茨拉尔。临行前，他留下一封伤心绝望的信，使夏洛特读后泪流满面。

回到法兰克福后几个星期，歌德从报纸上看到，他的一个名叫耶路撒冷的年轻朋友，因为失恋在韦茨拉尔自杀身亡。他随即写信给科斯特纳，把这件事件告诉他，还把那份报纸保存起来。后来，他在自传里这么说：

> 那时，小说《少年维特之烦恼》的构想就有了，来自各个方面的素材汇集在一起，非常丰富，其中好像有什么东西呼之欲出，就像接近冰点的水只要稍稍一动就会结成冰。我想我应该好好把握这个契机。所以，要从这些杂乱无章而又非常难得的素材中理出头绪

---

① 洛岑：夏洛特的昵称。

并把它完整表现出来的想法变得越来越迫切，因为我深陷在痛苦中，感到前所未有的绝望，前途一片昏暗。

这段话说明，歌德确实又一次坠入了爱河。但几页之后，他又说：

有一种感觉很美妙，旧的激情还未完全消退，新的激情已开始让我们满怀希望，就如夕阳刚刚西下，我们就已看到月亮在对面的天空中遥遥升起。像这样同时沐浴在日光和月光中，真是可喜可贺啊！

这一比喻富有诗意，而使歌德说出这一比喻的人，是一个名叫马克西米莲的少女。歌德写信给马克西米莲的母亲，其中说："只要我活着，就无法忍受我的生活中没有您的爱女马克西米莲，请允许我战战兢兢地、时时刻刻地爱慕她。"可惜，马克西米莲也订了婚，未婚夫彼得·布伦塔诺比她年长许多，在法兰克福做鲜鱼、油脂和奶酪生意。后来，这两个极不般配的人结了婚，歌德还是天天去看望马克西米莲，而且一去就是几个小时。不过，彼得·布伦塔诺可不像约翰·科斯特纳那么容忍，他很快就勒令歌德永远不得跨进他的家门。

正如歌德自己所说，耶路撒冷的自杀就如一根火柴点燃了他的想象力，最终使他写出了《少年维特之烦恼》。他当时理应马上想到，把他自己对夏洛特·布芙的那种不幸的恋情和耶路撒冷的自杀组合到一起，可以构成一部小说。他自己也时常"琢磨"自杀的念头。"琢磨"这个词是乔治·亨利·路易斯①在《歌德传》中使用的，我觉得很恰当。歌德在五十年后的自传中说，他当时的痛苦在于，当他受自杀念头的诱惑而想结束自己的生命时，却没有人理解他是怎样抵抗这个念头的。

我冒昧地说一句，人在回忆过去时往往会夸大其词，就是声名显赫的伟人也是如此。少年歌德给人的印象总是兴致勃勃的、有说有笑的，

---

① 乔治·亨利·路易斯：19世纪英国哲学家、文学批评家、戏剧家。

殊不知他为此付出的代价是周期性的压抑，就像很多人那样。有一次，他上床时把一把匕首放在枕头边，脑子里不断地想着要不要拿起这把匕首，插入自己的胸膛。当然，这不过是一时的幻想，我觉得很多年轻人在情绪极度低落时都会这样。歌德的生之欲望其实非常强烈，真要他下决心结束自己颇为得意的生命，确实不太可能。但他确有可能在描写小说主人公的内心世界时把经常困扰自己的种种情绪移植到主人公身上。最终，他决定采用书信体①写这部小说。当时受理查生的小说和卢梭的《新爱洛绮丝》的影响，书信体小说风靡一时。这种形式现在已然没落，不大有人采用了。但说实话，它有不少优点，其中之一就是可以增加小说的可信度和真实感。

《少年维特之烦恼》中的故事很简单，几行字就能讲完。一个年轻人，来到一个无名小镇（当然是指韦茨拉尔），在乡村舞会上认识了一位魅力非凡的少女。他爱上了她，却发现她早已订婚，但他却更加爱她。后来，他强迫自己离开了小镇。但过了不久，他对她的深爱又把他引回了小镇，这次他发现她已经结了婚而且很幸福。然而，他对她的爱却丝毫不减——哦，不是，是更加炽热，甚至忘却了自我，仿佛觉得这个世界除了她已一无所有。最后，他的爱陷于绝望，而他无法想象没有她的生活，于是便开枪自杀了。这部小说其实篇幅很短（几个小时就可以读完），却分为上下两篇。上篇写到维特离开小镇，下篇从他回小镇写到他自杀。

在上篇中，读者会看到我刚才叙述过的歌德在韦茨拉尔逗留期间发生的各种事情。歌德把他自己的性格魅力，如乐观、幽默、温和，以及善于社交和酷爱自然等特点全都移植到了主人公维特身上。他描绘的其实是一幅很有吸引力的自画像。全篇就是一首歌咏长长的夏日、皎洁的月光和宁静的乡村生活的田园诗。小说中的人物全都单纯友善、耿直正派，而那个年代的德国人的生活又是那么安宁从容，读来令人舒心。

女主人公绿蒂（歌德给她取的名字正是夏洛特·布芙的教名）是那

---

① 《少年维特之烦恼》主要由维特写的书信组成。

么善良、那么温柔、那么美丽，又是那么忠贞的未婚妻，读来令人动心。绿蒂的父亲和性格沉稳的未婚夫（歌德给他取名阿尔贝特）令人感动。当然，还有维特毫无希望的一片深情，令人叹息。

总的说来，上篇读起来令人愉悦，是当时典型的自传体小说。现在的自传体小说则不然，不论是第一人称的，还是第三人称的，读起来都很虚假，真是令人垂头丧气。其实，问题不在于这些小说家怎么自夸，说自己怎么聪明、怎么勇敢、怎么英俊、怎么能干，或者怎么妖艳——他们这么写是他们的权利，因为这毕竟是写小说，不是写历史。

问题在于他们忽略了最关键的一点：自己有没有写小说的天赋。是的，大卫·科波菲尔是个小说家，还是个著名小说家，但这一点在他讲述自己的故事时并不重要，重要的是他怎么讲述的。如果他没有讲故事的天赋，如果这个故事不是由他来讲的，那么这个大卫·科波菲尔还是去做公务员或者做教师为好，不要做什么小说家。

我们已经知道，歌德一旦烦恼，一旦情绪恶劣或者良心不安，就会写诗寻求安慰。其实他这个人只要一见到美貌女人就会控制不住，就会单方面地爱得死去活来。但到绝望之际，他脑子里想到的永远是写一个剧本或者写一首诗。我认为，他在这种情况下的文学创作在他自己看来其实也比他的那些来得快、去得也快的单相思恋爱本身来得重要。我甚至可以说，他有点怨恨这样的恋爱干扰了他想正常进行的文学创作。而在《少年维特之烦恼》上篇中，我们却看不出维特有这样的创作冲动。他友善合群、令人愉快，但没有多少艺术才能。当他下决心离开韦茨拉尔和绿蒂后，他应该找朋友谈谈心，写诗安抚安抚自己，然后当遇见另一个少女时，再次坠入爱河。但他没有这么做，而如读者所知，歌德本人则是这么做的。

这部小说的下篇纯属虚构。维特已不再是我们在上篇中看到的那个人，他变得面目全非。我最初发现这一点时，还颇为得意，认为自己从经典作品中发现了有趣的缺陷。后来我偶然读到克莱布·罗宾逊①采访歌

---

① 克莱布·罗宾逊：19世纪英国作家，以其日记闻名。

德的母亲阿娅女士①的记录，阿娅女士说，这部小说上篇中的维特就是歌德，而下篇中的维特则不是。从那时起到现在，关于这部著名小说的评论数不胜数，这个明摆着的事实肯定被反复提起，简直就明摆在眼皮底下。如果是这样，问题就来了。毫无疑问，从小说一开始，歌德就有意要让维特以自杀告终。他为此还做了铺垫，早早地插入一个场景，让维特、绿蒂和阿尔贝特一起讨论自杀是否合理。绿蒂和阿尔贝特认为自杀很可怕，但维特反驳说，当一个人无法忍受生活时，自杀是唯一出路。他认为在某些情况下自杀不仅必要，而且是壮举，所以，世人不仅不该鄙视自杀者，还应为他喝彩。歌德就是凭本能也应该知道，他在上篇中是把他自己的性格种植到维特身上的，其中就包括对生命的珍惜，因而不管维特有怎样的烦恼，都应该和他自己一样不至于会自杀。但到了下篇，他又必须使这个人物无法抑制自己内心的自杀念头。实际上，歌德就是这么做的。这样一来，下篇中的维特当然也就不再是上篇中的维特了。

维特离开韦茨拉尔不久，就在朋友劝说下接受了某宫廷外交代表的秘书一职。这时的维特变得易怒、狭隘、倨傲而且还很好斗。上司当然希望秘书仿效他本人的风格草拟文件，而维特却自行其是，因而他草拟的文件常常被退回。这使他非常恼火。当时，受过教育的年轻人似乎都发疯似的喜欢写倒装句，认为这样更有文采。然而维特的上司是个通达世故的外交官，知道在官方文件中是不能滥用倒装句的。他需要的是"中规中矩"的文件，而不是"花里胡哨"的东西。这很有道理。于是，上司和下属很快就起了争执。

接着发生的一件事，为日后的不幸埋下了伏笔。维特和该宫廷的一位高官是朋友。有一天，维特到这位高官家里做客。那天晚上，主人正好要举行一场舞会，城里的贵族名流都将应邀到场。晚饭后，主人让维特陪同他一起在客厅里迎接客人。维特既不是贵族名流，也不在正式受邀之列，所以当贵族名流带着家眷陆续到来时，维特发现，他们一看见

---

① 阿娅女士：歌德母亲卡塔琳娜·伊丽莎白·特克斯托的昵称。

他都吃了一惊。他马上意识到自己不应该出现在这种场合，但又不能拔腿就走，所以只好佯装不知。一会儿，就有一个地位显赫的贵妇人走到主人面前表示不满。主人随即叫来维特，非常有礼貌地请他离开那里。

现在看来，这简直就是侮辱。但不要忘记，在那个年代，德国的贵族和平民之间仍有一条不可逾越的鸿沟。这件事很快在小城里传得沸沸扬扬，还被说成是维特在舞会上粗鲁无礼，被主人赶了出来。这使他苦恼之极，一周后就辞掉了秘书职务。

大概是为了不使这个年轻人过于难堪，有位对他颇有好感的王公邀请他于府上小住。维特欣然前往，但只过了几个星期，他就得出结论：他和这位王公不是一路人。"他是个善解人意的好人，"他写道，"只可惜他也是个凡人，我和他相处时的感觉也只是像读一本写得还可以的小说。"真是个目空一切的年轻人！他于是离开那里，回到了原来的地方，也就是绿蒂和阿尔贝特结婚后的安居之处。阿尔贝特见维特回来，显然很不高兴，因为他经常有事要去外地。尽管并未公开反对，但他不喜欢看到维特总是来拜访妻子是显而易见的事实。这时绿蒂的心理，歌德描写得很微妙。她知道阿尔贝特讨厌维特来访，她自己也希望维特不要来打扰她和丈夫的两人世界，但她又不下逐客令。她爱丈夫，尊重丈夫，但她对维特其实也是有爱意的，还不止一点点。

圣诞节前，阿尔贝特又去了外地。绿蒂曾要维特保证，在她丈夫外出期间不来看她，但维特还是来了。她严厉地指责他违背诺言，况且时间已是晚上，照规矩她是不可以和他单独相处的。她叫仆人去请几个朋友过来，但朋友们正好都有事，一个也没有过来。她见维特随身带了几本书，就让他念给她听。维特翻开一本莪相①的诗集，念了几首。没想到，这几首诗深深地打动了他们，绿蒂甚至流下了眼泪。绿蒂的眼泪使维特再也坚持不住了。他也抽泣起来，接着一把抱住绿蒂，发疯似的吻她。对此，绿蒂又是惊喜又是愤怒，不知怎么办才好。最后，她把他推开，大声对他说："这是最后一次！你绝不能再来了！"

① 莪相：苏格兰高地及爱尔兰传说中的游吟诗人。

接着，书中的原话是："她深情地看了一眼这个不幸的男人，便快步走进隔壁的房间，把自己反锁在里面。"第二天，维特给绿蒂写了一封痛不欲生的信，但没有送出去。信中说他已经准备离开人世，还说他终于知道她是爱他的："你是我的，绿蒂，永永远远都是我的。"不久，维特听仆人说阿尔贝特回来了，就叫仆人去向阿尔贝特借一把枪，理由是他要独自到野外去旅行。可想而知，阿尔贝特听到这个消息后如释重负，马上就把枪借给了他。第二天清晨，维特就用这把枪自杀了。

人们在他的遗物中发现了他写给绿蒂的那封信。

四

以上几段不太连贯的叙述就是《少年维特之烦恼》的故事梗概。小说的最后几页[①]就是在今天读来仍令人感动。这本书问世后的反响可能是世上少有的，它被翻译成几十种外国文字广泛流传，有那么多人在讨论它，有那么多人在模仿它，可谓盛况空前。唯一对这本书大为恼火的，大概就是科斯特纳和夏洛特了。因为读者很快得知，他们是小说中阿尔贝特和绿蒂的原型。科斯特纳还愤怒地发现，自己被写成了一个呆头呆脑、根本配不上他妻子的傻瓜，而且小说还暗示，他妻子曾和歌德关系暧昧。很多人都在猜测，这部小说到底有多少是真实的，多少是虚构的。科斯特纳为此写文章表示抗议。歌德的回答简直使他目瞪口呆："难道你没有意识到，一千个人心目中有一千个维特[②]吗？你所损失的，仅仅是你没能意识到这一点而已。"

时至今日，每个人读过《少年维特之烦恼》之后都会问自己：这本书到底神奇在哪里，为什么会引起那么大的轰动？我想，用我们现在的话来说，是因为它"时尚"。那时，浪漫主义盛行于欧洲，卢梭的著作被翻译成德文后，人们争相传阅，其影响之大可能是我们今天难以想象

---

① 《少年维特之烦恼》的最后一小部分不是书信体的，而是作者的客观叙述。
② 这句话套用当时评论界的名言"有一千个观众就有一千个哈姆雷特"（意为各人心目中的哈姆雷特是不一样的）。

的。尤其是当时的年轻人，他们不满于启蒙时代的理性束缚，而传统的宗教已经式微，难以满足他们的精神需求。卢梭的著作正好迎合了他们的期盼。他们不假思索地全盘接受了卢梭的观点，即：个人的情感比人类的理性更加宝贵；无常的感觉比恒常的思考更为重要。他们把多愁善感视为灵魂的美丽标志，把理智和常识视为感情匮乏。他们的感情时常不受控制：一点点小事，男男女女都会声泪俱下。

他们写的信更是矫揉造作、感情泛滥，即便是年长而成熟的人也是如此。譬如，当时已经五十岁的诗人兼教授维兰德①写信给拉瓦特②，信中称拉瓦特是"上帝的使者"，最后还这样写道："如能和你朝夕相处真是我的万幸！就是短短三个星期也是我的福气！只是，我担心我会和你相处得太亲密，因为到头来我们总要分离，那样恐怕我会太想念你而一病不起。"这样的感情表达，今天看来实在太做作了，而当时的德国评论家却习以为常，还补充说，维兰德经常拜访好友，每次告别都要说"我会太想念你而一病不起"。既然这是当时的"时尚"，《少年维特之烦恼》问世后有千千万万人为之倾倒也就不足为奇了。年轻人激情澎湃而又痛苦绝望的爱情，总使人为之动容。维特身陷爱情的囹圄，最后以死谋求解脱，读者对此感到同情和惋惜，甚至有赞赏和崇敬之意，也是人之常情。

不管怎样，《少年维特之烦恼》使歌德一举成名。不管歌德还写过什么书，这本书是最出名的。歌德享有高寿，但他后来的作品都没有像《少年维特之烦恼》那样成功，那样震惊世界。

---

① 克里斯托夫·维兰德：18世纪末19世纪初德国诗人、作家。
② 约翰·拉瓦特：18世纪瑞士诗人、面相学家。

无须求助于想象力，
简·奥斯汀，《傲慢与偏见》

一

简·奥斯汀的一生，三言两语就能说完。她出身于古老世家。就像英国许多名门望族一样，奥斯汀家也是靠羊毛业致富的，羊毛业一度是英国的主要工业。他们发迹后，也像其他家族一样买进土地，最后成了一户乡绅人家。

简·奥斯汀，一七七五年生于汉普郡斯蒂汶顿村，父亲乔治·奥斯汀牧师是当地的教区长。简·奥斯汀是七个孩子中最小的一个。她十六岁时，父亲退休，带着她的母亲、姐姐和她一起去了巴斯，此时她的几个哥哥已经长大成人。她父亲于一八〇五年去世，她们姐妹几个和母亲一起移居到南安普顿。不久，哥哥爱德华继承了肯特和汉普郡的地产，他愿意为母亲买一座庄园。母亲选择了汉普郡乔顿的一座庄园，此时是一八〇九年，简·奥斯汀后来就一直住在那里，偶尔才出去探亲访友，直到后来病重不得不去温彻斯特，因为那里有比较好的医生。她于一八一七年在温彻斯特去世，葬于当地的大教堂。

据说，简·奥斯汀长得很讨人喜欢："身材苗条，亭亭玉立，步履轻快而稳重，时时给人一种朝气蓬勃的感觉。她肤色浅黑，脸颊丰满，嘴和鼻子小而匀称，淡褐色的眼睛很明亮，还有一头天然的棕色鬈发。"但我看到过她唯一的一幅肖像，那上面她是个胖胖的年轻女人，有一双圆而大的眼睛和高耸的胸部，相貌很一般。也许，这是因为画家画得不好的缘故。她生来就有一种罕见的幽默感。据她自己说，她平时说话和她所写的书信是一样的，而我们知道，她的书信写得情趣横溢、诙谐有趣，可谓妙语连珠。由此推想，她的言谈也一定是才华横溢的。

她留存下来的大多数信件是写给姐姐卡桑德拉的。她非常喜欢姐姐，在她生前只要和姐姐在一起，两人就同住一间卧室。小时候，姐姐去上学，她也跟着去。那时她年纪还小，到女子学校去根本就听不懂什么东西，但她不能离开姐姐，一离开就会觉得伤心。她母亲曾说："要是卡桑德拉被人拉出去砍头，简也会跟着她去的。"卡桑德拉比她长得漂亮，性格也更为文静，甚至有点忧郁，但她"有个优点，就是能控制自己的脾气，而简呢，她很幸运，生来就有一种不需要加以控制的好脾气"。

许多狂热崇拜简·奥斯汀的人对她的书信感到很失望，觉得从这些书信中似乎看不出有什么高尚情操，她感兴趣的好像只是些日常琐事。这种看法使我甚为惊讶。她的书信是一点也不矫揉造作的。再说，简·奥斯汀大概连做梦也不会想到，这些写给姐姐的书信，在她死后会被公开发表，她在书信中谈到的当然只是她认为姐姐卡桑德拉会感兴趣的事情，譬如：社交界正流行什么服饰、她买印花薄纱花了多少钱、她结识了哪些新朋友、她遇到了哪些老朋友，以及她听到了怎样的流言蜚语，等等。

近年来出版了不少名作家的书信集，当我读了这些书信时，心里总感到很疑惑。我想，这些名作家在写这些书信时，是否已经想到自己的这些书信总有一天要被大批印刷出来，因为他们的书信给我的印象是，完全可以一字不改地在文学杂志的专栏里发表。为了不使最近才去世的名作家的崇拜者难堪，我不想提到他们的名字，但狄更斯已去世多年，对他说几句闲话大概是不至于得罪人的。狄更斯每次外出旅行，总要给他的朋友写长长的书信，洋洋洒洒地描绘他所看到的景色。正如他的传记作者所说的，这些书信用不着动一个字就可以付印。我想，大概在那个时代人们都很有耐心，要是在今天，你收到一封朋友写来的信，信里一味地给你描绘他看到的山岭如何如何、他拜谒的纪念碑如何如何，那你一定会大失所望，因为你想知道的是：他有没有遇到有趣的人，参加了什么聚会，托他买的书、领带或者手帕买到了没有，如此等等。

二

简·奥斯汀写的每封信几乎都很风趣，常使人哑然失笑。为了和读者分享这种乐趣，我想摘录几段最具她个人风格的文字，只是篇幅有限，我不能摘录得太多。

独身女子对于受穷有一种可怕的癖好，这是她不赞成婚姻生活的一个强有力的理由。

请想想，霍尔特夫人死了！可怜的女人，这是她在这个世界上能做的唯一的一件不受人攻击的事。

谢勃恩的豪尔夫人昨天生了个死婴。由于受了惊吓，比她预料的早了几个星期。我猜想，这是因为她在无意中瞧了她丈夫一眼。

我们出席了W.K.夫人的葬礼。我不知道有没有人喜欢她，所以对那些活人也就漠不关心了。但我现在对她丈夫倒很同情，觉得他最好娶夏普小姐为妻。

我佩服恰普林夫人，她的头发做得好，此外就没什么新感觉了。莱莉小姐和别的矮个子女孩一样，长着大嘴巴、大鼻子，衣服时髦，胸口袒露。斯坦波尔将军倒像个绅士，只是腿短了点，燕尾服长了点。

简·奥斯汀喜欢跳舞，下面是她说到舞会时的一些妙语：

只有十二圈舞，我跳了九圈，还有几圈因为没有舞伴而没跳成。

有人告诉我，有位先生，柴郡的一个军官，一个很漂亮的年轻人，很想经人介绍和我认识。但是他的愿望没有强烈到足以使他采取行动，我们也就无缘相识了。

美女不多，仅有的几个也不漂亮。伊勒蒙格小姐脸色不太好，布伦特夫人是唯一受大家奉承的人。她还是九月份时的老样子，同样是宽脸蛋、钻石头带、白鞋，还有一个同样是穿着时髦、头颈粗壮的丈夫。

查尔斯·勃勒特星期四举行了一次舞会。这自然使他的邻居们大为不安，你知道他们对他的经济状况非常感兴趣，希望他早点破产。他的妻子很愚蠢，又很奢侈，而且脾气坏，这倒是他的邻居们所希望的。

理查德·哈维夫人快要结婚了，但这是大秘密，只有半数的邻居知道，请你千万不要泄密！

霍尔博士一身重孝，一定是他母亲，或者是他妻子，或者是他本人去世了。

简·奥斯汀小姐和母亲一起住在南安普顿时，曾拜访过一户人家。关于这件事，她在给卡桑德拉的信中是这样说的：

> 我们发现只有兰斯夫人在家，除了一架大钢琴，不知道她有没有也值得夸耀一番的子女……他们生活很奢华，看来她喜欢富有，而我们让她明白了我们一点也不富有，所以她不久就会觉得和我们交往是不值得的。

奥斯汀家有个女亲戚和曼特博士有了私情，致使博士的妻子一怒之下回了娘家，于是人们议论纷纷。对此，简·奥斯汀在信中写道：

> 由于曼特博士是个牧师，他们的私情不管多么不道德，总有那么一点一本正经的味道。

她有一张利嘴，有着不寻常的幽默感。她自己喜欢笑，也喜欢逗别人笑。一个幽默家想起一件可笑的事，如果你要他把这件事藏在心里不说出来，那是强人所难。爱开玩笑而又要让人不觉得刻薄，天知道是件多么不容易的事。天生善良的人往往是不太有趣的。简·奥斯汀敏锐地观察到了人们的荒唐愚蠢、自命不凡、装模作样和虚情假意，但她并不为此感到苦恼，反而觉得有趣，这实在令人钦佩。她虽然由于良好的教养而不忍心公开说出伤人的话来，但在给姐姐的信里取笑一下周围的人，她认为是无伤大雅的。实际上，即使在她最具讽意的言辞中，我也看不出任何恶意——她的幽默是真正的幽默，是以精细的观察和坦率的心态为基础的。

曾有人指出，她一生经历了历史上许多轰轰烈烈的事件，如法国大革命、恐怖时期、拿破仑的兴起和溃败等，但在她的小说里却一点也没有写到。她为此受到责难，有人说她过于超然物外。然而，应该记住，在她那个时代，女人参政是有伤风化的，政治是男人的事，那时的女人甚至都不读报纸。由于她没有写到那些事件，就以为她没有受到它们的影响，这毫无根据。她热爱自己的家庭，她的两个哥哥都在海军服役而且经常身处险境，她给他们的书信表明，她对他们一直魂牵梦萦、日夜惦念。至于她在小说中不写那些事件，那不是正好说明她见识不凡吗？

她生性谦虚，从未想使自己青史留名。反之，如果她那样想的话，也就不可能这样明智了。她在自己的作品中毫不涉及那些事件，原因就在于，从文学的观点看，那些事件不过是昙花一现的小事。譬如，关于第二次世界大战的小说过去几年出版了许多，现在却早已无人问津了。它们就像每天发行的报纸一样，只是过眼云烟而已。

奥斯汀·李在《简·奥斯汀传》里有一段话，我们只要稍加想象就能知道，简·奥斯汀在漫长而宁静的岁月里过着怎样一种乡间生活：

> 一般说来，由仆人去做的事情很少，更多的是由主人或女主人亲自照料。我相信，女主人往往还要亲手配制家酿的酒、用药草制成家用的药和烹煮一些上等的菜肴……夫人们并不轻视纺纱织布，有些夫人还喜欢在早餐或茶点后亲自洗涤碗具。

> 奥斯汀小姐对衣帽、围巾很感兴趣，还擅长针黹刺绣。她喜欢漂亮的年轻男子，有时也和他们调调情。她不仅喜欢跳舞，还喜欢

看戏、打牌和其他一些轻松的娱乐。她擅长玩那些需要手指灵活的游戏。譬如，她撒游戏棒撒得比谁都好，而且能十拿九稳地一根根取走。她玩杯球也很出色，听说在乔顿玩这种游戏时，她能轻而易举地连续接一百个球。所以，毫不奇怪，孩子们都特别喜欢她。他们喜欢和她一起玩，也喜欢听她讲那些永远讲不完的故事。

虽然没有人会把简·奥斯汀说成才女（对才女，她本人也不屑一顾），但她显然是个很有教养的女人，研究简·奥斯汀小说的权威专家杰波明曾开出一张长长的书单来列举简·奥斯汀读过的书。毫无疑问，她读过芬妮·伯奈、玛丽亚·艾奇沃斯和瑞克里弗夫人①的小说，也读过法国小说和德国小说的英文译本（其中有歌德的《少年维特之烦恼》）。其实，只要能从巴斯和南安普顿的流动图书馆借到的书，她都读。她很熟悉莎士比亚的作品。和她同时代的作家中，她读过司各特②和拜伦③的作品，但她最喜爱的诗人好像是柯帕④。这不难理解，因为柯帕那种冷峭、绮丽、睿智的诗风对她特别有吸引力。她还读过约翰逊博士和鲍斯威尔的著作，读过大量的历史书和为数不少的宗教书籍。

三

当然，最重要的还是她自己写的书，这就是我下面要谈的。她年纪很小就开始写作，她临终前，曾托人从温彻斯特带过口信给她的一个喜欢写作的侄女，意思是说：如果她愿意接受她的忠告，那么她最好到十六岁之后再搞创作，因为她一直觉得，在这之前（十二到十六岁之间）应该多读少写。当时，女人舞文弄墨是被认为不合体统的，路易斯

---

① 芬妮·伯奈、玛丽亚·艾奇沃斯和瑞克里弗夫人均为19世纪初英国著名女作家。
② 司各特：19世纪初英国诗人、历史小说家。
③ 拜伦：19世纪初英国浪漫主义诗人。
④ 柯帕：18世纪英国诗人。

修士①就曾说过："我厌恶、可怜和蔑视一切女文人。她们手里应该拿着针，而不是笔，只有针才是她们运用自如的工具。"

小说在当时还是一种受人轻视的文学样式，简·奥斯汀本人就曾对作为诗人的司各特爵士表示过惊讶，因为他竟然会热衷于写小说。她自己呢，总是小心翼翼地不让仆人、客人以及除家里人之外的任何人知道她在写小说。为了不让人发现，她用很小的纸片，因为小纸片可以一下子藏起来，或者快速用一张吸墨纸盖住。在她的房门和仆人住的下房之间有一扇门，一推就会嘎嘎作响，但她一直没有让人把它修好，因为她觉得门会发出声响对她有用：当她躲在屋里写小说时，只要有人一推门，她便会知道，这样她就有时间把稿子迅速藏起来。她哥哥詹姆斯看到儿子正在津津有味地读一本书，甚至都不好意思告诉他，他手里的书是他姑妈简写的。另一个哥哥亨利，则在回忆录里这样写道："要是她还在世，不管会给她带来多大的名声，她也不会把自己的名字署在作品上。"正因为这样，她发表第一部小说《理智与情感》时，扉页上仅署名为"一位女士"。

其实，《理智与情感》并不是她最初写的小说。最初的一部小说名为《第一次印象》。为这部小说，她哥哥乔治·奥斯汀曾代她写信给一个出版商，希望以自费或者其他方式出版"一部和芬妮·伯奈小姐的《伊沃林娜》篇幅相近的小说，总共三卷"，但被出版商拒绝了。《第一次印象》是她在一七九六年冬天开始写的，到一七九七年八月完成。一般认为，这部小说其实就是十六年之后改名出版的《傲慢与偏见》。其后，她接连写了《理智与情感》和《诺桑觉寺》。这两部小说运气不佳，虽然五年后有个叫理查德·克劳斯贝的人以十英镑的价钱买下了后一部小说（当时书名为《苏珊》），但他并没有拿去出版，最后又以同样的价钱卖掉了。由于简·奥斯汀从不署真名，所以这位先生始终不知道自己以如此低廉的价钱卖掉的手稿，就是后来名声大噪的《傲慢与偏见》的作者写的。

---

① 路易斯·德·莱昂修士：16世纪西班牙宗教诗人。

一七九八年完成《诺桑觉寺》后直至一八〇九年，这期间简·奥斯汀似乎辍笔不写了，仅写了一部名为《沃森一家》的小说的部分章节。一个才华横溢的作家，辍笔时间如此之长，当然要引起人们的多方猜测。有人猜测她是由于坠入情网而无暇顾及写作，不过这也仅仅是猜测而已。一七九八年她二十三岁，正值青春妙龄，很可能不止一次坠入情网。她是个很奇特的女人，很可能一次次地恋爱，结果也可能一次次地不欢而散，但却从来不会使她有精神上的阴影。所以，她长时间辍笔不写的最可靠的解释是，由于她的小说找不到哪个出版商愿意出版，她灰心丧气了。她只好把自己的小说朗诵给亲朋好友听。虽然他们听得心醉神迷，但她颇有自知之明，而且很可能自己得出过这样的结论：她的小说只在那些喜欢她的熟人眼里才有魅力，因为他们一眼就能看出，小说中的哪个人物就是她身边的哪个人。

四

总之，在一八〇九年她和母亲及姐姐一起定居于宁静的乔顿小镇之后，她就开始修改原先写的旧手稿。一八一一年，《理智与情感》终于出版。那时，女人写作似乎一下子变成了天经地义之事。当时的情况，斯贝琼教授曾在皇家文学协会的一次讲演中说到过，他以艾丽莎·费恩①的《印度来信》为例，说在一七八二年，有人曾要艾丽莎·费恩发表她的书信，但当时公众舆论还很厌恶"女士写作"，她没敢答应。然而，到了一八一六年，连艾丽莎·费恩自己都说："从那时起，公众舆论发生了很大变化。现在，我们已经有了许多敢为女性争光的女作家。

不仅如此，还有更多谦逊纯朴的女子，她们不用害怕，可以大胆把自己的小船划入大海，可以大胆写书——不管是教育类的书，还是娱乐类的书，都可以。"

一八一三年，《傲慢与偏见》出版，简·奥斯汀以一百一十英镑的

---

① 艾丽莎·费恩：英国贵族夫人，长期旅居海外，其书信出版后被视为文学作品。

价格出让了版权。

除上述三部小说，她还写有另外三部，即《曼斯菲尔德庄园》《爱玛》和《劝导》。她就凭这几部小说，为自己赢得了极大的声誉。她的小说总要等很长时间才能找到出版商，但是一旦出版，又立刻受到读者称赞。后来，连一些最有名望的人也开始赞扬她了。我在此不妨引用司各特爵士的一段话，从中可看出他对她多么推崇："这位年轻的小姐在描写人们的日常生活、内心感情和许多错综复杂的琐事方面确实很有才能，这种才能极其可贵，是我从未见到过的。虽说我也能像一般人那样写些平平常常的文章，但是要用这样细腻的笔触，把这样平凡无奇的事情和人物，写得这样惟妙惟肖，我实在很难做到。"

奇怪的是，司各特竟然忘了提到这位小姐最宝贵的才能——幽默。她虽然具有敏锐的观察力和丰富的情感，但最为重要的是她的幽默，因为是幽默使她的观察力既敏锐又准确，使她的情感既丰富又感人。不过，她的生活经历终究有限，所以她的每一部作品，故事都大同小异，人物都一成不变，只是换个角度讲同样的故事，写同样的人物。她对此也有自知之明，比谁都清楚自己的弱点所在。既然她的生活仅限于外省社会的一个小圈子，她也就仅以此为题材，从不另有所求。她只写自己能看到、能听到的事情。譬如，有不少读者已经注意到，她从来不写两个男人或几个男人在一起交谈，因为这样的交谈从根本上说是她不可能听到的。

在思想观念方面，她和她周围的人没有多大区别，这从她的小说和书信中都可以看出。她和他们一样，满足于当时的社会现状。她也毫不怀疑社会等级的重要性，认为有贫富差异是很自然的，只有绅士的儿子可以去当牧师或者继承一大笔遗产，年轻人可以靠有权势的亲戚去担任公职并得到提拔。女孩子长大了就应该出嫁，这是女人的本分。结婚当然是出于爱情，但也要考虑双方的经济状况是否令人满意。所有这些都是理所当然的，没有迹象表明她对此有任何反感。她的家庭只跟牧师和乡绅有交往，她的小说也就从来不写其他阶层的生活。

五

在简·奥斯汀的小说中，很难断定哪一部最好，因为它们都是上乘之作，而且每一部都有忠实的，甚至狂热的崇拜者。麦考莱[1]认为《曼斯菲尔德庄园》是她的峰巅之作，另一些同样著名的评论家则更喜欢《爱玛》。狄斯累利[2]把《傲慢与偏见》读了十七遍。现在又有许多人说《劝导》是她最成熟的作品。但我却相信，普通读者大多把《傲慢与偏见》看作她的杰作是很有见地的。因为一部作品能不能成为经典，关键不在于评论家是否一致称颂，也不在于教授们是否分析讲解和悉心研究，而在于历代读者是否从中获得了乐趣和教益。

就我个人看来，《傲慢与偏见》应该说是她所有小说中最令人满意的。我不喜欢《爱玛》中的女主人公，因为她太势利，对社会地位比她低下的人，总摆出一副屈尊俯就的样子，而对佛朗科·邱切尔和简·凡凡可斯的风流韵事，我也不觉得特别有趣。在简·奥斯汀的所有小说中，唯一使我觉得沉闷的就是这部作品。《曼斯菲尔德庄园》中的男女主人公爱迪芒特和范妮像两个道学家，很难叫人喜欢，反而是不拘小节的亨利和玛丽·克劳福德，我很同情他们。《劝导》有一种罕见的吸引力，如果没有柯伯在兰姆雷吉斯的那件事，我会把它看作是一部最完美的作品。

简·奥斯汀在虚构不寻常事件方面确实没有多人天分。在我看来，下面这件事就有弄巧成拙之嫌：露易莎奔上几级陡峭的阶梯，"往下一跳"，扑向爱慕她的温迪华斯上尉，但他没有接住她，使她一头撞到地上，昏了过去。其实，只要他伸出手去接她，就像他平时帮她"跳下"篱笆旁的阶梯那样，她是绝不可能一头撞到地上的，因为她跳下来的地方离地面还不到六英尺。她可能会撞在高大健壮的温达华斯上尉身上，可

---

① 麦考莱：19世纪英国历史学家、作家、评论家。
② 狄斯累利：19世纪英国政治家、作家，曾两度出任英国首相。

能会吓得半死，但绝不会受伤。不管怎样，她昏过去了，接着便是一片忙乱。对此的描写也不可信：人人心慌意乱，连身经百战、屡获勋章的温迪华斯上尉也吓得手足无措。接下来，所有人的行为举止都很荒唐，简直使我难以相信，对亲朋好友的疾病和死亡都能安之若素的简·奥斯汀小姐，怎么会在小说中写出这么一番笑话百出的慌乱景象。

学识渊博、文风诙谐的评论家加洛特教授曾说，简·奥斯汀没有讲故事的才能。但他又解释说，他说的"故事"是指一连串富有浪漫色彩的情节或者一连串不寻常的事情。确实，简·奥斯汀不具备这种才能，也不想在这方面努力。她有敏锐的观察力和生动的幽默感，无须求助于想象力。她感兴趣的不是不寻常的事件，而是寻常的生活。她只要凭借自己的观察力、幽默感和巧言妙语，就足以使最寻常的生活也变得不寻常。

至于故事，其实大多数人认为是指对一件事情连贯而清晰的表述，其中有开始、有发展、有结局。这样的话，《傲慢与偏见》就有一个完整的故事：一开始，来了两位年轻人。接着，事情有了发展，他们分别爱上了伊丽莎白和她的姐姐。最后的结局是，他们都喜结良缘。这种传统的大团圆结局使有些深谙世故的人嗤之以鼻。确实，大多数乃至绝大多数婚姻，是并不怎么幸福的。再说，结婚也不是人生的结局，只是进入另一个人生阶段罢了。有些小说家甚至以结婚作为小说的开始，一直讲到它的结局。当然，他们有权这么做。但我却觉得，普通读者认可男女主人公喜结良缘的结局，还是有一定道理的。他们之所以认可，我认为是因为他们内心本能地觉得结婚表示男人和女人完成了生物学上的一项使命。所以，当他们听人讲述一对男女如何相爱，如何一波三折，最后又如何海誓山盟、永不分离时，自然就觉得很有趣。对大自然来说，一对男女结婚是长长的生物链中的重要一环，而其重要性就在于它能衍生出另一环。这就是小说家为什么往往要以男女主人公喜结良缘作为小说结局的理由。在简·奥斯汀的这部小说中，新郎最后得到一大笔地产收入，并把新娘带到一所漂亮的住宅，那里有花园，还有精美华贵的家具。这样的结局，普通读者是非常满意的。

我认为，《傲慢与偏见》的情节结构也很精巧，前后情节的衔接极为自然，没有任何会使读者感到迷惑不解的地方。也许，有人会觉得奇怪，为什么伊丽莎白和简这么有教养，这么彬彬有礼，而她们的母亲和三个妹妹竟会如此平庸。这确实有点唐突，但这种安排对简·奥斯汀小姐要叙述的故事来说又是必不可少的。我心里想，她为什么不把伊丽莎白和简写成是班纳特先生前妻的女儿，小说中的班纳特夫人只是他的续弦，也就是三个小女儿的母亲，这样一来，问题不就避开了吗？

　　在简·奥斯汀的所有女主人公中间，她自己最喜欢的就是伊丽莎白。她曾写道：“我必须承认，我把她看作我的小说中出现的最令人愉快的人物。”按某些人的看法，伊丽莎白的原型就是简·奥斯汀本人——她确实把自己的欢乐、勇气、机敏和见识都赋予了伊丽莎白这个人物。也许，我们还可以进一步推测：在她描绘温柔、善良、美丽的简·班纳特时，她心里想到的很可能就是她的姐姐卡桑德拉。一般人总把小说中的达西看作无耻之徒。他的第一个过错就是在舞会上拒绝和不相识的、也不想结识的人跳舞。但这并不是什么大错。

　　确实，他在向伊丽莎白求婚时表现出一种不可饶恕的傲慢态度，但他对自己的出身、财产的自豪是他性格的主要特征，缺了它就没有什么可讲的了。再说，他的这种求婚态度也给了简·奥斯汀一个机会，借此可以展现最精彩的戏剧性场面。我想，如果简·奥斯汀是在有了一定写作经验的情况下写这部小说的话，那她或许会把达西的态度表现得更恰如其分一点，也就是把他写得足以引起伊丽莎白的反感，而不至于非要让他说出那些使人难以置信的话来。对卡特琳夫人和柯林斯先生的描写可能也略显夸张，但我觉得稍有喜剧因素是完全可以的。喜剧因素可以使生活显得更加绚丽多彩，也更加冷峭严峻。在小说中使用一点喜剧式的夸张手法也无伤大雅，因为有分寸地加点笑料，就像在草莓上撒些白糖，可以使故事中的喜剧味变得更加浓郁。

　　不过，谈到卡特琳夫人，有一点倒是要记住，那就是在简·奥斯汀时代，当一个人和地位比自己低的人在一起时，他或者她总会表现出一种优越感来的。对此，地位低的人也不会心怀不满。如果说，卡特琳夫人把伊丽莎白看作是出身低微的年轻姑娘而在她面前有点趾高气扬的话，那么请不要忘记，伊丽莎白自己对她姨母菲利普夫人的态度也好不了多少，原因也就是她只是个地位不高的律师的妻子。在我年轻时，那时虽然已经和简·奥斯汀所写的那个时代相隔一百年，我还是能经常看到一些贵妇人，她们那种自高自大的样子尽管不再像过去那样荒唐可笑，但和卡特琳夫人也不相上下。至于像柯林斯先生这种集拍马奉承和傲慢无理于一身的人，即使在今天，又有谁没见过？

没有人把简·奥斯汀看成是伟大的文体家。她的用词很奇特，而且经常不顾语法，但是她的听觉肯定很灵敏[①]。从她的句子结构中，我觉得可以看出约翰逊博士的影响。她喜欢使用来自拉丁文的英语词汇[②]，

而不常用普通英语词汇，喜欢用抽象的而不是具体的词汇。这使她的措辞稍稍带上一点悦目惬意的庄重感。确实，这也给她诙谐的语言增添了分量，使她本来辛辣尖刻的语言中又有了一种一本正经的味道。她的对话写得非常自然。写对话并不是把人物要说的话原封不动地记录在纸上，而是要加以组织整理的，否则就会使人觉得沉闷。在她的小说中，有许多对话简直就像现在的书面语，今天读来矫揉造作，但是在18世纪末，年轻小姐确实就是那样说话的。譬如，简在谈到她情人的几个妹妹时说："对于我和他的关系，她们当然不会表示赞成，对此我并不觉得奇怪，因为他完全可以选择一个各方面比我强的人。"我相信，她就是这样说的，但我也得承认，听她这样说话真有点吃力。

至此，我还没有谈到这本书的最大的优点，那就是它有很强的可读性——比一些更杰出、更著名的小说更有可读性。正如司各特所说，奥斯汀小姐描写的是人们的日常生活、内心感情和许多错综复杂的琐事。虽然小说中并没有发生什么了不起的事情，但是每当你读完一页后，总会情不自禁地翻下一页，迫切地想知道下文如何。而那里仍然没有什么大事，于是你又迫不及待地翻动书页。能叫你这样做的小说家是最有才

---

① 意即简·奥斯汀写出的句子很有韵味，朗朗上口。
② 拉丁词根的英语词大多用于书面语，比较庄重。

能的小说家。我时常想，这样的才能是从哪儿来的呢？为什么你把这部小说读了一遍又一遍，却依然像第一次读它时一样兴味盎然？我想，原因就在于，简·奥斯汀不仅对她的人物及其命运深感兴趣，而且对发生在他们身上的一切都深信不疑。

我尽可能地谈狄更斯的私人生活，
以便你进入他的《大卫·科波菲尔》

一

　　查尔斯·狄更斯身材矮小，但相貌不凡，伦敦国立人物肖像陈列馆里有一幅他的画像，是麦克里斯[①]在狄更斯二十七岁时为他画的。画面上，狄更斯坐在书桌边的一把豪华靠椅里，一只细巧的手优雅地搁在一份手稿上。他衣着讲究，还戴着宽大的缎制领饰。他有一头棕褐色的鬈发，鬓角很长，飘垂在脸的两边，刚好遮住双耳，看上去很潇洒。他脸形稍长，脸色有些苍白，但目光炯炯，加上一副沉思默想的神情，其年轻大作家的形象正合崇拜者们的心意。他时常摆出一副纨绔子弟或者说追求时髦的派头。他年轻时喜欢穿花哨的天鹅绒上衣，戴艳丽的领饰和白色的礼帽。遗憾的是，他从来也没有获得过他自己预想的效果。他的这副打扮让人觉得古怪，甚至有点惊讶，因为他的服饰实在和他的为人太不相符。

　　他的祖父威廉·狄更斯早先是查斯特尔市议员约翰·克罗尔家里的仆人，娶了一个女仆为妻，最后又成了管家。老威廉有两个儿子，小威廉与约翰。不过，我们现在只对约翰感兴趣，因为他既是英国最伟大的小说家的父亲，又是他儿子笔下最出色的人物形象——米考伯先生的原型。约翰刚出生，老威廉就死了。他们的母亲仍在克罗尔家里当女仆，一直干了三十五年，而且还当上了女管家。此后，主人为她提供养老金，而在她当管家期间，主人还出钱让她的两个儿子受到了教育。小儿

---

① 麦克里斯：19世纪英国肖像画家。

子约翰经主人推荐在军需处得到一个职位后，很快就认识了一个同事，不久又和这个同事的妹妹伊丽莎白·巴鲁结了婚。在人们眼里，约翰是个穿着入时、总喜欢摆弄怀表的小公务员。他看来很喜欢喝酒，因为他曾卷入过一宗贩酒案，为此还在狱中度过了一段时间。他婚后不久便负债累累，而且仍不停地到处向人借钱。

他们的第二个孩子——查尔斯·狄更斯，于一八一二年出生在普特希镇。两年后，约翰被调往伦敦。他们一家在伦敦住了三年后，又迁往查特姆。就是在查特姆，小查尔斯开始上学读书。他父亲有一些藏书，虽然数量不多，但其中倒有像《汤姆·琼斯》《威克菲牧师传》①《吉尔·布拉斯》《堂吉诃德》《蓝登传》②和《小癫子》③这样的好书。这些书，小查尔斯不止读过一遍，至于它们对他的巨大影响，我们可以从他后来的小说创作中明显看出。

小查尔斯在学校读书读到十五岁后，就到一家法律事务所去当了见习生。但他在那里只干了几个星期，父亲就把他送到另一家法律事务所，在那里他当上了一名周薪十五先令的小职员。他在业余时间学习速记，仅用了十八个月就在民法博士会长老法庭谋到了速记员的职位。二十岁时，他又获得议会速记员资格，同时作为一家报纸的记者专门报道下议院的情况。他常坐在旁听席上，被认为是一名"又快又好的速记员"。

这时，他爱上了银行经理的女儿玛丽亚·比德奈尔，一个多情而轻浮的姑娘。很可能，是她先对查尔斯·狄更斯调情的。他们的关系甚至到了很亲密的程度，她仍然没有把它当一回事。她只是喜欢被人恭维，喜欢有个情人陪她玩玩，根本就没有考虑过要嫁给这个一文不名的查尔斯·狄更斯。所以，不到两年，他们的恋爱就告吹了。两人还一本正经地互相退还了礼物。

---

① 《威克菲牧师传》：18世纪英国小说家哥尔斯密的长篇小说。
② 《蓝登传》：18世纪英国小说家斯摩莱特的长篇小说。
③ 《小癫子》：原名《托美思河的小拉撒路》，16世纪中期西班牙流浪汉小说，作者不详。

狄更斯非常伤心，因为他是真心爱玛丽亚的。后来，在《大卫·科波菲尔》里，玛丽亚就成了大卫的"孩儿妻"朵拉。在狄更斯刚完成这部小说时，就有一个女友问过他，他是否真的"非常非常爱她"。他回答说："世上没有一个女人，也很少有男人，能理解这种爱究竟有多深。"他们分手许多年后才相见，玛丽亚·比德奈尔和狄更斯夫妇一起吃了一顿饭。但是今非昔比，此时狄更斯已是大名鼎鼎的小说家，玛丽亚则成了一个肥胖、平庸、笨拙的家庭主妇。于是，她又被狄更斯写进小说，成了《小杜丽》中的芙洛拉·费因钦。

二十二岁时，查尔斯·狄更斯每周已经能挣到五英镑五先令。为了离报社近一点，他搬到河滨街附近的一条很脏的小路旁去住。很快他就觉得不满意了，于是便在弗涅伏尔客栈租下一间不带家具的房间。不幸的是，还没等他安置好家具，他父亲又因债务入狱。为了维持父亲的狱中生活，他不得不解囊相助。父亲一时出不了狱，他找了一处便宜的房子把全家安顿下来，他自己则和由他抚养的弟弟弗雷德里希一起住在弗涅伏尔客栈四楼的一间后房里。"由于他为人坦率、慷慨大方，而且遇事总能逢凶化吉，因此在他家里，以及后来又在他妻子家里，便形成了这样一种习惯，那就是没出息的人总找他资助，还要他帮忙谋取职位。"[①]

二

他在众议院的旁听席上工作了大约一年后，开始写一组描写伦敦生活的随笔。第一篇作品发表在《月刊》杂志上，后来又在《晨报》上陆续发表作品。他虽然没有得到多少稿费，但开始引起人们的注意。当时，英国有一种风气，人们喜欢看一些表现奇闻逸事的小说。这类小说大多发表在一先令一份的月刊上，往往还配上有趣的插图。因此，出版商经常约请一些稍有名气的作家和画家撰文配画。这就是今天仍受大众欢迎

---

① 引自恩娜·波普–亨奈希的《查尔斯·狄更斯》。

的报纸滑稽栏目的早期形式。

　　有一天，查普曼·豪尔出版公司的一个合伙人找到狄更斯，请他为一位名画家画的一组描写一家体育爱好者俱乐部的连环画配上文字。他答应每月付十四英镑，杂志发行时再外加少许酬金。狄更斯开始说他根本不懂体育，无法撰写这样的稿子，但后来由于"酬金的诱惑力太大，他终于没能抵挡住"。虽然我不能说《匹克威克外传》就是这样产生的，但我至少可以说，这部名作就是在这样一种不寻常的情况下产生的。狄更斯最初的五篇连载故事发表后并不怎么成功，但是当山姆·维勒在故事里出现后，杂志发行量便一下子上升了。

　　后来，这些故事汇集成书出版，大受读者欢迎，狄更斯一举成名，当时他才二十二岁。尽管批评界对他仍持保留态度，但他声誉鹊起，读者对他推崇备至。当时的《评论季刊》曾对他做过这样的预测："根本无须天才也能预知他的命运——他像火箭一样升上天，将像棍子一样栽下来。"确实，纵观狄更斯的整个创作生涯，我们处处可以发现这种情况：大众读他的作品读得如痴如醉，批评家则一味地吹毛求疵。看来，当时的批评界也像现在一样浅薄。

　　一八三六年，就在连载小说《匹克威克外传》的第一篇发表前几天，狄更斯和凯特·霍格斯结了婚。他的岳父乔治·霍格斯是他在报社工作时的同事，有六个儿子和八个女儿。女儿们个个长得娇小而丰满，碧眼金发，脸色红润。大女儿凯特是当时唯一已到结婚年龄的姑娘，也许就是出于这个原因，狄更斯才娶了她，而没有娶她妹妹中的某一个。他们度过短暂的蜜月后，便在弗尼伏尔客栈住下，并邀请凯特的妹妹——十六岁的玛丽·霍格斯——和他们同住。玛丽活泼可爱，狄更斯渐渐爱上了她，尤其是当凯特因怀孕而不在他身边时，他更是整日与玛丽相伴。这时，他已得到撰写另一部长篇小说《奥列佛·退斯特》的合同，但在他动笔写这部新作的同时，他仍要继续写按月连载的《匹克威克外传》。于是，他就把每月的时间一分为二，上半个月写《奥列佛·退斯特》，下半个月写《匹克威克外传》。绝大多数小说家都需全神贯注地创作一部作品，根本不可能有什么余暇再去考虑第二部作品，但狄更斯却能毫不费劲地跳来跳去，同时创作两部作品。他的这种特殊才能，确实是大多数小说家所没有的。

三

凯特生下了孩子，她一直想多生几个孩子，而此时，他们已搬出客栈，迁居到了道梯大街。玛丽也越长越可爱了。五月的一个夜晚，狄更斯带着凯特和玛丽一起去看戏。戏演得很精彩，回家途中三个人都很兴奋。不料，玛丽却突然病倒了。虽然很快就请来了医生，但没过几个小时，她就死了。狄更斯从她手上取下一枚戒指戴在自己手上，此后他就一直戴着这枚戒指，直到去世。玛丽的死使他悲痛欲绝。他曾在日记中这样写道："假如她——这样一个活泼、可爱、迷人的朋友，这样一个我过去不曾、将来也不会遇到的，能和我分担忧愁而且能理解我种种情感的人——还能活在我们身边，我愿意为这种欢乐而放弃我的一切。然而，她去了。我恳求仁慈的上帝，让我与她同去吧！"他还打算，自己死后就葬在玛丽的旁边。

玛丽之死引起的悲恸，使再次怀孕的凯特不幸流产。等她康复后，狄更斯和她一起到国外进行了一次短暂的旅行，以使自己从痛苦中解脱出来。到了六月底，他总算恢复过来，甚至又可以和其他年轻女子逗乐了。

成就卓著的文学家的生活，并不一定都是饶有趣味的。狄更斯的生活往往是按某种模式进行的。他的职业要求他每天工作若干小时，而且还得有一套适合他的工作程序。他时常要和那些文学界、艺术界的上流人物应酬，还要和那些贵妇人交际。他要出席别人的宴会，自己也要设宴回请。他要外出旅行，要在公开场合亮相。大体说来，这就是狄更斯的生活模式，尽管他的幸运和成功几乎没有哪个作家能与之相比。

他生来喜欢戏剧，实际上他还曾认真考虑过是否要去当一名演员。他背诵台词，还专门向一个演员请教发声法。他时常对着镜子练习上台、坐下和鞠躬等舞台动作，而这方面的造诣，确实使他在出入上流社会时得益匪浅。尽管喜欢吹毛求疵的人总嫌他衣着花哨、举止粗俗，但是他的相貌和眼神、横溢的才华和充沛的精力，还有爽朗的笑声，不管怎么说，总是富有魅力的。许多人恭维他、奉承他，但他的头脑还算清醒，从未因此飘飘然。

使人觉得奇怪的倒是，他虽然有敏锐的观察力，后来对上流社会的语言也相当熟悉，但是在他的小说中却从来没有成功地塑造出任何真实可信的、属于上流社会的人物。他描写牧师和医生，显然不及他描写律师及其助手那样真实，那样生动。这是因为，早年他在律师事务所当小职员，以及后来在民法博士院当速记时，甚至在他穷苦的童年时代，他就非常熟悉律师之类的人了。如此看来，小说家似乎只有把自己从小熟悉的人作为原型，才有可能创造出鲜明的人物形象。

我们常会感觉到，自己在童年和少年时代度过的一年，似乎要比成年之后度过的一年更加丰富多彩。我们也常常会把自己熟悉的那些人看作是整个世界。对于那些人，我们本来是可以彻底了解他们的内心的，只是后来不知怎么搞的，我们只了解了他们一些表面的东西。这对于一般人来说是无所谓的，但对于小说家来说，却至关重要。狄更斯就遇到了这样一种不利情况，那就是他有时不得不进入某个不属于他的世界。他对那里的生活不甚了了，那里的一切都和他熟悉的世界截然不同，于是他便失去了汲取创作灵感的源泉。有幸的是，他对自己早年丰富多彩的生活有深切感受，他可以在后来所遇到的男男女女中进行选择，只挑选某些人物，用他自己独特的方式加以处理。

他是个非常勤奋的作家，时常是一部作品尚未完成，第二部作品就已经动手写了。他一边写作，一边还要密切关注读者对杂志的反应，因为他的大部分小说最初都是在杂志上连载的。人们对他的《马丁·朱述尔维特》为什么会在美国出版一直很感兴趣。殊不知，这部小说最初也是在英国的一份杂志上连载的，只是后来狄更斯得知杂志销量下跌，读者对他的这部连载小说不像以前那样感兴趣了，他才考虑把小说拿到美国去出版。他不属于那种把作品畅销视为不光彩的作家，他的勤奋多产也没有使他精疲力尽。除了写作，他还创办并主持了三份周刊，同时又以极大的热情从事其他爱好。他可以毫不费劲地一天步行二十英里，他骑马、跳舞，还喜欢各种各样的娱乐。他在业余剧团演戏，甚至变魔术给孩子们看。他出席宴会，到处演讲，还慷慨大方地设宴招待客人。

有了钱，狄更斯一家便立刻搬进一幢伦敦豪华区的住宅，还从大商行定购了成套家具，精心布置客厅和卧室。地板上铺着厚厚的地毯，窗前垂挂着绣花的帷帘。他雇用了一个手艺不错的厨师，还雇用了三个女仆和一个男仆。他和妻子各有一辆自备马车，家里经常是晚宴不断，高朋满座。他的奢侈铺张，曾使托马斯·卡莱尔^①的夫人感到震惊，甚至连杰弗里爵士到他家赴宴后，也在给朋友科克彭的信中说："这样的晚宴，对于一个刚刚富起来而且有家有室的人来说，实在是太铺张浪费了。"所有这一切，都需要大笔大笔的钱。

除此之外，狄更斯还有其他开销：他的父亲和一些亲属的生活全都由他负担，而且还得长期负担下去。老约翰^②生性浪荡，在他的所作所为中，最使他这个出了名的儿子感到难堪的就是他老是用儿子的名义向人借钱，甚至偷偷把儿子的手迹和手稿拿去卖掉。狄更斯不久便得出结论：除非让那些人通通搬出伦敦，否则他将永远不得安宁。于是，他不管他们怎样抱怨，在靠近艾塞克斯的奥芬顿镇找了一幢房子，要他们搬到那里去。与此同时，他创办了一份名为《汉佛瑞少爷之钟》的刊物，其部分目的就是想挣钱来对付家里的大笔开销。为了给刊物打开销路，他开始写《老古玩店》并在刊物上连载。小说大获成功，一时间人人都在谈论它，连康奈尔、柯勒律治、杰弗里勋爵和卡莱尔这样的大文人也被这部小说的哀婉伤感之情所打动。甚至远在纽约，人们都聚集在码头上等着装有这份刊物的客轮进港，而且当客轮徐徐靠岸时，他们就迫不及待地大声喊："小耐儿有没有死？"

一八四二年，狄更斯夫妇去美国访问，临行前他们把四个孩子托给凯特的妹妹乔治娜照看。虽然迄今为止，还没有哪个英国作家能像狄

---

① 托马斯·卡莱尔：19世纪英国著名历史学家、作家。
② 老约翰：约翰·狄更斯，查尔斯·狄更斯的父亲。

更斯那样生前就声名远扬，但是他的美国之行却并不尽如人意。这是因为，那时的美国人对欧洲人仍时时怀有戒心，尤其是对任何批评美国的言论都极为敏感。他们的新闻界和出版界肆无忌惮地侵犯"新闻人物"的隐私权。当时的美国新闻媒介固然也把外国著名人士的来访视为好事，但是只要他们不愿像动物园里的猴子那样被人耍弄并稍稍表示不满，马上就会被说成是自以为是、自高自大。美国的言论自由是不能伤害他人感情或者有损他人利益的。在那里，人人有权表达自己的观点，但前提是不反对别人的观点。对这些情况，狄更斯一无所知，不免出错。

美国当时还没有加入国际版权公约，所以不仅英国作家的作品在那里得不到保护，而且美国自己的作家也受到损害，因为出版商大肆出版无须支付稿酬的英国作品，需付稿酬的美国作品出版商就不太愿意出版了。狄更斯在欢迎他的宴会上发表演说时，便提出了这一问题。他这样做显然是不明智的。他的演说随即引起一片哗然，报纸上干脆把他说成是个"唯利是图的小人，毫无绅士风度"。尽管他处处仍有崇拜者簇拥，在费城还花了足足两小时和那些前来向他致敬的崇拜者一一握手；尽管那些争着想从他那儿得到纪念品的崇拜者把他身上的新大衣撕成了碎片，但是就他个人形象而言，这次访问并不算成功。因为虽有许多人为他英俊的外貌和充沛的活力所吸引，但仍有为数不少的人认为他缺乏男子气，认为他的服饰、戒指和钻石别针俗不可耐，甚至认为他举止粗俗、缺少修养。不过，他在那里还是结识了一些朋友，而且后来一直和他们保持着很好的关系。

四

在美国度过了繁忙而使人精疲力尽的四个多月后，狄更斯夫妇回到英国。孩子们在姨妈乔治娜的照顾下生活得很好。疲惫不堪的狄更斯夫妇恳求乔治娜和他们同住，帮助他们料理家务。乔治娜此时十六岁，刚好和玛丽初到弗尼伏尔客栈时年龄一样。她和玛丽长得很像，所以从某种意义上说，她是又一个玛丽。凯特这时又在盘算着生孩子。乔治娜长得娇小可爱而且和蔼可亲，她还善于模仿别人的动作，常把狄更斯逗得捧腹大笑。于是乎，"一直思念着玛丽并把这种思念看得就像自己的'心脏搏动'一样重要的狄更斯，从乔治娜身上看到了玛丽的身影，他发现时光似乎在倒流，便更加觉得'过去与现在是难以分割的'"。①

狄更斯曾忍受过长期的贫困，所以一旦有了钱，他就想过豪华的生活。但不久，他便发现自己已经债台高筑了。他决定把住宅租出去，自己到意大利去住，因为那里的生活比较省钱。他在意大利度过了一年，大部分时间住在热那亚。他饱览了意大利半岛的旖旎风光。但是，由于想使自己的精神更为充实，他一直专心致志地读书，再加上他不自觉地总会显露出岛国人的褊狭性格，所以他并没有结交意大利朋友，始终只是个典型的英国旅居者。不过，尽管如此，他还是结识了一位旅居热那亚的瑞士贵妇人，即德·拉·赫伊夫人，并和她友情甚笃。这位夫人的丈夫是瑞士银行家，她当时似乎正为自己的妄想症而苦恼。狄更斯一直对催眠术颇有兴趣，于是便向她保证，只要给她施用催眠术，便能解除她的苦恼。他们天天见面，甚至一天两次，说是为了施用催眠术。对此，凯特深感不安。在他们旅行时，德·拉·赫伊夫人处处跟随着狄更斯一家。后来，狄更斯的催眠术终于使德·拉·赫伊夫人恢复了健康，而凯特，直到他们一家回到英国后才如释重负。

凯特是个性情温和、气质忧郁的女人。她很固执，既不喜欢跟随丈夫旅行和赴宴，也不喜欢作为女主人在家里设宴待客。她既没有迷人的姿色，又显得笨手笨脚。所以，那些常与狄更斯交往的名流很快就发现，要和乏味的狄更斯夫人打交道实在是件令人讨厌的事。有些人甚至认为她是个废物。确实，做名人的妻子不容易，除非她足够老练或者富有幽默感，否则就难以胜任。凯特既不善于交际，又没有幽默感。她生来就不是那种性格的女人。但是，如果她非常爱自己丈夫的话，这些也算不了什么。不幸的是，凯特似乎从未真正爱过狄更斯。早在他们订婚

---

① 引自恩娜·波普-亨奈希的《查尔斯·狄更斯》。

期间，狄更斯就在信中抱怨过她的冷漠。她之所以嫁给他，原因大概就是女人总得嫁人，也可能因为她是八个女儿中最年长的，父母便把第一个求婚者安排给了她。总之，她善良、文雅、娇弱，却没有必要的修养和才能与丈夫的显赫地位相匹配。

与此同时，乔治娜在狄更斯家里占据了玛丽曾占据过的位置。随着时间的推移，狄更斯越来越离不开她。他们一起长时间地散步，一起商量他的写作计划。她还充当他的秘书。国外生活的惬意和便宜使狄更斯尝到了甜头，他就开始长时间地在国外逗留。乔治娜曾随他们一家去过意大利，后来又去了瑞士洛桑、法国的布伦港和巴黎。有一次，他们计划在巴黎住一段时间，于是她便单独和狄更斯一起先到巴黎找了一套公寓住下，等他们把一切安排就绪后再通知凯特，让她带着孩子离开英国。还有，在凯特怀孕期间，乔治娜总是随狄更斯一起外出旅行或者参加宴会，家里设宴招待客人，也由她代替凯特主持家宴。有人可能会以为，凯特对此一定会很不高兴。其实不然，她从未流露过任何不满情绪。

五

岁月转眼即逝，到一八五七年，查尔斯·狄更斯年满四十五岁，此时他已成为英国最有声望的作家，同时又是享有盛誉的社会改革家。

在公众眼里，他的生活富有戏剧性。他的孩子也已然长大成人。这时，发生了一件意想不到的事。他喜欢演戏，有时为慈善事业义演，经常在一些戏中担任业余演员。这一年，他应邀到曼彻斯特去演出《结冰的深渊》。这出戏是维基·柯林斯①在他的帮助下编写的，曾为女皇陛下夫妇和比利时国王演出过，而且大获成功。狄更斯扮演剧中一个富有自我牺牲精神的北极探险者，为此他还蓄起了胡子。他非常喜欢这一角色，因而他的表演极富感情，使许多观众感动得涕泪横流。后来他同意

---

① 维基·柯林斯：英国作家，狄更斯的好友。

在曼彻斯特重演这出戏，但他决定把过去由他女儿扮演的角色改由职业演员来演，因为他认为他的女儿不适合在大剧院里演出。于是，一个名叫爱伦·泰尔兰的年轻女演员便应聘前来。狄更斯曾在几个月前看过她演的《亚特兰大》。在她登台前，狄更斯曾去化妆室看她，发现她在哭，原因是她在演出时必须露出大腿。她的羞涩和矜持吸引了狄更斯。

爱伦·泰尔兰当时年仅十八岁，身材娇小，容貌秀丽，有一双碧蓝的眼睛。排演在狄更斯家里进行，由他亲自担任导演。在排演过程中，爱伦充满敬慕之情的举止和急于讨好他的样子使狄更斯非常得意，所以排演尚未结束，他便深深地爱上了她。他从商店订购一款项链送给她，不料商店却误把项链送到了他妻子手里，于是夫妻间不免闹起风波。最后，好像是狄更斯容忍了妻子的怒气，因为她毕竟是无辜的受害者。在像他们这样的婚姻关系中，这也是丈夫用以平息风波的最佳方式。那出戏上演了，狄更斯的表演精彩至极。

由于凯特从未使他感到满意过，现在又迷恋上了爱伦·泰尔兰，狄更斯越来越无法忍受妻子的弱点。他写道："她温存、随和，但无论怎样我都没法使她理解我。"他开始想到，他们的结合从根本上说就是不合适的。他曾对约翰·福斯特①说："问题的关键在于，不该那么年轻就结婚，现在时间过去了，情况却没有好转。"他的感情在变化，而她却依然停留在原地。狄更斯相当自信地认为，自己是没有什么地方需要自责的。他觉得可以自我安慰的是，他是一个好父亲，对孩子尽心尽责。这么想，倒有点像彼克斯涅夫②的处世态度。他其实并不想生育太多孩子，之所以会有那么多孩子，完全是凯特一人的主张。不过，他对幼儿还是很喜欢的，只是当他们长大后，他便不感兴趣了。大多数男孩到一定年龄，就被他送往国外。

这一时期，他喜怒无常、性情烦躁，除了乔治娜，他对任何人都会发脾气。最后，他决定和凯特分居。但是，由于他的社会地位，他又担

---

① 约翰·福斯特：19世纪英国评论家。
② 彼克斯涅夫：狄更斯小说中的人物。

心家庭关系的破裂一旦公开，很可能会招来种种谣言。这样的担心是完全可以理解的，因为多年来他一直在大肆宣扬家庭幸福。他比任何人都热衷于在圣诞节撰文颂扬纯真、和谐、美好的家庭生活。有人给了他一些建议：第一个是他和凯特各住各的房间，但凯特仍作为女主人主持家宴，并陪他出入各种公开场合；第二个建议是他住到盖茨山庄（他新近买下的一幢别墅）去，凯特留在伦敦；第三个建议是让凯特住到国外去。但是，所有建议都遭到凯特的反对。最后，他们还是决定彻底分居。凯特独自住在坎顿镇附近的一所住宅里，每年能得到六百英镑的津贴。稍后，他们的长子查理去那里和母亲同住。

这样的安排实在令人惊讶。人们总觉得奇怪，为什么凯特会同意丈夫把自己逐出家门，为什么她会同意离开自己的孩子？她明明知道狄更斯和爱伦·泰尔兰有恋情，这样的把柄在手，她是完全可以提出种种条件的。也许是她太老实了，也许是她确实有点愚笨。也有可能，就如某些人解释的，狄更斯神奇地使妻子相信自己有点精神失常，从而"使他的妻子觉得，自己最好是离开这个家"。不过，一般认为最可靠的解释是她酗酒。对此，我虽无十分把握，但相信这是真的。她很可能已经变成了酒鬼。否则，乔治娜为什么要去掌管家务、照料孩子？为什么母亲离开家，孩子们依然留在家里？为什么乔治娜后来会这样写道——"可怜的凯特无法照看子女，这事已成公开的秘密"？看来，事情是比较清楚的。让长子查理去和他母亲同住，其原因或许就是为了监视她，不让她过度酗酒。

狄更斯名声太大，关于他的隐私，难免会有流言蜚语。他的朋友在私下里说他处理家庭事务欠缺考虑，对他怀有敌意的人则到处散播种种无稽之谈。流言蜚语甚至传到了国外。但是，出人意料的是，人们传说的情妇不是爱伦·泰尔兰，而是乔治娜。狄更斯很愤怒，他相信所有的流言蜚语都出自霍格斯家，也就是凯特和乔治娜的家。于是，他逼迫他们声明，他和他的妻妹之间没有任何可受指责的事情，并威胁说，如果他们不加以澄清的话，他就把凯特撵出家，而且分文不给。霍格斯一家为此足足用了两星期时间思考对策。使他们犹豫不决的是：要是狄更斯真那么做的话，凯特能不能态度强硬地去寻求法律支持？如果不想让事情发展到这一步，那么唯一可行的办法就是承认错误在凯特一边，而这又是他们最不愿意的。

在这场风波中，乔治娜是谜一样的人物。外面谣传纷纷，狄更斯觉得只有他自己出面，才能向大众解释清楚他与妻子分居的缘由。他写了一封公开信，先在《纽约论坛报》上发表，后来又由各家报纸转载。

他在公开信中提到乔治娜时说："说实话，世界上再也找不到比她更纯洁、更完美无缺的人了。"当然，他这么说的目的是要否认他和乔治娜之间有不正当关系，这很可能是真话。也许，乔治娜是爱他的。她在狄更斯去世后编辑他的部分书信时，把狄更斯对凯特的赞扬之词通通删掉了，可见她对姐姐一直存有嫉妒心。不过，在当时，丈夫即使与亡妻的姐妹结婚，也被教会和当局认为是乱伦。所以，乔治娜虽然在狄更斯家里住了十五年之久，却很可能从未想过要和姐夫建立任何超出兄妹之情的关系。更何况，狄更斯又一心爱着爱伦·泰尔兰。或许，乔治娜觉得自己能得到一位名人的信任并能完全支配他，也可以满足了。令人困惑的是，她在盖茨山庄为狄更斯操持家务时，竟然会欢迎爱伦·泰尔兰到山庄做客，还和她交了朋友。

狄更斯曾以查尔斯·特林海姆的名义在帕克海姆附近为爱伦租了一幢房子。不久前，到那幢房子去参观的人还被带到一棵大树前，因为据说作家"特林海姆先生"生前很喜欢坐在这棵树下。狄更斯去世前，爱伦就一直住在那里。她还为他生了一个儿子。从盖茨山庄到帕克海姆不远，狄更斯经常到那里去和爱伦共度良宵。他们还一起去过一次巴黎。

在分居期间，狄更斯仍为公众朗诵他的作品，为此他走遍了英伦三岛，而且再次访问美国。他充分发挥他的表演才能，每次朗诵都大获成功。不幸的是，由于到处奔波，他被弄得筋疲力尽。人们开始注意到，这个四十多岁的男人看上去已俨然像个老人。而他的活动还不仅仅是朗诵自己的作品，在和妻子分居后直到他去世的十二年间，狄更斯完成了三部长篇小说，还创办了一份相当成功的杂志《一年四季》。因此，他的健康每况愈下，这也是必然的。医生要他注意休息和静养，但公众的掌声又使他兴奋不已。于是，他不顾一切地坚持巡回朗诵表演。

就在巡回途中，他病倒了，不得不放弃后面几场朗诵会。他回到盖茨山庄，坐下来写他的长篇小说《艾德温·德鲁德》。但是，为了补偿朗诵会组织者因他缩减场次而遭受的损失，他又答应在伦敦安排十二场朗诵会。那是在一八七〇年一月，圣詹姆斯教堂里人山人海，每当他入场和退场时，观众都站起来向他欢呼。朗诵会终于结束，他又回到盖茨山庄，继续写他的《艾德温·德鲁德》。六月里的一天，在吃晚饭时，乔治娜（她和他同住在盖茨山庄）发现他脸色不对。"哦，你得躺下休息！"她说对他说。"好，就躺在地上吧！"他回答说。这是他说的最后一句话，说完他就顺着她的胳膊滑下去，躺在地上。乔治娜随即派人到伦敦去把他的两个女儿找来。第二天，这个能干而有主见的女人又派狄更斯的女儿凯蒂去通知她母亲，然后再把爱伦·泰尔兰带到盖茨山庄来。又过了一天，也就是在一八七〇年六月九日，他去世了。他的遗体被安葬在威斯敏斯特教堂的名人墓园里。

六

在以上关于狄更斯的生平叙述中，我没有提到他在社会改革方面所做出的卓有成效的努力，也没有提到他对穷人、对被压迫者的同情和帮助。我尽可能地只谈他的私人生活，因为在我看来，只有当你很想了解他的私人生活时，你才会怀着极大的兴趣去读那本我向你推荐的书——《大卫·科波菲尔》。因为在很大程度上，它是一部自传。不过，狄更斯毕竟是在写小说，而不是在写自传。他确实从自己的生活中汲取了许多素材，但也仅仅是汲取素材而已，其他一切都来自他丰富的想象力。

就如我已经说过的，米考伯先生和朵拉的原型分别是他父亲和他的第一个情人玛丽亚。至于玛丽·贝德耐尔和艾格妮丝的原型，一部分是他心目中的理想人物玛丽·霍格斯，一部分是玛丽的妹妹乔治娜·霍格斯。

大卫·科波菲尔十岁时被继父送去当童工，这和狄更斯自己被父亲送去做见习生很相像，而且大卫也像他自己一样，觉得和那些比自己社会地位还要低的同龄孩子混在一起，是一种"屈尊"和"降格"。

大卫·科波菲尔自述自己的故事，这是小说家常用的结构方式。这种方式有优点，也有缺点。优点之一是，它迫使叙述者自始至终紧跟自己的叙述线索，也就是说，他只能叙述他亲眼所见、亲耳所闻或者亲身所历的事情。狄更斯的小说往往情节很复杂，读者的兴趣经常会被引向和故事进程不相干的人物或事件，而采用这种结构便可予以避免（在《大卫·科波菲尔》里，唯一离题的地方是对斯特朗博士和他的妻子、岳母以及妻子的侄子的关系所作的叙述，这些叙述其实和大卫的故事毫不相干，而且还叙述得相当冗长）。另一个优点是，可以增强故事的真实感，使你的同情心和叙述者的同情心融为一体。当然，你可以赞同他，也可以不赞同他，但不管怎样，你的注意力一直集中在他身上，结果便赢得了你的同情。

这种结构的一个缺点是，由于叙述者就是小说主人公，所以他只能毫不谦虚地向你叙述他自己是如何英俊，如何有魅力。当他叙述到自己的鲁莽行为或者当女主人公爱上他（这时读者已看得清清楚楚）而他还蒙在鼓里时，他会显得傻里傻气，而他又往往表现得很自负。还有一个更大的缺点是，相对于叙述者即主人公所叙述的其他人物，叙述者自身的形象往往会显得苍白无力。这一缺点是采用这种结构的小说家都无法完全避免的。

我经常自问，为什么会产生这种结果？所能找到的唯一解释是：由于主人公就是叙述者本人，所以当他叙述到自己时，他是从内部来塑造自身形象的，他会不自觉地表现出种种混乱、怯懦或者犹豫情绪，这无疑是不利于形象塑造的。而当他叙述到其他人物时，他是从外部观察他们的，他可以凭借自己的想象力来描写他们，当这种描写又是出自像狄更斯这样才华出众的作家之手时，他们身上最重要的戏剧性特征、他们的个性乃至怪癖，都会被表现得淋漓尽致，因而他们的形象生动而鲜明，使叙述者的自画像反而相形见绌了。

狄更斯尽了最大努力想激起读者对主人公的同情。但是，说实话，大卫为寻找贝西姨婆而出逃，在奔往多维尔海港时的那段表现他孤注一掷心情的著名描写，实在是过于夸张了。读者不能不感到惊讶，这个小男孩竟然会愚蠢到这种地步，竟然会听凭别人哄骗他、损害他。因为不管怎么说，他毕竟在工厂干过几个月，在伦敦街头游荡过，还和米考伯一家同住过，替他们典卖过东西，甚至还去过马夏西监狱探监。读者不禁会想，既然说他是个聪明伶俐的孩子，那他在未成年时也多少应该懂得一点人情世故、有一点自卫能力吧。

然而，大卫·科波菲尔却自始至终表现得窝窝囊囊。他一而再、再而三地让人欺骗和损害自己，似乎从来没有表示过想与此抗争的意愿。他对待朵拉的态度也是软弱无能的，在处理日常家务方面又那样缺乏常识，这些也是让人无法相信的。他还那样迟钝，甚至都猜不出艾格妮丝在爱他。小说结束时，狄更斯告诉我们，大卫成了小说家。这更让我们无法相信了。如果大卫真的在写小说，那么我想，他的小说一定更像是亨利·伍德夫人①写的，而绝不会像是狄更斯写的。说来奇怪，大卫的创造者竟没有把自己充沛的活力和横溢的才华赋予他自己创造的人物。

大卫全靠文雅俊美的外表吸引人，否则的话，他是不会像现在这样人见人爱的。他诚实、善良、为人正直，但他确实有点傻里傻气。他是这本书里最不生动的人物。

不过，这没有关系，因为书里还有其他人物，他们却是最生动、最丰满和最具个性的。这些人物虽不十分真实，但富有生气。像米考伯、辟提果、巴基斯、特拉德尔斯、贝西·特洛伍德、狄克先生以及尤利亚·希普和他母亲这样的人，在生活中是没有的，他们只是狄更斯丰富想象力的奇异产物。然而，他们却被表现得那样生动、那样协调、那样逼真，简直叫你不可能不相信他们。他们虽表现得有点夸张，却仍然不失其真。你一旦认识他们，便再也不可能忘记。他们中最出色的当然是米考伯先生，他是绝不会让你感到失望的。狄更斯最后让米考伯先生在澳大利亚成了一名受人尊敬的官员，但有些批评家认为，这个人物应该

---

① 亨利·伍德夫人：19世纪英国三流小说家。

自始至终保持他那种浑浑噩噩的"今朝有酒今朝醉"的个性。我对这样的苛责不以为然。澳大利亚是个人烟稀少的国家，而米考伯先生相貌堂堂，受过教育，而且又极有口才，我不明白，像他这样一个具有那么多优点的人，为什么就不能在那里谋到一官半职？不过，我却不太相信他真能揭穿尤利亚·希普的诡计，因为他没有足够的心计和耐心。

只要有利于故事的发展，狄更斯就会毫不犹豫地使用巧合，从不过多地考虑必然性。现代小说家却不同，他们为了表现事物的必然性，不得不把情节叙述得充分可信，而且还要尽可能地逼真。不过，当时的读者都很愿意相信那些在现实生活中根本不可能发生的故事情节。这恰恰是狄更斯的拿手好戏。他讲述故事的技巧是那样高超，以至于到了今天，我们还会相信这些故事。《大卫·科波菲尔》里充满了巧合。

譬如，斯提福兹返回英国时，他搭乘的船在雅茅兹海滩遇险，这时为什么偏偏是大卫而不是别人正好到那里去看望朋友？其实，只要狄更斯愿意，凭他的技巧是完全可以避免使用这类不合理情节的。但是，他还是这样写了，因为他认为这样可以为他提供机会来描写一个惊心动魄的场面。

尽管和狄更斯以前的小说相比，《大卫·科波菲尔》里的戏剧性事件并不多，但是其中有些人物，譬如尤利亚·希普，仍有一种通常被认为低级趣味的闹剧人物的意味。当然，不管怎么说，这个人物总体上是刻画得很有力的，是个令人恐惧的人物。再譬如，有个次要人物，即斯提福兹的仆人，他那种神秘、阴险的特点也写得过于可怕。在我看来，这类人物中最让人难以理解的是洛莎·达特尔。这个人物可以说是小说中的一大败笔。我发现狄更斯的本意是想让这个人物在故事中发挥更大作用的，只是他后来没能做到。他之所以没能按原意去做，我猜想（当然没有多少根据）是他担心那样会冒犯读者。我曾自问，要是斯提福兹不是洛莎·达特尔的情人，那会怎样？要是她对他的仇恨中并没有掺杂那种饥渴的、疯狂的爱，那又会怎样？但是，如果这样的话，我又弄不明白还有什么原因可以使她那么残忍地对待小爱弥丽？顺便插一句，我认为小爱弥丽是个影子式的人物，她仅仅起到了一点她能起到的作用而已。

　　狄更斯曾写道："在我所有的作品中，我最喜欢的就是这部作品。就像许多慈祥的父母一样，我也有自己偏爱的孩子，他就叫大卫·科波菲尔。"作家对自己的作品往往不能做出正确判断，但这是个例外。狄更斯的判断是正确的。马修·阿诺德和罗斯金①都认为《大卫·科波菲尔》是他的最佳作品。对他们的看法，我想我们是会同意的。既然如此，这也就是作家本人、批评家和读者的一致看法。

---

① 罗斯金：19世纪英国艺术鉴赏家、评论家。

中东途中的福楼拜与《包法尔夫人》

一

古斯塔夫·福楼拜是个极不寻常的人，法国人说他是天才。不过，"天才"一词现在常被滥用。《牛津词典》把这个词定义为一种天生的非凡能力，即有能力进行富有想象力的创造，或者具有独创性的思考、发明和发现。同时认为，和一般有才能的人相比，天才在更大程度上是靠天生的洞察力或者说直觉能力、而不是靠有意识的努力取得成就的。根据这一标准，任何时代都不大可能产生三到四个以上的天才。某个作曲家写出了悦耳动听的乐曲，某个剧作家写出了形象生动的喜剧，或者某个画家画出了富有魅力的图画，我们就说他是天才，那是在降低"天才"一词的标准。他们的作品当然很好，他们本人也可能具有不寻常的才能，但天才却要比他们高一层次。如果硬要我说20世纪有没有天才，阿尔伯特·爱因斯坦大概是我唯一能想到的名字。19世纪的天才可能要多一点，但福楼拜是否属于这样一个具有特殊才能的人，读者只要牢记《牛津词典》上的定义，等读完我这篇文章后便自会做出判断。

有一点是毫无疑问的，那就是福楼拜写出了典型的现实主义小说，并直接或者间接地影响了后来的小说创作。譬如，托马斯·曼写《布登勃洛克一家》、阿诺德·班内特写《老妇人的故事》以及西奥多·德莱塞写《嘉莉妹妹》，其实都是步福楼拜的后尘。福楼拜以几近狂热的勤奋献身于文学创作，像他这样的作家可谓绝无仅有。他不仅像大多数作家一样把文学当作头等大事，还把它看作是一件无所不包的事情，既可以修养身心，又可以充实阅历。对他来说，生命的目的不是活着，而是写作。他为了实现自己的创作抱负,不惜牺牲各方面的生活。和他相比,那些把自己关在小屋里侍奉上帝的修道士也算不上全心全意。

一个作家写出怎样的作品,取决于他是怎样一个人。我们之所以希望了解优秀作家的生平,原因就在于此。就福楼拜而言,这一点尤为重要。他的父亲是一家医院的院长,和妻子一起住在里昂,福楼拜于一八二一年出生在那里。这是个幸福的、受人尊敬的富裕家庭。福楼拜像他那种家庭的法国孩子一样长大,他进了学校,和其他孩子一样读书、做功课。他没做什么,只是读了不少课外书。他感情丰富,耽于幻想,而且像其他孩子一样常常感到孤独。这种孤独感,在有些敏感的人身上甚至会保持终身。

"我十岁就进了中学,"他后来写道,"而且很快就对所有人都感到深深的厌恶。"这不是随便说说的,他确实有这种感觉。他年轻时就是个厌世者。那时,正是浪漫主义鼎盛时期,厌世情绪十分流行。他有一个同学开枪射穿了自己的头,另一个同学则用领带上吊自杀。但是,福楼拜有一个舒适的家庭,有慈爱而宽容的父母,有非常喜欢他的姐姐,还有许多亲密朋友,我们不明白他为什么会觉得生活无法忍受,还那么厌恶周围的人。他发育良好,身体健康而且强壮。他少年时代就写了一些短篇小说,这些短篇小说就像是浪漫主义的大杂烩,其中的厌世情绪很容易被看作是当时流行的一种文学装饰。不过,福楼拜的厌世情绪并不是装出来的,也不是因为受了外界的影响——他生来就是个悲观厌世的人。如果要问为什么,那就要深入研究他整个精神世界的变化情况了。

二

福楼拜十五岁时,发生了一件影响他一生的事。他们全家到特鲁维尔去避暑,那时特鲁维尔还是一个偏僻的海边小镇,只有一家旅馆。在那里,他们遇到了一个叫莫里斯·施莱辛格的音乐出版商(他有时也做一点投机生意)和他的妻子。关于后者,福楼拜后来对她做了这样的描绘:

她是个高高的浅黑皮肤的女人，一头漂亮的黑发一缕缕地垂到肩头。鼻子是希腊式的，两眼燃烧着炽热的光。眉毛细长，美妙地弯成弓形。皮肤油亮，好像有一层金色的薄雾。身材苗条而优雅，在她浅黑而带紫色的脖子上曲折地分布着一条条浅蓝色的静脉血管。她的嘴唇上有一层细微难察的汗毛，给她的脸带来一种刚毅的男性活力，从而使那些皮肤白皙的美人相形见绌。她说话很慢，声调抑扬顿挫，柔和而富有音乐感。

　　我把其中的"pourpre"一词译成"紫色"时，觉得颇为踌躇，因为这颜色似乎并不好看，但也只能这么翻译。我估计，福楼拜想到的大概是龙沙曾在那首最著名的诗里用过这个词，而没有想到用这个词来形容一位夫人的脖子到底会给人怎样的印象。

　　他发疯似的爱上这位夫人。她当时二十六岁，正在哺育一个婴儿。但他很羞怯，要不是她丈夫热情好客，喜欢交朋友，他甚至都不敢主动去和她说话。莫里斯·施莱辛格邀请十五岁的福楼拜一起去骑马。有一次，他还和施莱辛格夫妇一起乘船游玩。他和艾莉莎（这是她的名字）并排而坐，肩膀相触，她的裙摆还盖住了他的手。她用低沉悦耳的声音和他说话，而他却处在一片迷乱之中，根本就没听清她说了些什么。夏天过后，施莱辛格夫妇离开了特鲁维尔，福楼拜一家也回到了里昂。他继续去上学。但他已陷入他一生中最重要、也最持久的一场恋爱。两年后，他再访特鲁维尔，得知她也去了那里，但已经走了。这时他十七岁。他似乎觉得，他过去是因为太幼稚，所以不能真正爱她。现在则不同了，他正怀着一个男人的渴求在爱着她。由于她不在眼前，他的爱欲变得更加强烈。他回到家里，继续写那本他已经开了头的书——《对一位夫人的回忆》，其中讲述的就是他在那年夏天是如何爱上艾莉莎·施莱辛格的。

　　他十九岁从学校毕业时，父亲为了奖励他，让他和一个叫克洛盖尔的医生一起到比利牛斯山和科西嘉岛旅游。他那时已完全成熟，据他的同时代人描述，他是个高个子，但他其实只有五英尺十英寸高，若在加利福尼亚或者得克萨斯，这样身高的男人可能还会被认为是矮个子。

他身材瘦削，体形优美，黑睫毛下有一对像海水一样蓝的大眼睛，一头漂亮的长发披到肩膀。一个当时认识他的女人四十年后说，他那时英俊得就像一尊希腊神像。从科西嘉岛回到法国，两个旅行者在马赛停留。

一天早上，福楼拜外出洗澡回来，看见旅馆的院子里坐着一个年轻的夫人，神情慵懒性感，很吸引人。他便主动去和她交谈。她叫厄拉莉·福柯，丈夫是法属圭亚那的一个官员，她在马赛是等她丈夫来接她。她和福楼拜一起度过了那个夜晚。按福楼拜后来对这次艳遇的描绘，那个夜晚就像雪原上的日落一样妙不可言。他离开马赛后，再也没有看过她。这是他的初次性爱经验，他一生都铭记在心。

在这段插曲之后不久，他去巴黎攻读法律，这不是因为他想当律师，而是因为他不得不选择某种职业。但是他讨厌巴黎，讨厌法律教科书，讨厌大学生活。他对同学们的平庸、装模作样和市侩气嗤之以鼻。就在这段时间里，他写了一部名为《十一月》的中篇小说，描述他和厄拉莉·福柯的那次艳遇，但他的女主人公却有点像艾莉莎·施莱辛格，有一双闪亮的眼睛和高高扬起的弯眉毛，嘴唇上也有一层淡淡的汗毛，只有脖子不一样，是雪白滚圆的。

他去了施莱辛格的办公处，又和他们夫妇俩联系上了。那个出版商还请他去参加每星期三在他家里举行的聚会。艾莉莎还是像以前一样迷人。她当初看见福楼拜时，他还是个笨拙的大孩子，现在他已是一个男子汉，殷勤、漂亮而且充满热情。不久，她就发现他在爱她。他呢，很快就成了他们夫妇俩的亲密朋友，每星期三都要和他们一起用餐。他们还一起去短途旅行。但是，福楼拜还是像以前一样羞怯，久久没有勇气向艾莉莎表白他的爱情。当他终于向她表白时，她虽然没有像他担心的那样生气，但却拒绝做他的情妇。她的经历真是有点古怪，人人都以为她是莫里斯·施莱辛格的妻子，其实不然。

她的丈夫是一个叫埃米尔·朱岱的人，几年前他在经济上陷入困境，面临别人的起诉，于是他们的朋友施莱辛格提出，他愿意出钱帮助他摆脱困境，条件是他必须离开法国并放弃妻子。他同意了，施莱辛格便开始和艾莉莎同居，当时法国还没有离婚法，所以在朱岱于一八四〇年去世之前，他们一直没有结婚。据说，尽管朱岱远在异国他乡，后来又死了，艾莉莎却始终爱着他。也许，正是这种昔日的夫妻感情，再加上她对那个不仅和她同居、还和她一起生儿育女的男人的忠诚感，才使她犹犹豫豫，不敢接受福楼拜的爱慕之情。然而，福楼拜却爱得很执着，他想方设法要她去他的寓所和他幽会。最后，她总算答应了，还和他约好了时间。那天，他焦躁不安地在寓所等她，等待着自己长期的爱慕之情最终得到报偿。但是，她没有来。

三

一八四四年，发生了一件后果严重的事情。那天晚上，福楼拜和哥哥一起离开他们母亲的房子（他们在那里住了一段时间），坐马车返回里昂。哥哥比他年长九岁，选择了父亲的职业。忽然，没有任何预兆，福楼拜"只觉得眼前一片亮光，然后一阵晕眩，像一块石头一样滚到了马车的地板上"。等他恢复知觉时，发现自己浑身是血，原来哥哥已经把他背进附近一幢房子，正在给他放血。他被送回里昂后，父亲又给他放了一次血。他开始服用缬草和槐蓝，脖子上还系着一根泄液线。他不能抽烟和喝酒，也不能吃肉。有一段时间，他经常会浑身痉挛。他的视觉和听觉出现癔症，往往会在一阵惊厥后失去知觉。他的身体虚弱不堪，神经却处于极度紧张的状态。他的病好像非常怪，不同的医生有不同的看法。有人直截了当地说他有癫痫症，他的朋友们也都这么认为。但是，他的侄女后来在她的《回忆录》中却对此避而不谈。勒内·杜麦斯尼尔先生——他是医生，曾写过一本关于福楼拜的重要著作——则认为，他得的不是癫痫症，而是一种他称之为"癔想性痉挛"的病。我想，他之所以这么说，大概是因为他觉得，如果承认一个杰出作家是癫痫症病人，他的作品价值多少是要受到影响的。

他家里人对他的病也许并不感到意外。据说，福楼拜自己就曾对莫泊桑说，他在十二岁时就出现过视听上的幻觉。他十九岁那年外出旅行，就由一个医生陪同。此外，父亲曾为他制订过一个特别治疗方案，其中有一条就是要经常改变环境，所以很可能他在十九岁时就已经患有某种精神疾病。从少年时代起，他就对自己周围的人感到厌恶。这种让人难以理解的厌世情绪，会不会就是怪病引起的呢？尽管在那时他的神经系统可能还没有受到明显影响，但会不会是一种预兆呢？不管怎样，他现在必须面对的事实是，他患上了一种可怕的疾病。这种病反复无常，何时发作根本不可预料。为此，他必须改变生活方式。于是，他决定放弃法律学业——我想，这是他求之不得的——同时决定，永远不结婚。

一八四五年，他的父亲去世了。两个月后，他亲爱的姐姐卡罗琳生下一个女儿后也不幸去世。他和他姐姐从小形影不离，她在婚前是他最亲密的伙伴。他父亲在去世前不久，曾在塞纳河畔购置了房产，那是一幢有两百年历史的名叫"克鲁瓦塞"的石结构楼房，前面有一个露天平台，还有一个面朝塞纳河的凉亭。他守寡的母亲和他弟弟古斯塔夫带着卡罗琳留下的小婴儿住在那里。他的哥哥阿谢尔已经成家，和父亲一样是个外科医生，而且就在里昂的那家医院里接替了父亲的职务。后来，福楼拜也住进了"克鲁瓦塞"，而且一直把它当作自己的家。他很早就开始断断续续地写作，现在既然有病在身，不能像大多数男人那样生活，便决心把自己的一生献给文学事业。他在底楼有一间很大的书房，窗子外面是一个花园，再往前就是塞纳河。他养成了一种井井有条的生活习惯：十点起床，读信、看报；十一点吃午饭，然后到平台上散步或者坐在凉亭里看书；一点开始写作，直到七点钟，接着到花园里散步，回去来后继续写作到深夜。除了一两个朋友，他不和任何人交往。他时而邀请朋友到"克鲁瓦塞"来住几天，一起讨论他的作品。他没有任何娱乐活动。

但是，他也意识到，写作是需要有生活体验的，不能过十足的隐士生活。因此，他决定每年到巴黎去住上三四个月。他在那里不仅渐渐出了名，还结识许多才学之士。在我的印象中，人们好像更多的是佩服他，而不是喜欢他。朋友们发现他非常敏感，容易发怒，受不了别人的批评，所以他们都很注意，尽量不去冒犯他，因为无论谁这样做，他都会大光其火。但是，对别人的作品，他却是个苛刻的批评家，而且有一种作家的通病，那就是：凡是他自己做不到的事情，都被认为是不值得做的。而在另一方面，别人对他的作品所作的任何批评，他都愤怒地把它们归结为嫉妒、恶意或者愚蠢。在这一方面，他和许多杰出的作家差不多。对于靠卖文为生和花钱买名声的文人，他都无法容忍。他认为，钱对于艺术来说是无用的，艺术家一谈到钱，就降低了自己的身份。当然，他是很容易长期保持这种非功利的高雅姿态的，因为他生来就有一大笔财产，从来不缺钱。

下面这件事或许是预料之中的。一八四六年，他在巴黎逗留期间，在雕塑家普拉迪耶的工作室里遇见了一个名叫露易丝·高莱特的女诗人，她丈夫伊普里特·高莱特是音乐教授。她的情人是著名哲学家维克多·古赞。她属于文人圈子里常见的那种人，以为和名人拉拉扯扯足以代替自己的才华。实际上，她借助自己的美貌已经在文学界捞到了不少好处。她家里的沙龙经常有一些著名人物光临，而她则以缪斯自居。她有一头秀丽的鬈发，披挂在她的圆脸蛋两边。她说起话来富有表情，声音清脆而甜蜜。不到一个月，福楼拜就成了她的情人——当然，并没有取代那位哲学家，那是她的正式情人。此外，我说福楼拜成了她的情人，也是指精神上的情人，因为福楼拜长期禁欲，加上他容易激动，或者说，羞怯，他那时已经丧失了性能力。

他回到"克鲁瓦塞"后就给露易丝·高莱特写了一封情书。这样的情书他后来又写了许多，都写得非常奇怪，我看没有一个情人是会这样写情书的。尽管如此，那个"缪斯"倒是爱他的，但她既苛刻又忌妒。他呢，正好相反，既不苛刻也不忌妒。我想，我不说你也猜得出，他之所以要成为这个公众注目的漂亮女人的情人，只是为了满足自己的虚荣心而已。但是，就像许多做白日梦的人一样，他是生活在自己的幻想中的。他很快就觉得事情并不像他想象的那样，便不由得感到悲哀。他发现自己在"克鲁瓦塞"比在巴黎更爱那个"缪斯"，而且在情书中就这么对她说了。她要他住到巴黎去，他说他离不开母亲。她要求他经常去巴黎，或者去芒特，因为他们难得见面。但他说，他要有充足的理由才能离开"克鲁瓦塞"。她于是愤怒地问："难道你受到的监护比一个姑娘还要多？"她要到"克鲁瓦塞"来和他相会，而这样的建议，是他无论如何也不会同意的。

"你的爱不是爱，"她在信中对他说，"总之，爱在你的生活中没有什么地位。"对此，他回答说："你想知道我是否爱你？好吧，我说，我爱你就像我能爱的那样多；也就是说，爱情对我而言不是第一位的，而是第二位的。"他确实有点傻乎乎，竟要求露易丝·高莱特通过一个住在卡耶纳的朋友帮他查明厄拉莉·福柯（即那个在马赛和他一夜风流的女人）的情况，甚至还要求她把一封信转交给她。她对他的这种要求表示愤怒，而他对她的愤怒感到惊讶。他后来越来越离谱了，竟在情书中向她描述自己怎样和妓女交往，还说他对她们有一种嗜好，而且经常能在她们身上满足这种嗜好，等等。这毫不足怪，对于自己的性能力，男人总喜欢吹嘘，甚至不惜为此撒下弥天大谎。于是，我就问自己：他这样夸耀自己的性能力，是不是正好说明他在这方面有所欠缺？

我们虽然不知道他那种使身体虚弱、使精神沮丧的怪病究竟发作过几次，但我们知道他一直在服用镇静药物。所以我想，他之所以这样犹犹豫豫地不愿和露易丝·高莱特见面，很可能就是因为他觉得自己毫无性欲——请想想，他当时还不到三十岁！

这场所谓的恋爱持续了九个月。一八四九年，福楼拜和马克西姆·杜·冈一起到中东旅游，两人游历了埃及、巴勒斯坦、叙利亚和希腊，到一八五一年春天才回法国。福楼拜仍和露易丝·高莱特有联系，和以前一样忙于写情书，但他们的语言却变得越来越尖刻。她继续施加压力，要他去巴黎或者让她来"克鲁瓦塞"；他继续找各种理由，既不去巴黎，也不让她来"克鲁瓦塞"。最后，到一八五四年，他写信告诉她，他们最好还是分手算了。她着急忙慌地擅自赶到"克鲁瓦塞"，又被他粗暴地赶了回去。这是福楼拜一生中的最后一次恋爱，其中文学多于生活，戏剧性的表演多于真正的男女激情。

福楼拜唯一真心实意爱过的女人是艾莉莎·施莱辛格，而她由于丈夫的投机生意失败，已经随丈夫和孩子一起迁出了巴黎。福楼拜有二十年没和她见面。后来，两人都今非昔比了：她瘦了许多，皮肤枯黑，头发却花白了；他则胖了许多，留起了胡子，为了掩饰秃顶，还戴着一顶黑帽子。他们见过一次面，然后又各奔东西。一八七一年，莫里斯·施莱辛格去世，福楼拜——在爱了三十五年后——给艾莉莎写了第一封情书。他没有像通常那样称呼她"亲爱的夫人"，而是称她为"我过去和将来永远爱的人"。她有事不得不去巴黎，他们在那里相会过一次。后来在"克鲁瓦塞"又见过一次面。那以后，据人们所知，他们再也没有见过面。

四

　　就在去中东旅游的途中，福楼拜开始构思一部小说，而且要把这部小说当作新的起点。那就是《包法利夫人》。他是怎么会想到写这部小说的，也有一个有趣的故事。当初他到意大利旅游，在热那亚买到一幅画，即布律盖勒的《圣安东尼的诱惑》。这幅画使他深受感动。回到法国后，他又买了一幅由卡洛制作的同一题材的版画，还读了许多有关圣安东尼的材料。然后，他便根据那两幅画给他的启发，开始写一部小说，题目也叫《圣安东尼的诱惑》。手稿完成后，他把两个亲密朋友请到"克鲁瓦塞"，把小说读给他们听。他读了四天，每天下午读四小时，晚上读四小时。他们预先约好，在整部小说读完之前，谁也不发表意见。到第四天深夜，福楼拜读完结尾后，用拳头猛敲一下书桌，问："怎么样？"一个朋友回答说："我想你最好还是把它扔到火炉里去，从此不再提它。"

　　真是个毁灭性的打击！第二天，那个朋友想缓和一下自己的批评方式，便对他说："你为什么不写写德拉马尔的故事呢？"福楼拜一听，跳了起来，满脸红光地说："是啊，为什么不呢？"德拉马尔是福楼拜的父亲在里昂任职的那家医院里的一个实习医生，关于他的故事，在当地可谓尽人皆知。德拉马尔后来在里昂附近的一个小镇上开了家私人诊所，不久他的妻子——一个比他大好几岁的寡妇——死了，他便娶了邻近一个农夫的女儿。那女人既年轻又漂亮，既奢侈又淫荡。她很快就对乏味的丈夫感到烦腻了，便接二连三地找男人通奸。由于爱打扮、滥花钱，她债台高筑而又毫无希望偿还，最后只好服毒自杀。福楼拜几乎全盘采用了这个不光彩的小故事。

他开始写《包法利夫人》时，年已三十，还没有出版过一部真正的作品。因为除了《圣安东尼的诱惑》，他早先写的东西严格地说都属于自传性质，也就是他自己的恋爱经历的小说化表现。而他现在的目标不仅是真实，还要客观。他决心客观地叙述真实的事物，不带任何倾向性或者先入之见，也就是他自己不以任何方式介入叙述。他决心阐明他必须阐明的事实，揭示他必须揭示的人物性格，而在这个过程中，他不发表任何个人意见，对人物不褒也不贬。即使他同情某个人物，也不直接表露出来。即使某个人物的愚蠢使他恼怒，或者某个人物的卑劣使他愤慨，也绝不让读者看出他的恼怒或者愤慨。他正是这么做的。所以，我想，有许多读者觉得这部小说有点冷冰冰，原因大概就在于此。因为他刻意追求客观，小说中没有任何让人觉得温馨的东西。想得到温馨也许是人性的一种弱点，但我总觉得，小说家在让读者产生某种感情的同时，若能让读者知道他本人也在和他们一起分享这种感情，这对于读者来说会是一种莫大的安慰。

实际上，和任何小说家一样，福楼拜追求客观的努力同样不会完全成功，因为要使小说绝对客观是不可能的。小说家应该让人物自己解释自己，而且要尽可能地把人物的行为描写成人物性格的自然结果，这当然没错。如果小说家出面指点你如何赞美主人公的魅力或者如何憎恨反面人物的恶行；如果他一味地说教或者不着边际地东拉西扯；如果他一边对你说故事，一边又在故事中充当某种角色，那你很可能会觉得讨厌。但是，不管怎样，小说家直接介入小说，这仍然不失为小说的一种叙述方式，而且是许多非常杰出的小说家都使用的方式。我们可以说这种方式有时会不合时宜，但不能说它是绝对行不通的。那些想避免这样做的小说家，其实也只能在表面上把自己的个性排除在小说之外，因为不管他是否愿意，他在选择主题、选择人物性格和选择叙述角度时，都不可避免地要显露出自己的个性。

我们知道，福楼拜是个悲观主义者；我们又知道，他不能容忍愚蠢；他对市侩气、凡夫俗子和日常琐事恨之入骨；他没有怜悯心，也没有慈爱心；他成年以后一直过着病人的生活，同时又为自己的疾病羞耻；他很神经质，总是处于烦躁不安的状态中；他极端褊狭；他是个害怕成为浪漫主义者的浪漫主义者；他因为没有自己极想有的性能力，便着迷于包法利夫人的肮脏故事，就如有些人受了委屈会到阴沟里去打滚一般。他其实并没有把他的个性完全排除在小说之外，当他决定写德拉马尔的故事而不是别的故事时，他已经显露了自己的个性；当他把故事中的那些人物设计成现在这个样子时，他又显露了自己的个性。

在这部长达五百页的小说中，随着情节的发展，他向我们描述了许多人物，绝大多数是不可救药的人——不是卑劣，就是平庸；不是愚蠢，就是粗鲁。确实，世上有很多这样的人，但并非所有人都是如此。我们很难想象，在一个市镇上（尽管它很小），竟然一个明智、善良和乐于助人的人也找不到。

不管怎样，福楼拜经过反复琢磨，最终在这部小说中描写了一群庸俗不堪的人物，并且根据他们的庸俗本性和庸俗环境，设计出一连串相应事件。但是，他这样做势必会产生这样的后果，那就是：读者很可能会对这些乏味的人物不感兴趣，因为他不得不讲述的那些事情本身都很沉闷。那么，他是如何解决这个问题的呢？我放到后面再谈。现在，我先来判断一下，他在哪些方面成功地实现了自己的意图。

我首先要指出的是，他以一种完美的技巧刻画了人物性格。他们的真实性令人信服。我们一见到他们就会接受他们，好像他们就是这个世界上的人，就这么活生生地站在我们面前。我们会觉得，有关他们的一切都是理所当然的，就像我们在生活中遇到的管道修理工、杂货铺老板和医生一样。我们很容易忘记，他们其实是小说中的人物。譬如，郝麦就是一个和米考伯先生类似的幽默形象。法国人熟悉这个人物，就像英国人熟悉米考伯先生。他们信任他，就像我们不太信任米考伯先生一样。因为他和米考伯先生截然不同，是个彻头彻尾的"好好先生"。

但是，我却怎么也无法使自己相信，爱玛·包法利是个农夫的女儿。确实，她和世上的男男女女一样，有各种私欲。有人曾问福楼拜，爱玛的原型是谁。福楼拜回答说："包法利夫人就是我。"确实，我们每个人都有可笑的幻想，幻想自己是富裕的、漂亮的、成功的，就像浪漫传奇中的男女主人公。但是，我们大多数人也许是因为太明智、太胆小或者太不善于冒险了，所以，幻想归幻想，行为却不会受太大影响。

包法利夫人则不然，她不仅时时刻刻生活在幻想中，就连她的美貌也不是人间所能找到的；而发生在她身上的事情，其实并不具有福楼拜所追求的必然性。当她对第一个情人感到失望后，她得了脑膜炎，这场病持续了四十三天，差点把她带到死神面前。这尽管是小说家一直都喜欢用的手法，即用某种疾病把某个人物暂时搁置起来，但据我所知，脑膜炎在福楼拜那个时代却是一种连医生都不太熟悉的疾病。所以，我想，福楼拜用这种疾病来折磨包法利夫人，如果是想让她生一场既痛苦又费钱的病以示训诫的话，那么他实际上并没有达到多少训诫效果。还有包法利医生的死，就其本身而言，也没有达到这一目的，他的死仅仅使读者觉得作者想结束这本书了。

我们都知道，福楼拜和他的出版商曾受到过指控，因为《包法利夫人》被认为是一本不道德的书。我读过当时的检察官和辩护律师在法庭上的发言记录。检察官还当众读了小说中的一些他认为是色情的章节。

这些章节在今天看来只会使人一笑置之，因为和当代小说中那些习以为常的性描写相比，它们似乎显得过于拘束。然而，在当时（一八五七年），检察官确实非常震惊，认为这些章节写得太淫秽了。对此，辩护律师辩解说，这些章节是小说情节所必需的，而这部小说总的道德倾向是好的，因为包法利夫人尽管行为放荡，但她最后还是受到了惩罚。法官接受了辩护律师的看法，便宣判被告无罪。然而，当时好像没有人想到，包法利夫人之所以受到惩罚，其实并不是因为她通奸，而是因为她无力偿还债务。当然，关于她的债务，写得也有问题。法国农民生来就有经济头脑，福楼拜既然告诉我们爱玛·包法利是农民的女儿，那就没有理由不让她在情人之间成功周旋，从而设法把债务还清。

我希望你不要因为我说的这些话，就认为我是在对一部不朽的杰作吹毛求疵。我只是想说，福楼拜没有完全达到他想要达到的目的，原因是他想要达到的目的本来就是不可能完全达到的。一部小说就是一连串事件的叙述，小说家通过叙述事件，塑造出活生生的人物形象，以此吸引读者。小说从来都不是生活的拷贝。譬如，小说中的人物对话，就不能完全照搬人们在现实生活中的交谈，它必须加以概括，或者说，提炼出某些基本要素，从而使它具有现实生活中所没有的明晰性和扼要性。也就是说，为了适应小说家的意图和吸引读者的注意，现实生活中的事物到了小说中必须加以变形。

在现实生活中，有许多事情是互不相干的，有许多事情是重复出现的，然而在小说中，不相干的事情必须避免，重复的事情必须舍去。还有那些在现实生活中被时间隔开、彼此没有直接关系的事情，以及那些好像是偶然的又好像是必然的事情，在小说中也必须重新加以处理。所以，没有一部小说是完全和现实生活一模一样的，总有一些事情是现实生活中不可能发生的。然而，只要小说家想方设法把这些事情说得似乎是会发生的，读者就会稀里糊涂地相信它们是现实生活中可能发生的。小说家从来就不可能提供现实生活的文学摹本，即便是现实主义小说家，也只是为你勾画一幅尽可能和现实生活相像的图画而已。你一旦相信了他，他就成功了。

在这方面，福楼拜确实很成功。《包法利夫人》给人极其真实的印象，而之所以如此，我想不仅是因为其中的人物极其逼真，同时也因为福楼拜凭借其特别敏锐的观察力，以一种罕见的准确性使每一个细节都显得极其逼真，而且必不可少。这部小说的结构也非常出色。小说主人公是爱玛·包法利，但小说一开始却是写她的丈夫包法利医生的早年生活和第一次结婚，最后又以他的精神崩溃和死亡作为结束。有些评论家认为这是缺点，我却认为这是福楼拜有意设计的，也就是把爱玛的故事镶嵌在她丈夫的故事里，就像把一幅画镶嵌在画框里一样。我相信，福楼拜一定觉得这样做不仅能使爱玛的故事更具真实性，同时又能使整部作品具有艺术上的完整性。如果这真是他有意设计的，那么，要不是小说的结尾写得有点匆忙和草率，这一设计意图会显示得更为明确。

小说中有一个地方，我发现评论家至今还未谈到过，现在我提请你注意一下，因为这是福楼拜写作技巧的一个极好例证。爱玛结婚后的最初几个月，是在一个叫道特的村庄里度过的，她非常厌烦那里的一切，但为了情节的平衡，福楼拜又不能把这段时间一语带过，而是必须用相当的篇幅和细节来描写爱玛在那里的生活。这确实很难写，因为你要写到的事情，既要使爱玛厌烦，却又不能使读者也厌烦。然而，福楼拜写得很成功，他让你读到那一大段描写时不但不厌烦，还觉得很有趣。我曾好奇地想，他究竟是怎么做到的。于是就把那一大段描写重读了一遍。我发现，他在那里描写了一连串非常琐碎的事情，但没有一件是重复的，每一件都很新鲜；而正因为你读到的都是新鲜事，你自然也就不会厌烦。与此同时，由于这些事情都很琐碎，而且描写得平平淡淡，你又确实会直观地、自然而然地体会到爱玛的厌烦情绪。包法利夫妇离开道特后，就住到了永镇。小说中对永镇的那段描写，有点游离于情节之外，但也仅此一段，其他对乡村或市镇的描写都紧扣情节，而且写得很逼真。此外，福楼拜还善于在人物的活动过程中介绍人物，因而就像我们在现实生活中一样，是一点一点地了解某人的真实性格、生活方式和家庭背景的。

我在前面说过，福楼拜自己也知道，要写一部关于庸人的小说，很可能会使人觉得枯燥乏味。但他决心要写出一部艺术作品，他认为只有用精准的文笔才能把琐碎之事和平庸之人写得津津有味。我不知道世上是否有天生的文体家，至少福楼拜不是。他那些在他去世后才出版的早期作品，显然都写得里唆。在他写的那些信件中，不仅没有任何迹象表明他是语言天才，倒有不少语法错误。然而，就在他写了《包法利夫人》之后，他成了法国最了不起的文体家。当然，像我这样的一个外国人，即使精通法语，充其量也只能对此做出一种不太精确的判断。如果我想翻译《包法利夫人》，那十有八九也会疏忽许多细微之处，因为很明显，原作精妙贴切的用语和富有韵味的音乐感是根本翻译不出来的。尽管如此，我仍觉得把福楼拜想要达到的目的和他用来达到目的的方法告诉读者是很有必要的，因为从他的写作实践中，任何国家的小说家都可以学到不少东西。

布封有一句格言："要想写得好，必须感觉得好，思考得好，讲述得好。"福楼拜就以此自勉。他认为，要形容一件东西，只有一个词最贴切，不可能有两个同样贴切的词，所以用词就必须像手套一样要正好合适。他立志写出一种既畅达又精确、既简洁又多变的散文。他要把散文写得像韵文一样有韵律、有节奏、有乐感，同时又不失散文的本色。为了有助于达到上述效果，他不仅经常使用日常口语，只要有必要，就是粗俗的俚语，他也同样使用。所有这一切，他都做到精益求精，有人甚至认为他做得太过分了。

譬如，他曾说："当我在一个句子里发现有地方读上去不上口或者有地方重复时，我就知道这个句子一定写错了。"他在同一页上避免两次使用同一个词。这未免有点可笑。如果一个词在两个地方都很贴切，那就应该用，另找同义词或者婉转说法未必就好。他尽量要把句子写得（像乔治·穆尔在其后期作品中那样）韵味十足，而且尽量要有韵律变化。他有一种特殊才能，就是用词准确的同时又能感知语音效果，能使他写出来的句子给人以快速或者缓慢、倦怠或者紧张的感觉。事实上，他可以通过这种方法表达任何情绪状态。不过，即便我有足够的知识，也没有足够的篇幅来详细谈论福楼拜文体的特殊性。我接着想说的是，他是如何成为文体大师的。

主要是靠勤奋。每当他想写一部小说时，他总是先阅读可能找到的所有相关材料，并做大量札记。在开始写作前，他要大略地概括出小说的主要内容，然后拟出提纲，再照着提纲一边推敲一边写，写完一部分后就加以修改、删减，甚至重写，直到取得他预想的效果为止。这些做完后，他就走到书房外面的平台上，大声诵读他刚写好的那些句子，因为他确信，如果某个句子听上去不顺耳或者读起来有点拗口，那么这个句子一定是有毛病的。于是，他就会回到书房重写这一句，直到他觉得满意为止。

他曾在一封给朋友的信里说："整个星期一和星期二，我都在推敲两行文字。"这当然不是说他在两天里只写了两行字，很可能写了十几页。他的意思是，他用了两天时间，终于写出了两行他自己觉得很满意的文字。无怪乎，他用了四年又七个月的时间，才完成《包法利夫人》。

五

好了，该说的我都说了。继《包法利夫人》之后，福楼拜写了《萨朗波》，但一般认为这是一部失败之作。然后，他把他多年前写的另一部小说即《情感教育》改写了一遍，因为他对这部小说一直不满意。在这部小说中，他再次描写了他和艾莉莎·施莱辛格的爱情。这部作品尽管在法国被许多著名批评家认为是他的杰作，但外国人若去读它的话，肯定会觉得很乏味，因为其中写到的许多事情都是外国人不感兴趣的，尤其是在今天。这之后，他又第三次重写《圣安东尼的诱惑》。说来也真有点奇怪，像他这样一个才华出众的小说家，有那么高超的写作技巧，却如此缺少构思新作品的冲动。他总是一次次地重新捡起那些从他年轻时起就一直困扰着他的旧主题，好像只有当他用最精确的方式把它们表达出来之后，他的灵魂才能最终得到解脱。

随着时光的流逝，他的外甥女卡罗琳出嫁了。他仍和母亲一起住在"克鲁瓦塞"。后来，他母亲也去世了。一八七〇年，法国战败，卡罗琳的丈夫在经济上陷入困境。为了使这对年轻夫妇免于破产，福楼拜拿出了自己的全部财产，只留下那幢他无法舍弃的旧房子。当初在他富有之时，他对金钱总是抱着蔑视的态度，现在由于他的无私，他使自己落到了贫困的边缘。他不能不为此担忧，于是已有十年未发的旧病又开始经常发作。他现在无论是去巴黎，还是出去吃饭，都要莫泊桑陪他去，然后再把他送回来。在他的一生中，虽然在情场上总是失意，但在社交场上，他总有几个忠实而热心的知交，而随着这些知交一个个去世，他的晚年也就变得越来越孤独了。他很少离开"克鲁瓦塞"，但烟抽得很多，酒也喝得不少。

他生前最后出版的是一部包括三个短篇小说的短篇集。与此同时，他正在写一部名叫《布法与白居谢》的长篇小说，打算最后再嘲笑一下那些愚蠢的庸人。为了写这部作品，他以他惯有的谨慎和勤奋翻阅了一千五百本书，从中获取他认为必要的材料。他计划写两部，而且第一部已行将完成。但是，到了一八八〇年五月八日，那天上午十一点钟，女仆把午餐送到他书房里去，发现他躺在沙发上，嘴里说着胡话。女仆赶紧去把医生叫来，但医生也帮不了什么忙。不到一小时，他便溘然去世了。

他去世后又过了一年，他的老朋友马克西姆·杜·冈独自到巴登度假。一天，他外出打猎，不知不觉走到了一家叫"伊累诺"的疯人院门口。这时大门正开着，病人们在进行每天的例行散步。他们排成两行，两个两个地并排从大门口走出来。其中有个女病人忽然走到杜·冈面前向他鞠躬。杜·冈这才看清，那个女病人原来是艾莉莎·施莱辛格——福楼拜生前爱得那么热烈、那么持久而又那么徒劳的女人。

麦尔维尔创造了亚哈，《白鲸》因而伟大

　　《白鲸》是麦尔维尔唯一可以和世界上其他伟大小说相媲美的作品，而凡是读过我的文章的人，都不会期待我会从深奥的隐喻角度来谈论这部作品。有这种兴趣的读者可以到别处去寻找，我只能用一个并非毫无经验的作家的观点来对待这本书。不过，既然有一些很聪明的人也把《白鲸》看作是寓言，那么我理应在这里稍微介绍一下这方面的情况。他们认为，麦尔维尔说的话是具有反讽意味的，他曾写道，他很担心这部作品可能会被人误解成"可怕的寓言，或者更糟糕、更可憎、丑陋得无法接受的比喻"。此外，他在写给霍桑夫人的一封信中又曾说到，他在写这本书时"隐约感到整本书可能会被人当作寓言"。但是，就凭这些便说这本书是寓言，证据略显不足。如果有人确实做出了这样的解释，那也是纯属偶然。

　　难道这不可能吗？就如他自己对霍桑夫人所说的，他对这样的解释不会感到丝毫惊讶。我不知道批评家是怎样写小说的，但对小说家怎样写小说还略知一二。小说家一般不是从确立某个主题开始构思小说的，不是先有了某个主题如"诚实是无上宝贵的"或者"发光的并不都是金子"，然后说，我要用这个题目写一篇故事。不是的，而是先由一些人物——通常是他熟悉的人——激发了他的想象力。有时就在这同时，有时则要晚一些，他便开始构想小说中应有的事件。这些事件可能来自他自己的经历，可能是听说的，也可能是凭空杜撰的。只有当人物和事件在他的头脑里融合起来后，主题才逐渐产生。

　　麦尔维尔没有胡思乱想，因为当他想入非非时，他便惨遭失败，如《玛迪》一书就是明证。他有丰富的想象力，但想象力越丰富就越需要

以事实作为想象的基础。一旦他对自己的想象力不加控制，他就会写出荒诞不经的东西，如《比埃尔》一书就是这样。他生性喜欢思辨，这是事实。而且随着年龄增长，他越来越倾向于思考哲学上的形而上学问题。雷蒙德·韦弗把哲学上的形而上学问题说成是"痛苦和思维的混合物"，这种说法似乎过于褊狭。因为除了痛苦和思维，我们还应该注意到形而上学所涉及的其实是那些对于人类灵魂来说是至关重要的问题，如价值观、上帝、永生和生命的意义等。然而，麦尔维尔并不是思辨地，而是感性地去面对这些问题的：他如何感觉就如何做，如何做就如何想。但是这并不妨碍他的许多想法具有深刻的喻义。"心灵自有其理由，只是我们的理智不能理解罢了。"我想，要写出真正的寓言来是需要有超然物外的态度的，而麦尔维尔并没有超然于物外。

在象征意义上解释《白鲸》，埃勒瑞·塞奇威克的观点最趋极端。他甚至断言，《白鲸》一书之所以名垂青史，原因就在于它具有象征意义。根据他的看法，亚哈是有感情、有思想、有意志、有信仰的"人"的象征，他面对着无穷神秘的宇宙，而他的对手，即那头白鲸莫比·狄克，就是宇宙神秘性的象征。它虽然不是宇宙神秘性的创造者，但它就代表着宇宙的那种似有法则又似无法则的混沌状态。至于宇宙本身，则如先知们所相信的那样，是由上帝创造的。但我觉得，他的这种说法很难使我信服。还有一种比较合理的解释，是由刘易斯·曼福德在他写的一部麦尔维尔传记中做出的。要是我没有理解错的话，他是把莫比·狄克当作邪恶的化身，亚哈和莫比·狄克之间的冲突被看作是善与恶的冲突，而最终是恶战胜了善，这倒很符合麦尔维尔的悲观主义倾向。然而，寓言却是这样一种怪物，你既可以抓住它头上的毛，也可以抓住它的尾巴。所以，我如果反过来说，也同样说得通。

为什么莫比·狄克就一定是邪恶的化身？曼福德教授说它是"抽象的邪恶"，根据是它在遭到攻击时会自我防卫："这头畜生太恶毒了，一遭到攻击就会自卫。"但是，我们应该记得，麦尔维尔在《泰比》一书里就曾歌颂过未受文明世界的邪恶腐蚀的野蛮人。他认为处于自然状态的人才是真正的好人。这样的话，莫比·狄克为什么就不能代表善而非要代表恶呢？它是那样漂亮、那样庞大、那样有力，那样自由地在大海中遨游。而亚哈，他是那样傲慢、那样残忍、那样粗暴、那样冷酷，那样心胸狭窄地念念不忘报复，他才是邪恶的化身。所以，到了最后一刻，他和他那伙"由逃兵、无赖和暴徒组成的乌合之众"遭到了灭顶之灾。

正义得到了伸张，而此时，沉着冷静的莫比·狄克又神秘地消失了。善和恶都得到了报应。也许，你还可以按同样的思路做出另一种解释。你可以把凶狠的亚哈看作撒旦，把莫比·狄克看作上帝。最后，上帝战胜作为万恶之源的撒旦，尽管自己受了重伤，但保住了人类，让他们漂浮在"软和、挽歌似的大海"上。于是，人类不再妄求，也不再惧怕，因为上帝给了他们不可战胜的灵魂。

幸运的是，大多数人读《白鲸》只是因为它有趣，而不是想从中找到什么深刻的寓意。我已经强调得够多了，读小说不是为了接受教诲，而是为了获得精神上的享受。如果你发现读小说没什么乐趣，那就干脆不要读。不过，我得承认，麦尔维尔好像有意不让读者获得乐趣。他曾在一封信中说："我想按我的意愿写下去，那样可能很不讨好，有人会觉得无趣，但要我用另一种方法来写，我又办不到。"他本来就脾气倔强，加上公众对他的冷淡、批评家对他的攻击和朋友们对他的误解，他更是横下一条心，只写他自己想写的东西。

在最近再版的《白鲸》一书的序言中，蒙哥马利·贝尔津小心翼翼地解释说，麦尔维尔之所以不厌其烦地叙述鲸鱼的历史和鲸鱼的骨骼大小等琐事，原因可能是他想使书中的捕鲸的故事显得更为真实可信。我不同意这种看法。如果麦尔维尔真想这样做，他完全可以利用自己在太平洋上的三年生活中所亲身经历的事情，或者听人讲述的有关捕鲸的故事，来达到这一目的。我认为，事情很简单，麦尔维尔写这几章，只是因为他忍不住要把自己感兴趣的东西告诉读者。这些东西，除了写到莫比·狄克为什么会浑身发白的那部分我觉得有点荒唐，其余部分我是读得津津有味的。尽管如此，我仍不得不承认，所有这些东西都是和小说主题毫不相干的。

除此之外，还有一点也可能使读者感到失望，那就是麦尔维尔详细介绍了某个人物之后，往往会把他搁置一边。你已经对这个人物产生极大兴趣，很想进一步了解他，而作者好像根本就没把你放在心上。显然，麦尔维尔缺少法国人所说的那种"连续性"。有人说他的小说结构独具匠心，我觉得他们是在瞎吹捧。他根本就没有什么"匠心"，他只是按自己的方式写了《白鲸》。对于他的这种方式，你要么接受，要么拒绝。他就是这样一个小说家，而且还不是第一个，他会对你说："不错，我要是照你说的那样去写，或许能写出一本更好的书来。我相信你说得非常正确，但是现在这样写却是我喜欢的，是我想做的。要是别人不喜欢，我就没办法了，再说我也不在乎别人喜欢不喜欢。"

有的批评家指责麦尔维尔缺乏创造力，我倒认为他创造得太多，有时甚至有点不合情理。当然，只要有经验作为基础，他写出来的东西还是很有说服力的。不过，这一点大多数小说家都能做到。当有经验基础时，他的想象力便发挥得既无拘无束又生动有力。我要说的就是这些。还有一点好像用不着我多说，那就是麦尔维尔对景物的描写总是很精彩。他的文笔有点呆板，但很奇怪，读来却很有感染力。《白鲸》前几章以新贝尔福德为背景，写得既逼真又具有迷人的浪漫色彩，而且还很巧妙地为后面的情节展开埋下了伏笔。当然，全书最引人注目的是亚哈船长那高大、可怕而又感人的形象。我想不出有什么小说形象能和他相比。你必须到古希腊悲剧家那里去寻找那种末日感，因为他的每件事都让你惶惶不可终日；你必须到莎士比亚那里，才能找到这样使人心惊胆战的人物。人们虽然对麦尔维尔持有种种保留的态度，但他创造了亚哈，因而使《白鲸》成了一本非常伟大的书。

断片的组成，
《卡拉马佐夫兄弟》与陀思妥耶夫斯基

一

费奥多尔·陀思妥耶夫斯基出生于一八二一年，父亲是贵族，当时在莫斯科圣·玛丽医院当外科医生。这位小说家似乎一向把自己的贵族身份看得非常重要，曾为自己在服刑期间被剥夺贵族身份而深感苦恼，一获释便竭力要求几个颇有影响的朋友为他恢复身份。不过，俄国贵族制度和其他欧洲国家不同，贵族头衔可以通过不同的途径取得，譬如在政府部门谋到适当的职位或者比农民和商人更加富有，都可能成为贵族，甚至也可以自封为贵族。陀思妥耶夫斯基的家庭实际上属于一般的白领阶层。他父亲是个严厉的人，为了使七个孩子受到良好教育，他把自己的一切享受甚至闲暇都放弃了。他从孩子们年幼时就开始教育他们如何适应艰苦和不幸，如何承担生活的职责和义务。孩子们一起挤在医院里的两三间医生宿舍里，父亲从来不许他们单独外出，也不给他们零花钱。他们没有任何朋友。父亲除了去医院外，还靠私人诊所增加收入，后来便在距莫斯科几百英里的地方买下了一座小小的庄园。从那时起，母亲就带孩子们去那儿度夏，孩子们才尝到自由的滋味。

费奥多尔十六岁时，他们的母亲就去世了。父亲把两个年纪较大的儿子，即米哈伊尔和费奥多尔，送到彼得堡军事工程学校就读。哥哥米哈伊尔因身体太虚弱被校方拒绝，费奥多尔就只能和他心爱的哥哥分手。他感到孤独和忧郁，父亲不愿、也没法给他钱，所以他连一些必需品如书籍和靴子等也买不起，甚至都没钱交付学校规定的费用。他父亲安置了两个年长的儿子后，又把另外三个孩子寄放到莫斯科的姨妈处，然后关闭了私人诊所，带着两个年幼的女儿住到了乡下的庄园里。他开始酗酒，对孩子们严厉万分，对家里的农奴更是异常凶残。终于有一天，几个农奴把他杀了。

那是一八三九年。费奥多尔虽然对工作缺乏热情，但还算得心应手。那时他已经从学校毕业，并在工程局绘图处找到了一份工作。由于得到了父亲的部分家产，再加上自己的薪水，他一年有五千卢布的收入。他租下一套房，沉迷于打台球、赌博，往往把口袋里的钱挥霍一空。到了年底，他觉得绘图处的工作像削马铃薯一样单调乏味，就辞职不干。这时他已经债台高筑。此后，直到他去世为止，他一直负债累累。他是个挥金如土的人，而且积习难改。无度的挥霍常使他陷入绝境，但他从不知道自我克制，性情反复无常。有个对他颇有研究的传记作家后来说，就连他自己都认为，他对金钱的需求已经到了无以复加的程度。他只要一觉得自己有了钱，就会不惜一切地满足自己的虚荣心。后面我们就会看到，他的这种积习将使他一次又一次地陷入难以自拔的困境。

陀思妥耶夫斯基在学校读书期间就开始写一部中篇小说，后来当他决定成为一名作家时，刚好把小说写完，那就是《穷人》。他在文学界认识一位叫格里戈罗维奇的人，还认识一位叫涅克拉索夫的人。后者曾要他写一篇评论，他却把自己的小说交给了他。那天，陀思妥耶夫斯基很晚回家，因为他整个晚上都在和几个朋友一起朗读小说，讨论小说创作，直到凌晨四点才步行回到住处。他毫无睡意，就坐在到敞开的窗前凝望夜色。突然，一阵门铃声把他惊起。"是格里戈罗维奇和涅克拉索夫！他们兴奋地冲进屋子，眼睛里满是泪水，还一次又一次地拥抱我。"原来，他们就在那天晚上读了他的小说，还轮流大声朗读，读完后已是深夜，但他们还是决定立刻去找他。"要是他在睡觉也没关系，"他们说，"我们一定要叫醒他，这事比睡觉重要得多。"第二天，涅克拉索夫就把小说手稿送到了当时最著名的批评家别林斯基那里。别林斯基读完那篇小说，也像那两个人一样兴奋不已。小说发表了，陀思妥耶夫斯基一举成名。

他对自己的成功感到颇为得意。有个叫巴纳耶娃的夫人后来这样描述她对他的印象，当时他应邀到她的公寓做客：

> 一眼就能看出，新来的客人是个特别羞怯和敏感的年轻人。他长得很瘦小，一头金发，脸色有点病态，小小的灰眼珠不安地从这里转到那里，苍白的嘴唇不停地抽搐。在场的每个客人他几乎都认识，但他却怯生生地不跟任何人交谈。有几个常客甚至想把他赶出去，想以此来提醒他：既然来了，就应该和大家说说话。从那天晚上起，他便常来拜访我们。他的羞怯心理也开始减少；后来，他甚至……热衷于那种完全自相矛盾的辩论，因为在辩论时他可以放纵自己，满口胡言乱语。事实上，即使当他失去自制力，甚至忘乎所以地标榜自己的作家身份、傲慢而自负地自我炫耀时，他仍然带着年轻人的羞怯。换句话说，由于他是从一个灯光耀眼的入口突然登上文学舞台的，加上许多世界一流文学家的大声喝彩，他觉得恍恍惚惚、头昏目眩了。就像一个最为敏感的人，他在那些二流的年轻作家面前无法掩饰自己的得意感……他用夸夸其谈的、过分自豪的口气在同行面前显示自己不可估量的才能。……特别是，陀思妥耶夫斯基还怀疑所有的人都想藐视他的天才。他倾听别人的每一句话，每当他认为别人正在狡猾地想贬低他，甚至别人用的某一个词被他认为是在侮辱他时，他便会怒不可遏地马上挑起一场争吵，向他想象中的那个想侮辱他的人发泄自己心头的全部怒火。就这样，他成了我家的常客。

他既不是一个平常的客人，也不是一个人人尊敬的贵客。他正踌躇满志，签了合同准备写一部长篇小说和几部中篇小说。他任意挥霍预支的稿费，过起了放荡的生活。朋友们的劝告他不但不听，还和他们争吵不休，甚至对给过他极大帮助的别林斯基也不例外。他不相信人们是"真心诚意赞美他"，他只能自己说服自己，认为自己是天才，是俄国最伟大的作家。与此同时，他的债务却越来越重，不得不快速写作。他长期以来一直被一种神经性疾病缠绕着，每当发作时，总是担心自己会变疯或者患上肺病。在这种情况下，他写的短篇小说均是失败之作，长篇小说也让人难以卒读。那些曾经对他大为赞赏的人，都开始转而攻击他，并一致认为他的创作生涯已经完结。

二

　　果然，他的创作生涯突然中止了，原因是他加入了一个年轻人的秘密小组。这批年轻人由于受当时西欧社会主义思想的影响，试图进行社会改革，尤其是想改革俄国的农奴制和书报检查制度。他们每星期聚会一次，讨论种种社会问题，但除了讨论，他们根本就没有采取过任何反对当局的行动。尽管如此，他们还是被警察发现了。就在某一天，他们全部被捕，不久又被判处死刑。正当士兵举枪准备执行死刑时，信使送来了把死刑改为流放西伯利亚的命令。陀思妥耶夫斯基被判在鄂木斯克监狱服苦役四年，刑满后，又勒令他去服兵役。当初，就在他被押往彼得堡要塞执行枪决的那天，他曾给哥哥米哈伊尔写过这样一封信：

　　　　今天是十二月二十二日，我们全体被押往谢米洛夫斯基广场，
　　准备执行死刑。十字架被送来让我们亲吻，匕首在我们头上高悬，
　　丧服（白衬衫）也已准备停当，随即有命令让我们中间的三个站到
　　木栅前去等待处死。我是这一排的第六个，我们被分成三个组，所
　　以我就在第二组，没几分钟可活了。我想念你，哥哥，想念你的一
　　切！在这最后时刻，唯有你占据我的心。我头一次意识到，我是多
　　么爱你，我最亲爱的哥哥！我还有拥抱帕来斯契耶夫和杜洛夫的时
　　间，他们就站在我的身边，在向我道别。最后，传来了另一个命
　　令，那几个准备到木栅跟前去的人又被带了回来。信使向我们宣读
　　了文件，说是皇上准许我们活命，又一一宣读了最后判决。只有
　　巴姆一人被完全赦免，他被带到与他的判决相同的那一排人中间
　　去了。

陀思妥耶夫斯基后来在他的一部成功之作里描写了自己在服刑期间的可怕生活。根据他的描述，我们注意到，他作为新囚徒，不用两个小时就和那些老囚犯相处得就像家里人一样亲密无间。他说，如果和贵族老爷们在一起，情况就大不一样，不管他如何谦卑、如何忍耐或者如何聪明，他们始终会鄙视他、痛恨他，永远不会理解他、信任他，更不会把他看作朋友或者同伴。不过，虽然他在服刑的几年间不再成为众矢之的，却仍然觉得很痛苦，总有一种无法摆脱的孤独感、一种陌生人的感觉。他曾有过短暂的荣耀，现在却连一个像样的绅士都不是了。他的生活就像他的出身一样卑微，既穷困又潦倒。他早先的朋友、现在的难友杜洛夫深受同伴们的爱戴，这使他更觉得孤独和痛苦。之所以会这样，至少部分原因在于他性格上有弱点，因为他向来就很自负、多疑且急躁。他在众多同伴中仍觉得孤独，而正是出于孤独，他开始自我反省。

"这种精神上的游离，"他写道，"使我有机会回顾过去的生活，剖析自己每一个细小的动机，严肃地、无情地审判自己。"那时他唯一可读的书是《新约圣经》，所以他读了一遍又一遍，其中的每字每句都对他产生了深刻的影响。而就是从那时起，他开始宣扬基督教教义，他自己（在其性格所能承受的程度上）也开始变得既谦卑又虔诚，甚至对自己身上的普通的人性需求也加以压制。他写道："不管遇到什么事，你要始终保持谦卑，要想到你过去的生活，想到你将来的生活，想到你自己的灵魂深处是多么卑鄙、低劣和邪恶。"监狱生活治愈了他的自负和傲慢，他出狱时已不再是一个革命者，而成了一个教权和法律的维护者，同时也成了一个癫痫病人。

苦役期满后，他被送往西伯利亚的另一小镇继续服刑，在那里的驻防部队里服兵役。那里的生活极其艰苦，但是在他看来，这种艰苦生活是对他自身罪孽的应有惩罚。他已得出结论，认定自己曾谋求的社会改革是一大罪孽。他在写给哥哥的信里说："我不抱怨，这是我自己的十字架，我应该背着它。"

一八五六年，他靠一个老同学为他说情，离开原先的部队，生活稍稍有了改善。他开始交友，还陷入了恋爱，女友叫玛丽亚·德米特里耶芙娜·伊沙耶娃，是一个政治流放犯的妻子、一个已有孩子的母亲。她的丈夫后来死于酗酒和肺病。据说，她是个美貌的金发女人，中等个儿，身材苗条，既高雅又多情。此外，我们对她就几乎一无所知了，只知道她和陀思妥耶夫斯基有着类似的性格，多疑、嫉妒、自怜。他成了她的情人。但不久，她就随丈夫一起迁到四百英里以外的另一个边境驿站去了。她丈夫不久便死在那里。陀思妥耶夫斯基得知她丈夫的死讯后，便立即写信给她，向她求婚。

但是，那寡妇却犹豫不决。这一方面是因为他们两人都一贫如洗，另一方面是因为她这时正倾心于一个"心灵高尚、富有同情心"的牧师——他叫瓦格诺夫，她成了他的情妇。依然热恋着她的陀思妥耶夫斯基尽管为此而嫉妒得发狂，但是他却怀有一种自我贬抑的强烈冲动，也可能是怀着小说家那种把自己当作小说人物看待的幻想，做出了一个非同寻常的反应。他郑重宣布，瓦格诺夫是他情同手足的亲密朋友，他恳求另一个朋友资助瓦格诺夫，使他能和玛丽亚·伊沙耶娃结婚。

不管怎么说，他想扮演的就是一个为挚友的幸福而敢于牺牲自己、即便自己痛苦得心碎也在所不惜的角色，相形之下那寡妇就显得更加自私自利了。瓦格诺夫虽然"心灵高尚、富有同情心"，却身无分文。由于陀思妥耶夫斯基当时已升为军士，加上他这种宽宏大量的表现，他竟然成功地使玛丽亚决定嫁给他，而不是瓦格诺夫。他们于一八五七年结婚。他们没有钱，陀思妥耶夫斯基便到处借钱，直到他再也借不到一文钱为止。他想重新开始文学创作，但他是个流放的囚犯，必须得到特别许可才能发表作品，这并非易事。更何况，婚后生活也很不如意。陀思妥耶夫斯基将此归咎于妻子的多疑、抑郁和想入非非，而忘了他自己也是急躁、易怒和神经质的。他开始写一些小说片段，写完就搁到一边，又开始写别的。最后，他只发表了一点很不重要的东西。

一八五九年，由于他不断上诉再加上朋友相助，他终于获准回到圣彼得堡。关于这件事，欧内斯特·西蒙①在他《论陀思妥耶夫斯基》一书

---

① 欧内斯特·西蒙：20世纪初英国学者、陀思妥耶夫斯基研究专家。

中曾公正地指出，陀思妥耶夫斯基为了恢复自由，所用的手段是很卑劣的。"他写了几首'爱国诗歌'：一首庆贺亚历山德鲁皇后生日；一首颂扬新沙皇亚历山大二世加冕；还有一首哀悼老沙皇尼古拉一世去世。他还写信给一些有权势的人，甚至直接写信给新沙皇，请求赦免。在这些信中，他信誓旦旦地表达了自己对年轻君王的深切爱戴，将其喻为'永放光芒的太阳'。他还发誓说，不管这位君王有何旨意，他都准备为他献身。对他自己的那些'罪行'，他说他随时都准备认罪，还特别强调自己的痛悔之意，说他现在正在为过去的所作所为感到痛苦万分，等等。"

他和妻子以及妻子与前夫所生的儿子一起住在圣彼得堡，和哥哥米哈伊尔一起办了一份刊名为《当代》的文学杂志。他在《当代》上发表了《死屋手记》和《被侮辱与被损害的》，两部小说均获成功。此后两年里，他在经济上逐渐宽裕起来。一八六二年，他把杂志留给哥哥主办，自己则去西欧旅游。西欧给他的印象并不好，他觉得巴黎是"最令人厌烦的城市"，那里的人心胸狭窄，爱钱如命；伦敦穷人的惨状和富人虚伪的体面使他感到震惊；他去了意大利，但对意大利艺术毫无兴趣，在佛罗伦萨的一周时间里只是埋头读维克多·雨果①的四卷本长篇小说《悲惨世界》，所以罗马和威尼斯他都没去，就返回俄国了。这期间，他的妻子染上了慢性肺结核。

在去国外旅游前的几个月，当时正好四十岁的陀思妥耶夫斯基认识了一个在他的杂志上发表过一篇短篇小说的年轻女子。这个年轻女子叫波琳娜·沙斯洛娃，二十岁，还是处女，长得相当漂亮，但她却剪短了头发，还戴着一副黑眼镜，大概是为了让人觉得她有学问吧。陀思妥耶夫斯基从国外回到彼得堡后，他们就成了情人。后来，由于投稿人的一篇文章惹了麻烦，《当代》杂志不得不停刊，陀思妥耶夫斯基便决定再次出国。出国的理由是治疗癫痫病，这病确实时而发作，但治病却只是借

---

① 维克多·雨果：19世纪法国诗人、剧作家、小说家、政论家。

口，他真正的目的是想到威斯巴登①赌博，因为他认为这是个赚钱的好办法。此外，他也已经和波琳娜·沙斯洛娃约好在巴黎会面。他从杂志的作者基金中借了一笔钱，就离开了俄国。

他在威斯巴登赌得离不开赌台，唯一可以使他离开赌台的是他对波琳娜·沙斯洛娃的炙热的情欲。他们本计划好一起去罗马的，不料这个行为轻佻的年轻女子在巴黎等他时，却和一个西班牙医科大学生发生了风流韵事，而当那个大学生弃她而去后，她又觉得心烦意乱。一个风流成性的女人是不大会有稳定情绪的，她突然提出要和陀思妥耶夫斯基分手。对此，陀思妥耶夫斯基毫无办法，就提出"以兄妹身份"同往意大利。她觉得无事可干，也就同意了他的建议。可是，他们却因为缺钱而无法成行，那时他们已经在靠典当衣服度日了。度过"受尽折磨"的几个星期后，他们终于分道扬镳。陀思妥耶夫斯基回到俄国，这时他的妻子已病入膏肓。

六个月后，她死了。他在给朋友的一封信中这样写道：

> 我的妻子，那深爱我的人，也是我无比爱恋的人，在莫斯科我们只住了一年的寓所里与世长辞了。整个冬天我一直守在她床边，从未离开过她……我的朋友，她对我的爱是无限的，我对她的爱也难以用言语表达，然而我们的结合却并不幸福。以后等我和你见面时，我会把一切都告诉你的。只是现在，让我抛开这些，抛开我和她之间种种不愉快的事情。我和她从来就没有失去过相互间的爱恋，我们彼此一向爱得很深，直到我们遭此不幸。我的话你听了也许会觉得奇怪，她是我见过的最善良、最高尚的女人……

陀思妥耶夫斯基的这种爱的表白多少是有点夸大的。那年冬天他曾两次去圣彼得堡，为的是联系有关杂志的事务，因为他和哥哥一起又创办了一份杂志。从这份杂志的情况看，它比《当代》更带偏见，所以注定

---

① 威斯巴登：德国中西部城市。

是要失败的。他哥哥米哈伊尔患病不久便去世了，留下两万五千卢布的债务等着陀思妥耶夫斯基去还。此外，他还要赡养哥哥的遗孀和一群孩子，还有哥哥的情妇和私生子也要靠他接济。他虽然从一个有钱的姨妈那里借到了一万卢布，但到一八六五年，他只能宣布破产。此时，他手里拿着一张一万五千卢布的债据，还有五千卢布的口头债务。他的债主都不是好对付的。

为了躲债，他又从杂志的作者基金中借了一笔钱，加上一部长篇小说的预支稿费（他在合同上已定下了交稿日期），便打算再到威斯巴登的赌台上去碰碰运气，同时也可以和波琳娜·沙斯洛娃见见面。他向她求婚，但她对他的爱恋早已变成了憎恨。人们曾一度猜测她会嫁给他，因为他是个名作家，又是杂志编辑，这些都是她看得上眼的。然而，现在杂志已经不复存在，他的外貌也让人难以恭维，头发全秃了，还患有癫痫病，至于他强烈的性欲，更使她觉得难以忍受，甚至厌恶之极。要知道，对于女人来说，最不堪忍受的就是没有肉体吸引力的男人对她提出性要求。于是，她逃离他，回巴黎去了。他在赌台上输光了所有的钱，甚至把自己的表也典当了。他没有钱买足够的面包，就只好一个人静坐在房间里，以此抑止食欲。这时，他开始写另一本书。他后来说，那本书是在饥饿的鞭笞和时间的催促中赶写出来的，当时他身无分文，又常常病倒在床，几乎陷于绝境。那本书就是《罪与罚》。

他走投无路，不得不到处求助，甚至只好跑到和他争吵过的、他心底里极其厌恶的特杰涅夫那里去求助，向他借了钱才回到俄国。他仍埋头写《罪与罚》。这时他猛然想起，自己曾立过合同，已定下一本书的交稿日期，而根据那份极不公平的合同，要是他到期交不出稿，出版商就有权不付一文钱稿费出版他往后九年间的全部作品。为了赶写书稿，他听从几个乐观的朋友向他提出的建议，雇用了一个速记员。他和那个速记员一起，只用了二十六天时间就写出了一部名为《赌徒》的长篇小说。那速记员是个二十岁的年轻女子，长得一般，但非常能干，又有耐心和献身精神，所以深得他的赞赏。一八六七年初，他们结了婚。他的亲戚们担心他婚后会减少对他们的接济，所以对这桩婚事大为不满，对他年轻的妻子百般挑剔。为此，同时也为了躲债，她劝他离开俄国。

这次他们在国外足足住了四年。从一开始起，安娜·格利高里耶芙娜（这是他妻子的名字）就觉得要和这位著名作家一起生活颇不容易。他的癫痫病越发越严重，平时脾气暴躁，遇事态度草率，却又非常自负。他还和旧情人波琳娜·沙斯洛娃恢复了书信往来。对此，可怜的安娜虽然很难坦然处之，但她却是个品格极不平凡的年轻女子，竟然把所有的苦果都咽了下去。他们一起前往巴登，在那里他又陷入狂赌而不可自拔。他又输光了一切，又和过去一样写信给每一个可以求助的人，向他们借钱。然而，只要钱一寄到，他便又立刻出现在赌台上。他们典当了所有值钱的物品，还不断搬家，搬进租金更便宜的公寓，有时甚至连吃饭的钱也没有。安娜·格利高里耶芙娜怀孕了。下面是陀思妥耶夫斯基在一封信里写的一段话（当时他刚赢了四千法郎）：

> 安娜·格利高里耶芙娜恳求我满足于这四千法郎，并求我立即离开此地。可是还有补救一切的机会，这机会来得容易，可能性很大。难道不是吗？一个人除了他自己赢钱，又每天看到别人赢了两万或者三万法郎（他是不会看到那些输家的）。谁是圣人？钱对于我来说比什么都重要，而我下的注不仅仅是我输掉的钱，我也输掉了我最后的一点理智，我简直被激怒到了顶点。我输了，我当掉了自己的衣服，安娜·格利高里耶芙娜也当掉了她所有的东西，甚至她的最后一件小首饰（她是怎样的一个天使啊！）。她给予了我多大的安慰啊！在这可诅咒的巴登，我们不得不栖息在铁匠铺上面的两间陋室里。她是多么疲倦啊！最后，什么都输光了。（哦，那些德国佬真是卑鄙！他们毫无例外全是放高利贷的，全是些无赖和恶棍。房东知道我们没钱，无处可去，就提高了房租。）我们只好逃离巴登了。

他们的第一个孩子出生在日内瓦，陀思妥耶夫斯基为此欣喜若狂，但是他还在赌。他输了钱又后悔莫及，后悔自己简直不可救药，把妻子和孩子急需用的钱也全给赌光了。然而，只要口袋里还有几个法郎，他便忍不住要往赌场跑。他们的孩子出生后三个月便不幸夭折，他悲痛欲绝。安娜·格利高里耶芙娜再次怀孕，但陀思妥耶夫斯基却觉得，自己再也不可能像爱第一个孩子那样去爱另一个孩子了。

《罪与罚》出版后大获成功。陀思妥耶夫斯基又开始写另一部小说——《白痴》。出版商在一个月里给他寄了两百卢布，但仍然未能帮他摆脱困境。他不断要求预支稿费。《白痴》出版后不尽如人意，他便开始写一部中篇小说——《永久的丈夫》。后来又开始写一部长篇小说（就是在英国被译为《群魔》的那部长篇①）。

据我所知，这时他们已花完所有的贷款。陀思妥耶夫斯基带着妻子和孩子从一个住所搬到另一个住所，他开始思念故乡了。他从未停止过对西欧的厌恶：巴黎的文化和荣耀、舒适的生活、德国的音乐、巍峨的阿尔卑斯山、明媚的瑞士湖、优雅的多斯加尼，还有佛罗伦萨的艺术珍品，这一切他都觉得讨厌。西欧的资产阶级文明在他看来是颓废的、腐败的，而他自己却不知不觉地陷了进去。"我在这里变得越来越迟钝而褊狭，"他在米兰时这样写道，"我和俄国中断了联系，我缺少俄国的空气和俄国的人民。"他觉得自己若不回俄国，将永远无法完成《群魔》的写作。安娜也渴望回国，就是没有回国的旅费，出版商已经把可以预支的稿费全预支给他们了。出于无奈，陀思妥耶夫斯基只得再向出版商求援。由于《群魔》的前两章已在杂志上发表，出版商担心连载中断，就只好答应陀思妥耶夫斯基，为他寄来了回国的旅费。这样，陀思妥耶夫斯基大妇总算回到了圣彼得堡。

那是一八七一年，陀思妥耶夫斯基已经五十岁，再过十年他便去世了。他成了一名热忱的斯拉夫派②成员，一心希望俄国能拯救世界。《群

---

① 陀思妥耶夫斯基的这部长篇小说，俄文原名是 Бесы，英译为 The Devils，而准确的英译应为 The Possessed，中译应为《附魔者》。

② 对俄国的前途，当时（19世纪半叶）俄国国内形成两个主要派别，一派称为"西欧派"，即主张俄国应该西欧化；一派称为"斯拉夫派"，即认为俄国不仅应该保持自己的斯拉夫传统，还要将这一传统发扬光大。这种情况和后来20世纪初的中国有点像，当时中国也有两派，一派是"全盘西化派"，一派是"维护国粹派"。

魔》出版后获得了成功，这是由于陀思妥耶夫斯基在小说中大肆攻击了当时的激进派①，他的斯拉夫派朋友们为他大声喝彩。他们觉得在政治斗争中可以利用陀思妥耶夫斯基来反对激进派的改革主张，于是便以优厚报酬委任他主编一份叫《公民》的杂志。他只编了一年就辞职了，原因是他和上司在某个问题上有意见分歧。虽然他和他的上司一样都反对改革，但在某些具体问题上他仍不能接受上司的看法。

这时，具有实干能力的安娜开始参与丈夫的出版事务，她自己筹资出版陀思妥耶夫斯基的作品，竟赚了不少钱。因此，陀思妥耶夫斯基到了晚年，经济上相对比较宽裕，而他最后几年的生活也过得比较简朴。他以《作家日记》为题写了一系列随笔，由于这些随笔引起了很大的反响，他便扮演起了很少有作家愿意扮演的导师和先知角色。与此同时，他又写了长篇小说《少年》和他的最后一部长篇《卡拉马佐夫兄弟》。

一八八一年，在他去世之际，他突然声名鹊起，许多同时代的大作家都对他深表敬意，他的葬礼被认为是"圣彼得堡人将永远为此感到痛苦的一个最不寻常的事件"。

三

以上我大致叙述了陀思妥耶夫斯基一生中的主要事件，而且尽量不加评论。但是，你仍会得到这样的印象：他是个具有异常古怪性格的人。自负是艺术家的职业病，无论作家、画家、音乐家，还是演员，都是有点自负的。但是，陀思妥耶夫斯基的自负却是空前的。他好像从不愿意认真谈论自己或者他人的作品，这也许是因为他太自负，也可能是因为他缺乏自信，就像人们现在所说的"有自卑感"。他生前那么公开地蔑视他同时代的作家，可能也是出于这一原因。一个很自信的人，当然是不会像陀思妥耶夫斯基那样把自己的狱中经历化为忍耐与服从的，但是如果我们认为陀思妥耶夫斯基既接受当局对他的"合理"定罪，同时

---

① 激进派：即指主张激烈改革的"西欧派"。

又竭力想自我辩解，那也并非不合逻辑。我在前面已经说过，他在试图赢得人们对他的注意和尊敬时，把自己贬低到了何等程度！

他完全没有自控能力，原因也许就在于他一直受着癫痫病的折磨，因为此病一发他就完全没法控制自己。只要他一激动，不管是理智还是礼仪，都会被他置之度外。所以，他会不顾妻子病重，到巴黎去和波琳娜·沙斯洛娃会面。而当这个行为轻佻的年轻女子抛弃他时，他还会执意想和她结婚。至于他的嗜赌，那更加明显地显示出了他的性格弱点。赌博使他越来越深陷贫困。在日内瓦时，他为了糊口，甚至不惜向人开口借五法郎或者十法郎。

你可能还记得，他为了履行合同而赶写《赌徒》。这部小说虽算不上成功之作，但女主人公波琳娜·亚历山德罗芙娜却很值得注意，她显然是以波琳娜·沙斯洛娃为原型的。这部小说属于他的早期素描，表现的是一种爱恨交织的典型形象。这一形象在他的后期作品中得到了更为详尽的描写。小说中另一个使人感兴趣的地方是，陀思妥耶夫斯基很敏感地写到了他自己内心深处的一种激情，同时也写到了赌徒因受这种激情驱使而遭遇到的种种不幸。你一旦读完此书，也就了解了这样一个人。他尽管感到羞耻，但还是做出了那些使他蒙受不幸的事情：他去追求他不可能得到的女人；他擅自从杂志的作者基金里借钱，不是为了写作，而是为了赌博；他不断伸手向朋友要钱，尽管他们对此已厌烦透了，但他仍死乞白赖，因为他抵挡不住任何诱惑；他又是个爱出风头的人。实际上，这部小说中的所有人物，无论是比较重要的或者比较不重要的，无论是想干这事或者想干那事的，他们都喜欢标新立异。陀思妥耶夫斯基生动地描绘出怀有卑劣欲望的人也会时来运转的。人们围拢过来，望着这个幸运的赌徒，仿佛他是个卓越人物。他们惊叹、赞美，他成了众人注目的中心。他赢了，他为自己的成功所陶醉。他觉得自己是命运的主人，因为他相信他的直觉是绝对正确的，他能够把握住自己的运气。他发出赌徒的喊叫：

我只要一显示出我的直觉能力，便能在一小时内改变自己的命运。最伟大的莫过于直觉能力。请记住七个月前我在轮盘赌台上最后一次输钱时的情形。啊，那是一个多么不寻常的有力证明啊！我输光了一切，一切……我走到赌场外，发现外衣口袋里还有一个盾①。"我得吃点饭。"我想。可是走了不到一百步，我改变了主意，决定返回。我把那个盾当作最后的赌注……那时，确实有一种奇特的感觉：我独自一人在异国他乡，远离祖国，远离朋友，连有没有饭吃也不知道——我押上了那个盾，仅有的一个盾。我赢了。二十分钟后我从赌场走了出来，衣袋里装着一百七十个盾。这是事实。这就是最后一个盾有时能起的作用。要是我那时灰心丧气，那会怎样？要是我不敢孤注一掷，又会怎样？

陀思妥耶夫斯基的传记是由他生前的老朋友斯特拉霍夫②撰写的。在撰写期间，他曾给托尔斯泰写过一封信，谈到他对陀思妥耶夫斯基的看法。这封信我做了些删节，翻译如下③：

　　我一边写，一边得不断地克制自己的厌恶，甚至憎恶情绪……我怎么也不能把陀思妥耶夫斯基看作一个善良的或者愉快的人。他是个行为放纵而且充满嫉妒心的坏人。他整个一生都像一头猛兽似的乱冲乱撞，既可笑又可悲。他很聪明，也很邪恶。在瑞士，他曾当着我的面以恶劣透顶的态度对待仆人，最后那仆人实在受不了，大声对他说："可我也是个人啊！"我现在还记得，当时我听了这句话是多么震惊不已！它表明当时在自由的瑞士到处有人权思想。我于是写信给一个经常宣扬人性论的朋友，谈了这一情况。对陀思妥耶夫斯基来说，这种情况经常发生，他就是无法控制自己的脾气……最糟糕的是他还从不忏悔自己的卑劣行为，反而以此自嘘。维斯卡费托夫（一位教授）告诉过我，陀思妥耶夫斯基有一次

---

① 盾：荷兰货币名。
② 尼·尼·斯特拉霍夫：19世纪俄国作家、评论家。
③ 这封信是用法语写的。

带着吹嘘口吻说，他曾在澡堂里强奸过一个小女孩，那小女孩是一个家庭女教师带到澡堂来的……但他说这些话时，又表现出一种愚昧的感伤情调，似乎想以此强调他那种夸夸其谈的人道主义梦想。正是这些梦想，是他作品中的基调和主要倾向，也是使人们喜爱这些作品的原因。总而言之，他的所有小说都在竭力为它们的作者开脱，它们表明，即便是最可怕的邪恶也可能和最高尚的感情同时存在……

确实，他的感伤情调是愚昧的，他的人道主义是夸夸其谈的。他和"人民"交往，但那样的"人民"却是和进步的知识阶层相对立的。他期望俄国有所改变，同时对"人民"的苦难寄予同情。他猛烈攻击激进派，尽管后者一直试图和他改善关系。对于穷人的惨状，他提出的补救办法是"把他们的苦难理想化，并将此理解为生活的一种方式。他建议他们用宗教的象征性安慰来取代实际的改革"。

至于那件强奸小女孩的事，当然使陀思妥耶夫斯基的崇拜者大为尴尬，所以他们一直表示怀疑。斯特拉霍夫在信中提到的显然只是道听途说。为了证明这是谣言，他们说那是陀思妥耶夫斯基有一次和一个老朋友谈到自己的悔悟之心，那老朋友建议他到自己最憎恨的人面前去自我忏悔，于是他就向特杰涅夫说了那件事。但是，他所说的一切很可能都是虚构的。诚然，他在作品中使用过许多罪恶主题，还有《群魔》中隐隐约约的描写，这些都是颇难处理的。但不管怎么说，人们却无法证明，他所承认的这些丑恶行为都是生活中的事实。我觉得，这很可能和癫痫症引起的幻觉有关，由于这种幻觉非常强烈，他心里往往充满了罪恶感。也可能，他和许多小说家一样，喜欢杜撰一些事情来说明自己有可怕的欲念，但事实上却并非如此。

陀思妥耶夫斯基自负、多疑、急躁、自私、轻率，他过分谦卑而不可信赖、心胸狭窄却喜欢自我吹嘘。但是，这并不是他性格的全部。他在服刑期间，当有必要时，他会承认自己犯有谋杀罪而且还有偷窃的企图。他知道，对待难友要有勇气，要慷慨大度、慈悲为怀。他还知道，人不是单一的或好或坏，每个人都是高尚与平凡、善良与邪恶的混合物。他是个最不固执的人，富有同情心。当乞丐或者朋友向他伸手要钱时，他从来不会拒绝。即使在他穷困潦倒之时，他仍想方设法积攒一些钱，以便接济他守寡的嫂嫂和哥哥的旧情人，接济他前妻留下的那个酗酒的儿子（他和他其实已毫无关系），接济他的弟弟安德鲁。

　　他们在生活上依赖他，他则是在感情上依赖他们。当他们有求于他而他一时又无法为他们效劳时，他从不抱怨，只是感到抱歉。他深爱他的妻子安娜，始终对她抱着倾慕和敬重的态度，认为她在各方面都胜过自己。在国外的四年间，他一直很担忧，生怕妻子会对他失去耐心，不愿再和他一起生活。他有爱人之心，也渴望得到他人之爱。他一直不敢相信，他自己有那么多缺点，竟然还会有人如此忠贞不渝地爱恋他。在他一生中的最后几年，安娜又给了他安宁、欢愉的生活。

　　他就是这样一个人。这个人和作家的崇高地位似乎是矛盾的，但我敢说，世上再没有比陀思妥耶夫斯基更伟大的作家了。虽然在所有具有创造性的艺术家身上都有这样的矛盾，相比之下这种矛盾在作家身上显得最为突出。由于作家的表现手段是语言文字，在他们所说的和他们所做的之间不仅容易产生矛盾，而且这种矛盾还特别可怕。譬如，雪莱的情况就是这样，他在诗歌中表达了崇高的理想主义，表达他对自由的酷爱和对一切丑恶现象的憎恨，然而在生活中，他的行为却是那么以自我为中心，对他人是那么冷漠无情，连他自己也为此感到痛苦。我毫不怀疑有许多作曲家和画家也和雪莱一样以自我为中心，一样冷漠无情，但当我为他们的乐曲和绘画所倾倒的同时，却不会因为他们的卑劣行为和他们的美妙作品有矛盾而感到不快。我会把这种矛盾看作是天才的独特情况，因为一般说来以自我为中心虽是每个人在幼儿时期都有的品性，但只有天才到了青春期之后才会保持这种品性，也就是人们所说的"病态"。正因为有这种"病态"，他们才比普通人更具旺盛的精力，就像用不加水的肥料种出的瓜比普通的瓜更甜，因为那些有毒的成分反而会使瓜的茎叶长得更为茂盛。

四

　　巴尔扎克与狄更斯塑造了许许多多人物。千差万别的人为这些人物着迷，人们的想象力被这些人物所具有的各种各样独特的个性所点燃。不管这些人物是好还是坏，是笨还是聪明，他们代表了他们自身，所以是拿来用的极好素材。我猜想，陀思妥耶夫斯基只对他自己以及密切影响自己的人感兴趣。有些人对美好的东西，只是拥有了才会关心，陀思妥耶夫斯基从某种程度上就很像这类人。他满足于用有限的几个人物，这些人物在一部部的小说中接连出现。《卡拉马佐夫兄弟》中的阿辽沙和《白痴》中的梅思金公爵其实就是同一个人，只是没有癫痫病而已；而《群魔》中的斯塔夫罗金不过是对《罪与罚》中斯维德里盖洛夫的进一步刻画；《罪与罚》的主人公拉斯柯尼科夫是《卡拉马佐夫兄弟》中伊万的翻版，只是没那么强硬。所有这些人物，都散发着陀思妥耶夫斯基本人痛苦、扭曲、病态的气息。

　　他笔下的女性人物更没什么变化。《赌徒》中的波琳娜·亚历山德罗芙娜、《群魔》中的丽莎贝塔、《白痴》中的娜塔莎、《卡拉马佐夫兄弟》中的卡德琳娜和格鲁申卡，都是同一类女人。她们都是以波琳娜·沙斯洛娃为原型塑造出来的。这个女人带给他的痛苦、施加给他的屈辱，都在刺激他受虐心理的需要。他很清楚，她恨他，却又希望她爱他，因此以她为原型的女性人物都很想控制和折磨她们所爱的男人，同时又顺从对方，在对方的手里遭受折磨。她们歇斯底里、满怀仇恨、心肠恶毒，因为波琳娜就是这样的。关系破裂数年之后，陀思妥耶夫斯基在彼得堡与她重逢，仍旧再次向她求婚。她拒绝了。他怎么也无法让自己相信，她确实不喜欢自己，于是冒出这样的想法来抚平自己受伤的自尊心，那就是一个女人往往对自己的处女之身极为看重，以至于对一个未曾娶她便让自己失身的男人只能充满仇恨。"你无法原谅我，"他对波琳娜说，"因为你曾经把自己给了我，而你现在是在报复。"

　　陀思妥耶夫斯基对此深信不疑，而且不止一次在其作品中体现这一想法。在《卡拉马佐夫兄弟》中，格鲁申卡在故事展开之前就被一个波兰人诱奸了，虽然接下来被一个富商所包养，但她仍然觉得，只有嫁给诱奸自己的那个人才能获得救赎。还有在《白痴》当中，娜塔莎不肯原谅托罗斯基，因为托罗斯基诱奸了她。在这里，我觉得陀思妥耶夫斯基的心理非常困惑。处女之身的特殊价值完全是男性构造出来的，部分是出于迷信，部分是源于男性的虚荣心，当然还包括不愿抚养别人孩子的想法。

我得说，女性之所以对之如此重视，主要还是因为男性在乎它，同时也因为害怕由此而带来的后果。我觉得我的观点没什么不对，一个男人为了满足自身的需要（这就和饿了要吃饭一样自然），会在对性爱对象没有什么特别感情的情况下就与之发生性关系，而对于一个女人来说，如果不是出自本性、源于爱情（至少是感情），那么性交则是一件烦人的事情，她是当成一项义务来接受的，或者是出自给对方带去快感的愿望。我深深地相信，当一个处女"把自己奉献给"一个她不感兴趣甚至是讨厌的男人时，肯定是一种厌恶、痛苦的经历。但要说它会长年积郁在她心里，改变她的性格，在我看来却是难以置信的。

陀思妥耶夫斯基很清楚自己身上的双重性，并将其赋予到自己笔下所有固执的人物身上。他所塑造的温和型人物（例如梅思金公爵和阿辽沙），尽管亲切可爱，可都没什么本事，实在让人奇怪。不过"双重性"这个词本身就暗含着对人性的简单化处理，与事实并不相符。人无完人。人类的主要动机是自身利益，对此否认实在荒唐，但否认他能够高尚无私也同样荒唐。我们都知道，在危急时刻，人类可以挺身而出，而后展现出一种高尚的品格（包括自己和他人都不曾知晓，他身上具有这种品格）。

斯宾诺莎曾告诉我们："万事万物，就其自身而言，都极力坚持其特有的存在。"可是，我们也都知道，为朋友献出自己生命的人并不少见。人类的身上既有善也有恶，既有好也有坏，既有自私也有无私，既有瞻前顾后也有无所畏惧，有着令他们摇摆不定的各种性情和脾气。人的构成因素彼此矛盾，而这些因素居然能在一个人身上同时存在，彼此让步，形成一个看似和谐的整体，实在令人称奇。陀思妥耶夫斯基塑造的人物身上却没有这种复杂性。他们身上既有支配他人的欲望，也有受人摆布的欲望，既有缺乏温情的爱，也有满是恶毒的恨。他们十分怪异，没有人类的正常属性。他们只有激情，既没有自控也没有自尊。他们的罪恶本能，并没有因为所受的教育、人生经历或者使人免于丢脸的尊严感而有所减少。这也就是照常理来看，他们的举止似乎极不可信、他们的动机好像极不合理的原因。

我们这些身处西欧的人常常惊讶地发现，他们的举动无法解释，并且认可（如果真的算认可的话）这是合乎俄国人的举动。俄国人真的是这样的吗？在陀思妥耶夫斯基所处的时代，俄国人是这样的吗？屠格涅夫①和托尔斯泰都是他同时代的人。屠格涅夫塑造的人物就很像普通人。我们都认识酷似托尔斯泰笔下尼古拉斯·罗斯托夫②那样的年轻俄国人，都是快乐无忧、生活奢侈、无所畏惧、感情丰富的好人；我们也认识一些像他妹妹娜塔莎③那样美丽迷人、天真善良的姑娘；在我们这里要找到像皮埃尔·别祖霍夫④一样头脑愚笨、为人慷慨、心地善良的胖家伙也并非什么难事。陀思妥耶夫斯基宣称，他笔下这些古怪的人物比现实中的还要真实。

我不清楚他说这话是什么意思。一只蚂蚁和一位大主教一样真实。如果他的意思是说，他们身上的道德品质使得他们超出泛泛之辈的话，他就错了。如果说艺术、音乐、文学中有什么东西可以纠正反常的性格、减轻内心的忧伤、把灵魂从人性的枷锁中部分解放出来的话，他们对此也是一无所知的。他们举止恶劣，乐于彼此粗暴相待，仅仅是为了伤害和羞辱对方。在《白痴》中，瓦尔瓦拉朝哥哥脸上吐唾沫，因为他要向一个自己并不赞成的女人求婚，而在《卡拉马佐夫兄弟》中，当霍赫洛娃夫人拒绝借给德米特里大笔钱财的时候（她根本没有理由要借钱给

---

① 屠格涅夫：19世纪俄国小说家。
② 尼古拉斯·罗斯托夫：托尔斯泰《战争与和平》中的人物。
③ 娜塔莎·罗斯托娃：托尔斯泰《战争与和平》中的女主人公。
④ 皮埃尔·别祖霍夫：托尔斯泰《战争与和平》中的男主人公。

他），他也是怒气冲冲地向着接待自己的房间地板上啐唾沫。他们属于暴躁型的。拉斯柯尼科夫、斯塔罗夫金、伊凡·卡拉马佐夫①，他们和艾米丽·勃朗特笔下的希斯克利夫、麦尔维尔笔下的亚哈船长属于同一类人，他们都随着生活而骚动不安。

五

　　就陀思妥耶夫斯基而言，他的自负、急躁和浮夸性格其实远甚于传记作者的描述。他就是这样一个人，而就是这个人，创造了像阿辽沙这样一个也许是所有小说中最有魅力、最优雅、最善良的人物。也就是这个人，创造了像佐西玛神父这样具有神性的形象。按小说设计，阿辽沙理应是《卡拉马佐夫兄弟》的主人公，他平淡无奇地出现在小说的第一句话里："阿历克赛·费奥多罗维奇·卡拉马佐夫是费奥多尔·巴夫罗维奇·卡拉马佐夫的第三个儿子。费奥多尔当时是我们这一带远近闻名的地主，由于他在十三年前死于非命，我们至今还记得他。关于这事我将在适当地方再作叙述。"陀思妥耶夫斯基是个技巧熟练的小说家，他在小说的一开头，似乎无意中就对阿辽沙这个人物做了明确交代。但是，当我们捧读这本书时却发现，较之于他的两个弟弟德米特里和伊凡，阿辽沙扮演的倒像是个次要角色，他时而出现，时而消失，似乎对其他人物没有多大影响。他的主要活动是和一群男学生在一起，而这群学生除了衬托阿辽沙可敬可爱的仁慈性格，对小说主题的发展不起任何作用。

　　需要说明的是，《卡拉马佐夫兄弟》（据说加涅特的英译本有838页）是陀思妥耶夫斯基仅有的一部由一些断片组成的长篇小说。他本打算在小说的后几卷里着重写阿辽沙这个人物，计划让他犯下一系列骇人听闻的罪行，后来经过种种波折，最终得到拯救。然而，死亡使陀思

---

① 拉斯柯尼科夫、斯塔罗夫金、伊凡·卡拉马佐夫分别是陀思妥耶夫斯基《罪与罚》
　《群魔》《卡拉马佐夫兄弟》中的主人公。

妥耶夫斯基未能如愿。《卡拉马佐夫兄弟》虽是一些断片，却是一部前所未有的旷世之作，雄居于为数不多的小说杰作之巅，即使像《呼啸山庄》和《白鲸》这样的伟大作品也无法与之比肩。

这是一部内容极其丰富的书，我在这里只是简略地谈到它，其实是不公平的。陀思妥耶夫斯基为这本书构思了很长时间，经受了无数痛苦，这是他整个小说创作生涯中写得最痛苦的一部小说，这种痛苦远远超过因生活穷困而带来的种种愁苦。他在这本书里倾注了自己全部的苦闷和疑惑，急切地寻求人类被上帝抛弃的原因，同时一心想找到生活的真谛。但是，我得奉劝读者，不要期待他能给你找到答案，因为一个作家没有这样的权利，也没有这样的义务。

《卡拉马佐夫兄弟》也不是一部写实的作品。陀思妥耶夫斯基既没有高超的观察才能，也没有逼真地再现事物的天赋。这部小说中的人物行为是不能用日常生活中的一般尺度来衡量的。他们的行为疯狂得难以置信，他们的动机疯狂得不合逻辑。你所看见的这些人物和简·奥斯汀或者福楼拜笔下的那些人物截然不同，他们不是现实生活的写照，不是作家取自生活并加以精心雕琢的典型人物，而是激情、欲望、淫荡和邪恶的集中表现，是作家本人痛苦而扭曲的病态心理的自然流露。他们既不真实，也不生动，但是一个个都带着生命的节奏在不断地狂舞。

《卡拉马佐夫兄弟》的不足之处是过分冗长，这是陀思妥耶夫斯基小说的通病，也是他难以克服的缺点。在翻译这部小说时，译者往往会把握不住它那种漫无头绪的文体。陀思妥耶夫斯基是个伟大的小说家，却是个糟糕的文体家。他也没有什么幽默感，那个制造滑稽场面的霍拉科夫夫人被他写得令人生厌。三个年轻女性，即丽丝、卡德琳娜和格鲁申卡，几乎毫无个性，三个人同样歇斯底里，同样心怀叵测。她们既想支配和折磨各自所爱的男人，却又一味地屈从于对方，甘愿在他们手下受罪。她们的行为简直令人费解。

我在前面简述陀思妥耶夫斯基生平时，没有提及另外两个多少和他有点暧昧关系的女人，这两个女人虽然在他生活中是无足轻重的，但在这部小说中，她们却为他提供了素材。陀思妥耶夫斯基生性好色，性欲强烈，但我并不认为他很了解女人。在他眼里，女人似乎很简单地只有两种：一种是温顺的、富于自我牺牲精神的，但往往受到恐吓、虐待和欺骗；另一种是骄傲的、专横的，她们既多情又残忍，往往心怀恶意。很可能，波琳娜·沙斯洛娃在他心目中就属于后一种女人。然而，她越是轻视他甚至折磨他，他却越是爱恋她，因为他喜欢这样的刺激，喜欢以此来满足自己的受虐心理。

至于小说的男性人物，倒是经过有力刻画的。老卡拉马佐夫是个头脑糊涂的小丑，他的出场写得很出色；他的私生子斯米尔加科夫是魔鬼的杰作、邪恶的化身；至于阿辽沙，我在前面已经用过一点笔墨了。老恶棍还有两个儿子。德米特里确实属于那种人，可以很明智地把他描写得就像他最最恶毒的敌人一样恶毒，他是个粗俗的、酗酒的、喜欢吹牛的恶棍，不顾一切地肆意挥霍，特别是他一点也不明白自己的钱是怎么得来的，只是愚蠢地胡乱花钱。他那种狂饮暴食又像穷学生一样无聊，而他和格鲁申卡的寻欢作乐简直幼稚可笑。他关于荣誉的那些胡言乱语也令人作呕。从某种意义上说，他才是小说的主人公，但我觉得这个人物写得并不好。因为他太不值得关注。就像大多数小说里的男主人公一样，他被写成是一个对女人很有吸引力的男人，但是陀思妥耶夫斯基并没有写出他到底有怎样的吸引力。在他所做的许多事情中，只有一件事情使我觉得有点意思，那就是他偷钱给他倾心爱慕的格鲁申卡，让格鲁申卡去和别的男人结婚。因为这使我回想起，陀思妥耶夫斯基自己就曾想为他热恋着的玛丽亚·伊莎耶娃去借钱，好让她和她的情人即那个"心灵高尚，富有同情心"的牧师结婚。陀思妥耶夫斯基还把他那种利己主义者的冷酷心理和色情受虐狂的狂热情绪也赋予了德米特里。我不知道，色情受虐狂是不是他用来维护其自身的一种最好的特殊方式。

我大概有点吹毛求疵了。你或许会问，为什么我提出了那么多异议，却还要宣称《卡拉马佐夫兄弟》是世界上最伟大的小说之一。是的，它是最伟大的小说之一。首先，它非常吸引人。陀思妥耶夫斯基不仅是杰出的小说家，同时还具有独到的戏剧才能。这两种才能同时出现在一个人身上是很罕见的，而陀思妥耶夫斯基恰恰是这样一个天才，他善于以戏剧表演的方式讲述小说中的故事。尤其是当他想触动读者内心深处最敏锐的感情时，这样的才能就显得特别难能可贵。他先把小说中的主要人物聚合到一起，让他们讨论一些简直令人不可思议的问题，然后又设法让你逐渐理解这些问题，最后又用加博利奥①式的技巧向你揭示其神秘性。小说中的那些对话虽然冗长，却常常会使你觉得毛骨悚然。因为他善用各种技巧来渲染出一种恐怖感，譬如让某个人物一边说话一边莫名其妙地浑身发抖（他说的话其实并不需要他如此紧张，但他却激动得脸色发青或者发白，还直打哆嗦），使读者情不自禁地集中起注意力，从而注意到原先可能注意不到的东西。这之后，这个人物很可能会真的被某种越规行为所激怒，他的神经质也就一触即发。这时如果真的发生什么事而他又不能躲避的话，他便准备接受真正的打击。

然而，这些都纯属技巧问题。《卡拉马佐夫兄弟》的伟大更在于它表现的是重大主题。有不少批评家认为它的主题是寻求上帝，但以我之见，与其说是寻求上帝，不如说是讨论人的原罪②问题。提到这个问题，我必须引出卡拉马佐夫的第二个儿子伊凡。也许，伊凡并不是这本书里最令人同情的人物，但他最令人感兴趣。我们甚至可以把他看作是陀思妥耶夫斯基的代言人，他所表达的观点也就是陀思妥耶夫斯基本人的基本信念。在"赞成和反对的论点"以及"俄国修道士"等章节里，陀思妥耶夫斯基自己也说到，他的这部小说以及小说讨论到的主题是登峰造极的。这个观点在"赞成和反对的论点"的两个段落里表达得尤为明确，因为就在那里，伊凡提出了原罪问题。

他认为，无论是对于人类的才智来说，还是对于上帝的仁慈来说，原罪都是使人难以接受的。譬如，孩子何罪之有，他们却也要蒙受种种苦难。成年人受苦受难，似乎还有理由说是因为他们犯有种种罪孽，但无辜的孩子不管从理智上还是从感情上说，都是不应该受苦受难的。对于人类是否由上帝创造，还是上帝由人类创造这样的问题，伊凡不感

① 埃米尔·加博利奥：法国侦探小说家，其作品以叙事巧妙而著称。
② 原罪是基督教教义之一，认为人人生来有罪，因为人类始祖亚当和夏娃是因"罪"（即"欲"）而被上帝逐出伊甸园的。

兴趣，他虽然相信上帝的存在，却拒不相信世上的种种苦难是上帝制造的。他坚持认为，无辜者没有理由要为有罪者的罪孽和他们一起蒙受苦难，如果无辜者也要蒙受苦难，那么，即便不说上帝不公正，也只能说上帝是不存在的。

关于这类问题，我不想在这里多说了，你可以自己去读一下"赞成和反对的论点"那一章。我只想说，陀思妥耶夫斯基过去从未表述过这么强有力的观点，所以写完这一章后，他自己也觉得有点害怕。他提出的论点是难以辩驳的，然而他最后得出的结论却是自相矛盾的。为了顺从苦难来自上帝的原罪说，他只好把世上所有的邪恶和苦难都看作是美的和善的。"要是你热爱世上一切有生命的东西，那么你的爱将证明，受苦受难是每个真正的基督教徒应尽的道德义务。"这就是陀思妥耶夫斯基要人们相信的人生真谛。在写完"赞成和反对的论点"后，他随即又写了一篇反驳文章，但没有人比他自己更清楚地意识到，他的反驳是失败的。那篇文章写得冗长乏味，作为反驳的论点也难以让人信服。总之，原罪问题仍无法解答，伊凡·卡拉马佐夫的起诉也没有得到回复。

人生的结局大凡如此，
托尔斯泰，《战争与和平》

毫无疑问，《战争与和平》是一部非常伟大的小说。这种小说，只能出自睿智不凡、想象丰富、对世界具有广泛体验、对人性具有深刻洞察的人之手。之前从未有人写过这样的小说，以如此恢宏的气势，描写如此重大的历史时期和如此众多的人物。而且我猜想，以后不会再有了。以后或许还会有人写出同样伟大的小说，但绝不会是《战争与和平》这种。有些人天生就具有成为小说家的特殊禀赋，但是他们所认识的世界——这样的人和这样的风俗——更有可能造就出写《傲慢与偏见》的简·奥斯汀，而不是写《战争与和平》的托尔斯泰。人们称《战争与和平》为史诗，是理所当然的，我不知道还有哪部小说比它更配得上"史诗"一词。托尔斯泰的朋友、才华出众的批评家斯特拉霍夫，曾以这样有力的语言评价这部作品："一幅描绘人类生活的完美图画，一幅描绘当时俄国生活的完美图画，一幅描绘所有人都能感悟的关于欢乐与悲哀、荣誉与耻辱的完美图画。这就是《战争与和平》。"

一

托尔斯泰出身于乡村贵族家庭，这样的家庭很少产生杰出作家。他是尼古拉·托尔斯泰伯爵和玛丽亚·伏尔康斯基伯爵夫人的五个孩子中最小的一个。他生于母亲的祖宅——雅斯纳雅·波良纳，当他还是个孩子时，父母就去世了。他先是接受家庭教师的教育，后来进喀山大学就学，不久又转入圣彼得堡大学。他是个劣等学生，什么文凭也没拿到。他的贵族亲友把他带入社交界，先是在喀山，然后在圣彼得堡和莫斯科。他到舞厅跳舞，去剧院看戏，还时常参加贵族家宴。他到高加索山区服兵役①，并参加了克里米亚战争。

就在这一时期，他开始狂饮滥赌。为了付赌债，他曾不得不卖掉从父亲那儿继承来的部分家产——雅斯纳雅·波良纳庄园里的房子。他是个性欲旺盛的人，在高加索时还染上了梅毒。按他在日记上所记，那是在一个狂欢之夜，一个赌牌、玩女人、和吉卜赛人一起狂饮的夜晚——如果可以根据俄国小说来判断的话，这种狂饮看来是（或者过去是）俄国人寻欢作乐的一种普通的传统方式。对此，他曾有过强烈的悔恨。但是，只要一有机会，他又会重蹈覆辙。

尽管他身体很强壮，可以整天走路，骑马十到十二小时也不觉得累，但他的身材并不高，而且相貌平平。"我知道得很清楚，我不是个漂亮的人，"他曾写道，"我常常陷入绝望。我想，对于一个像我这样宽鼻梁、厚嘴唇、有一对小小的灰眼睛的人来说，世界上是不会有什么幸福在等待他的。我恳求上帝创造奇迹，让我变得漂亮些。为了一张漂亮的脸，我宁愿放弃我现在所有的一切，放弃我将来可能得到的一切。"殊不知，他那张朴实的脸其实很有精神，因而很吸引人。还有他的眼睛和他的谈吐，也颇有魅力。

在那段时间里，他衣着讲究（就像可怜的司汤达一样，想用时髦的衣饰来弥补自己相貌的不佳），而且炫耀自己的门第。他在喀山大学的一个同学曾这样描述他："我回避这位伯爵。从我们第一次见面起，我就讨厌他那种傲慢和冷淡的态度，那头短而硬的头发，那种眯缝着眼睛的样子以及眼睛里的锐利目光。我还从来没有见过一个年轻人，像他那样奇怪地摆出一副傲慢的样子，我很难理解这一点……他几乎总不回答我的问候，好像是要表明由于某种原因我和他不是完全平等的……"托尔斯泰后来在军队时，又似乎对那些军官同僚抱着同样一种轻蔑态度。

"起先，"他写道，"这里的许多事情都使我吃惊，但我使自己在和那些先生们保持距离的情况下适应了这里的环境。我找到一种恰当的

---

① 托尔斯泰曾志愿（不领军饷）加入军队，参加了克里米亚战争。

中间姿态，对他们既不太疏远，也不太亲近。"

在高加索，以及后来在塞瓦斯托波尔[①]，他写了一些随笔和短篇小说，还写了一篇关于自己童年生活的富于浪漫色彩的中篇小说。这些作品在一家杂志上发表后，赢得了好评，所以当托尔斯泰离开战场回到圣彼得堡时，那里的作家、文人很欢迎他。但是，他却不喜欢他们。他们后来也不喜欢他了。他自认为很坦诚，容不得当时的流行观念。他动辄发火，粗暴地反驳别人的意见，至于别人会怎么想，他根本不加考虑。屠格涅夫[②]曾说，托尔斯泰总是喜欢用审判官似的目光看人，使人不胜困窘。这种目光，再加上刻薄的挖苦话，足以叫人恼羞成怒。他苛刻地非难别人，要是偶然读到一封用不太尊重的态度提及他的信，他会立刻向写信人提出挑战。有一次，他的朋友费了很大的劲，才使他放弃一场可笑的决斗。

那时自由主义风潮席卷俄国，解放农奴成了当时压倒一切的大事。托尔斯泰在京城圣彼得堡过了几个月的放荡生活后，回到雅斯纳雅·波良纳，向自己庄园里的农奴提出一项计划，要给他们自由。但是他们拒绝了，因为他们根本不相信他。他于是就为农奴的孩子开了一所学校。他的教育方法颇为新颖别致：学生可以不上学，即使在学校里也可以不听教师讲课，完全不讲纪律，没有人会受到惩罚。他还亲自教这些学生读书，整天和他们在一起，晚上又和他们一起玩耍、给他们讲故事、教他们唱歌，往往忙到深夜。

也就在这时，他和一个农奴的妻子生下了一个私生子。这个名叫提摩西的私生子，后来成了托尔斯泰几个儿子的马车夫。他的传记作家感到很有意思，因为托尔斯泰的父亲也有过一个私生子，后来也成了家里的马车夫。在我看来，这说明托尔斯泰在道德上是有过失的。我本以为，既然托尔斯泰有那么一种自我谴责的道德良心，那么真诚地想把农奴从贫困和卑贱中解救出来，想让他们受到教育，想使他们变得干干净

---

① 当时托尔斯泰任炮兵连长，驻守塞瓦斯托波尔。
② 屠格涅夫：19世纪俄国小说家，比托尔斯泰年长，一度和托尔斯泰关系很好，后疏远，至死没有和好。

净、知书识礼、自尊自重，那么他至少是会为他自己的私生子做些什么的。屠格涅夫也有一个私生女，他就很照顾她，不仅让她受教育，还始终关心她的生活。我想，托尔斯泰在看到他的私生子（他至少和他有血缘关系）在为他的儿子们（他们只不过是合法婚姻的产物）赶马车时，难道就不觉得羞愧吗？

托尔斯泰有个很大的性格特点，那就是他对新鲜的事情总是非常热衷，但迟早都会厌倦。他似乎缺乏坚韧和沉稳的品质。因此，他办了两年学校后，就对自己努力的结果感到失望，于是关闭了学校。他感到疲倦，感到不满，身体也变坏了。后来他回忆说，要是当时没有另一件他从未尝试的新鲜事在吸引他的话，他很可能要绝望了。那件新鲜事就是结婚。

他决定尝试一下。那时他三十四岁，娶了贝尔斯博士的二女儿、十八岁的索尼娅为妻。贝尔斯博士是内科医生，在莫斯科上流社会颇有声望，也是托尔斯泰家的老朋友。婚后，他们住在雅斯纳雅·波良纳。索尼娅在最初的十一年间就生下八个孩子，后来的十五年间又生了五个孩子。托尔斯泰喜欢骑马，骑术也不错，他还喜欢打猎。婚后他的经济状况大有改善，在伏尔加河东面买下了一座新的庄园，这样他已拥有大约相当于一万六千英亩①的土地。他的生活也变得按部就班，就像大多数俄国乡村贵族一样。在当时，俄国有许多这样的贵族，他们年轻时赌博、酗酒、玩女人，然后结婚，在庄园里定居，生一大群孩子，骑马、打猎，照管自己土地和农奴。他们中间也有不少人和托尔斯泰一样具有自由主义倾向，和他一样为农奴的无知、可怕的贫困和恶劣的生活状况而感到忧虑，也和他一样想改变农奴的命运。然而，有一点托尔斯泰却和他们不一样，那就是他过着和他们一样的生活的同时，却写出了两部世界上最伟大的小说——《战争与和平》和《安娜·卡列尼娜》。至于他怎么会写出这两部小说来的，就像苏塞克斯郡的一个老派绅士的儿子②怎么会写

---

① 1英亩约为4046.86平方米。
② 指英国浪漫派诗人雪莱。雪莱出生在苏塞克斯郡，父亲是个循规蹈矩的绅士，而雪莱却生性叛逆，其抒情诗中最叛逆的就是《西风颂》。

出《西风颂》来的一样，也许是一个永远解不开的谜。

二

据说，索尼娅年轻时很有魅力，身材优美，有一双漂亮的眼睛，鼻子很性感，头发乌黑发亮。她精力充沛、神情动人，嗓音清脆悦耳。托尔斯泰婚前有一段时间一直记日记，他不但记下自己的希望和思考、祈求和自责，同时也记下自己的过错，包括酗酒、嫖妓和其他一些事情。和索尼娅订婚后，他出于不向未婚妻隐瞒任何事情的愿望，便把自己的日记给她看了。她大为惊恐，一边看一边流泪，整整一夜没睡。第二天，她把日记还给他，同时也宽恕了他。不过，宽恕是宽恕了，她却绝不会忘记。他们两人都是容易激动的人，都很有个性，像这样的人，一般来说也往往会有一些令人难堪的脾气。

索尼娅很苛求，占有欲很强，嫉妒心也很重。托尔斯泰则既严厉又固执。孩子出生后，托尔斯泰总是要求索尼娅亲自给孩子喂奶。这她愿意，只是有一次孩子刚刚生下不久，她觉得乳房痛得厉害，便不得不把婴儿交给奶妈，没想到托尔斯泰竟对她大发脾气。他们时常会吵架，但每次都会和解。他们彼此相爱，所以他们的婚姻总体上说是很美满的。托尔斯泰既要管理庄园，又要从事写作。他的字迹很潦草，每张手稿都要索尼娅誊抄一遍，因为她善于辨认他的笔迹。不过，有时她还是要靠猜，才能誊清他写得不仅潦草而且词句不完整的手稿。据说，仅《战争与和平》的手稿，她就整整抄了七遍。

西蒙教授[①]曾这样描述过托尔斯泰的一天：

全家在吃早饭时聚在一起，男主人的妙语和笑话使餐桌上的闲谈既活跃又风趣。最后，他总是站起来说："现在该工作了。"于是消失在书房里，通常还随身端着一杯浓茶。他要到下午再露面，去

---

① 西蒙教授著有《托尔斯泰传》。

做锻炼，通常是散步和骑马。到五点钟他回来吃晚饭，吃得狼吞虎咽。吃饱以后，他就会生动地讲述自己散步时的种种见闻，常常逗得所有人都哈哈大笑。然后，他回书房去读书，到晚上八点再和家人以及来访者一起喝茶，这时总是听音乐、朗读，或者和孩子们玩游戏。

这是一种忙碌的、有益的、心满意足的生活。在往后的许多年里，这样的生活一直继续着：索尼娅生养孩子，照料家务，帮丈夫誊稿；托尔斯泰则骑马打猎，管理庄园，写他的小说。然而，他正一天天向五十岁靠近，这对任何男人来说都是个危机时期。现在已不再年轻，当回首往事时他自然要问，自己在生活中究竟得到了什么。而往前看，暮年已近在眼前，他又难免要为暗淡的前景感到沮丧。在托尔斯泰的一生中，有一种恐惧始终伴随着他——那就是死亡的恐惧。人都不免一死，好在大多数人都很理智，除了遇到危险或者身患重病，平时是不去想它的。

但是，对托尔斯泰来说，死亡却永远是一种近在眼前的凶兆。他曾在《忏悔录》里这样描述当时的心境：

五年以前，某种非常奇怪的事情开始在我身上发生。起先，我有时候感到困惑，感到生活的压抑，简直像不知道该怎么生活、该做些什么似的；我感到空虚和不知所措，变得气馁起来。但这种情况过去了，我又像以前那样生活。然后，那种困惑的时刻重新出现，越来越经常地、总是以同样的方式出现。它们总是表现为这样一些疑问：生活是为了什么？它意味着什么？我觉得我一直赖以立足的地基坍塌了，在我脚下什么都没有了。我赖以生存的东西不再存在，我没有任何东西可以立身。我的生命停止了。我能够呼吸、吃喝、睡觉，而且我不能不做这些事情。但是我没有生命，因为没有希望，没有那种我认为有理由去实现的希望。

所有这一切落到我头上，正是我被那种所谓十全十美的好运气包围住的时候。我还不到五十岁；有一个爱我的好妻子，而我也爱她；有可爱的孩子们，有一个很大的庄园，我没费多少精力就使它得到了改善和扩展……人们称赞我，而如果说我很出名，那也不是太大的自欺……我享受着精神和肉体上的强壮，这在我的同类中还很少见到：就体力说，我能够和农民们同步刈割；在脑力上，我能够一口气工作八到十个小时而不会生病。

  我的精神状态以这样一种方式向我显示出来：我的生命是别人对我开的一个愚蠢而恶毒的玩笑。

  托尔斯泰从少年时代起就不相信上帝，但信仰的丧失又使他感到空虚和愁闷，因而他常有一种想法，想解答生命之谜。他曾这样自问："我为什么活着？应该怎样活着？"他找不到答案。于是，他恢复了对上帝的信仰。不过，这种信仰是通过一种推理达到的，而这种推理竟会由他这样一种亢奋型的人做出，确实非常奇怪。"如果我存在，"他写道，"那就必定有某种原因，而所有一切的最后原因，就是人们叫作上帝的那个东西。"这是一种有关上帝的最古老推论。当时，他仍不相信具有人格的上帝，也不相信人死后生命还会延续，只是到了后来，当他开始认为自我也属于上帝的一部分时，他才觉得生命会随着肉体的死亡而停止似乎有点不可思议。他曾一度坚信俄国东正教会，但是很快对教会反感了，因为他发现那些神职人员的生活和他们所宣扬的教义是不相符的。他觉得没必要再去相信他们要他相信那些东西了，只准备接受可以用浅显和实际的道理来加以证实的东西。他开始接近那些穷困、低贱和没有文化的信徒，而对他们的生活观察得越深入，他就越相信，他们尽管带有迷信色彩，却拥有一种真正的信仰。对他们来说，有这样的信仰是必然的，因为它使他们的生活有了意义，他们只有靠它才能生活下去。

  经过好几年充满痛苦的反省和沉思，托尔斯泰最后确定了自己的看法。要把他的看法简明扼要地概括出来并不容易，我只能勉强试一试。他拒绝教会的那套宗教仪式，因为在耶稣基督的教诲中找不到根据，所以施行那样的仪式只会给真理抹黑。他也拒绝教会对基督教教义所作的解释，认为它们是荒谬的，是对人类理性的侮辱。他只相信那些仅仅在耶稣的言论中才能找到的真理，同时认为耶稣言论的精髓就包含在"勿抗恶"这一箴言中。它体现为"不要发誓"这一命令——托尔斯泰认定，"不要发誓"不仅仅指一般的赌咒，而是指任何形式的誓言，包括证人席上的宣誓和士兵们入伍时的宣誓。它还体现在"爱你的敌人，祝福那些诅咒你的人们吧"这一训诫中。根据这一训诫，人们不仅不能向自己的敌人宣战，即使在遭到敌人攻击时也不能以武力反击。托尔斯泰认为，采纳一种主张就意味着采取行动，既然他得出了这样的结论，即基督教的教义就是爱、谦卑、自我否定和以善报恶，那么他就得义不容辞地放弃一切享受，就得不辞劳作、经受困苦，就得贬低自己、宽恕他人。

然而，作为虔诚的东正教徒①，索尼娅却坚持要让孩子们接受宗教教育，坚持要顺从教会的旨意，在自己所属的地位上尽其责任。她并不是那种很有灵性的女人，实际上她要养育那么多孩子，要让孩子们受到良好教育，还要参与管理这么大一个庄园，也没有多少时间来培养自己的灵性。她既不理解、也不赞同丈夫改变信仰，好在她还有足够的耐心予以容忍。但是，当她丈夫要把自己的信仰付诸行动时，她却无法容忍了，而且毫不犹豫地表示了自己的态度。托尔斯泰由于觉得不该靠别人生活，就决定自己生炉子、打水和料理衣物。出于自食其力的想法，他还请来一个鞋匠教自己制作靴子。他在庄园里和农奴一起干活：耕地、运干草、伐木。对此，索尼娅大为不满，她认为托尔斯泰从早到晚地干体力活对他并无益处，因为即使在农奴中间，这些活也是年轻人干的。

"当然你会说，"她曾在一张给他的字条上这样写道，"这样的生活符合你的信念，你喜欢这样。但那是另外一回事。我要说的只是：希望你过得快活！但我还是生气，因为你把精力全用到劈木头、烧茶炊和做靴子上去了。当然，这些事作为休息或者用来调剂一下头脑是很好

_____

① 俄国人普遍信奉东正教。东正教是基督教三大宗派之一，其他两派是天主教和新教。

的，但总不能把它们当作一件正经事来做吧？"她说得不错。托尔斯泰认为体力劳动似乎在任何方面都要比脑力劳动高尚，这是很愚蠢的。他觉得自己不应该写小说给那些闲人看，但就算这样，我们也不能相信他就找不到比做靴子更有意义的事情来做了。他做的靴子质量之差，可以说任何人都不能穿。他还开始穿农民穿的衣服，不修边幅到了邋里邋遢的地步。据说，他有一次装完粪就走进房间吃晚饭，身上散发着难闻的臭气，弄得一家人只好开着窗子吃饭。他过去喜欢打猎，现在已彻底放弃，还成了素食者。因为他觉得不应该杀生，更不应该把动物的肉放在餐桌上。他多年前就开始节制自己的酒量，现在又彻底戒了酒。最后，他还非常痛苦地戒了烟。

这时，他们的孩子长大了，尤其是大女儿达尼亚，快到参加社交活动的年龄了。为了孩子们的教育，索尼娅坚持要全家到莫斯科去过冬。托尔斯泰虽不喜欢城市生活，但他还是同意了妻子的决定。他在莫斯科看到了惊人的贫富差距。"我过去感觉到，现在感觉到，将来还会继续感觉到，"他曾这样写道，"只要我有多余的食物而别人没有，我有两件外套而别人没有，我就会有一种不断出现的罪恶感。"无论谁想告诉他，世上从来就有富人和穷人，而且将来也一定会有，那都是无济于事的。反正他觉得这不对。他曾访问过一个为赤贫者准备的夜间留宿处，当目睹了那里的可怕情形后，想到自己回家后将由两名身穿制服、戴着白领结和白手套的男仆伺候着享用有五道大菜的晚餐，便觉得无比羞愧。他把自己身边的钱分给那些穷困不堪、可怜巴巴的人，但结果是，那些人用他的钱不是去赌博就是去喝酒，总之他的钱起的坏作用比好作用多。"金钱是罪恶的，"他愤恨地说，"因此给别人钱的人，也是在作恶。"从这里往前跨一小步，他就产生了这样的信念：财产是不道德的，占有财产就是犯罪。

对托尔斯泰来说，接下来的一步是明摆着的：他必须放弃自己所有的一切。为此，他和妻子发生了猛烈的冲突。索尼娅既不想让自己沦为乞丐，也不想让孩子们一文不名。她威胁说，她要到法院起诉，要求法院宣布托尔斯泰已丧失管理家庭财产的能力。经过天知道有多么刻毒的争吵，托尔斯泰提出要把自己的财产划归给她。但她拒绝了。到最后，她同意和孩子们一起分占了他的财产。在持续不断发生争吵的几年间，托尔斯泰曾不止一次离家出走，但每次没走多远就返回了，原因是他想到这样会伤害妻子，心情便特别沉重。他继续住在雅斯纳雅·波良纳，尽管家里的生活已相当有节制，但他仍觉得太奢侈，并为此感到羞愧。

家庭关系依然很紧张。他不赞成当时所谓的正规教育，但他妻子却安排孩子们去接受这样的教育；他要按自己的愿望处理自己的财产，他妻子却加以阻挠。对此，他不能原谅她。

托尔斯泰改变信仰后，又活了三十年，但由于篇幅有限，我不能详细谈论他在这三十年间的生活。我不得不把许多并非不重要的事情也省略掉。反正，他后来成了一个受公众崇拜的偶像，不仅被誉为俄国最伟大的作家，而且在世界各地都赢得了巨大声誉，被看作是集小说家、民众导师和道德家于一身的杰出人物。那些信奉他的学说并想遵循他的原则来生活的人，还建立了自己的聚居地。

然而，当他们试图实行他的不抗恶原则时，却遇到了极大的困难。关于他们的种种遭遇，当时有诸多传说，听起来既滑稽可笑，又发人深省。不过，托尔斯泰生性多疑，又很好辩，所以他固执己见并毫不犹豫地断言，那些传说都出自某些人的卑劣动机。为此，他得罪了许多朋友。尽管如此，他名声却越来越大，大批的学生、朝拜圣地的香客、旅游者、崇拜者和信徒、富人和穷人、贵族和平民都纷纷拥向雅斯纳雅·波良纳。

我在前面已经说了，索尼娅的嫉妒心和占有欲是很强的，她一直想独占她的丈夫，因此她对陌生人前来骚扰她的家庭生活感到厌烦。她在抱怨和痛苦之余，甚至不惜贬低她的丈夫。她曾日记里这样写道：

　　就在他向人们讲述他那些美妙的想法并一谈到自己就变得多愁善感的同时，他却依然过着和以前一样的生活，他贪吃美味的食物，兴致勃勃地骑自行车、骑马，还有淫欲。

在另一篇日记里她又写道：

> 我不能不抱怨，因为他为所谓的人民幸福所做的一切把家里的
> 生活弄得一片混乱，对我来说，生活越来越困难了。他的素食主义
> 意味着我要准备双份晚餐，这就要花费更多的钱和精力。他那些关
> 于爱的喋喋不休的说教，在家里引不起兴趣，却把各种各样的下等
> 人搅到我们的生活里来了。

在最初接受托尔斯泰思想的人中间，有个叫切尔特科夫的年轻人。
他很富有，还是近卫军上尉，不过当他开始信仰不抗恶原则后，便辞去
了军队里的职务。他是个诚实的人，一个理想主义者和热心肠的人，但
却生性专横，喜欢把自己的意志强加给别人。艾尔蒙·莫德①曾说，凡是
和他接触过的人，不是变成他手中的工具，便是和他发生冲突，或者就
逃之夭夭。他和托尔斯泰之间有一种相互依赖的关系，这种关系一直延
续到托尔斯泰去世为止。他有一种能力，甚至能影响托尔斯泰，而这无
疑使索尼娅大为恼火。

托尔斯泰的大多数朋友都把他的学说看作偏激之论，唯有切尔特
科夫，不断鼓励托尔斯泰走得更远，使他更加执着地想去实践自己的学
说。道德的自我完善是当时托尔斯泰考虑得最多的，因此他已无心管理
庄园。他本来每年可以从庄园获得相当于三万美元的收入，而实际收入
却不超过二千五百美元。这显然不够用来维持家用和支付孩子们的教育
费。于是，索尼娅说服丈夫，把他一八八一年以前所写的全部作品的版
权交给她，由她去借钱开办一家出版社，出版这些作品。她把这件事办
得很成功，至少家里有钱支付各种开销了。

但是，作家拥有版权却显然有悖托尔斯泰的信念，因为他认为个
人拥有任何财产都是不道德的。当时，切尔特科夫其实已经在劝托尔斯
泰把自己在一八八一年以后写的全部作品都宣布为是公共财产，任何

---

① 艾尔蒙·莫德：英国传记作家，托尔斯泰的朋友，著有《托尔斯泰传》。

人都有权出版。这已经使索尼娅够恼火了，而托尔斯泰要做的还不止于此。他要求她交出他的早期作品的版权，其中当然包括那些著名小说的版权，因为他要把早期作品和后期作品的版权一并予以放弃。她断然拒绝，因为一家人的生活现在就依赖于出版这些作品所得的收入。于是，家里又开始了无休止的争吵。索尼娅和切尔特科夫之间的矛盾，使托尔斯泰不得安宁。他们各有各的道理，托尔斯泰就夹在两者的冲突中间，而对两方面提出的理由，他都很难予以否定。

三

一八九六年，托尔斯泰六十八岁。他结婚已有三十四年，大多数孩子都已长大，第二个女儿也快要出嫁了。这时，已经五十二岁的索尼娅却极不光彩地爱上了一个比她年轻的男人，一个叫塔纳耶夫的作曲家。托尔斯泰深感震惊、羞愧和愤怒。下面是他写给她的一封信：

> 你和塔纳耶夫过分亲密的关系使我作呕，我不能无动于衷地容忍你们这种关系。如果我在这样的情形下继续和你生活在一起，我将不久于人世，而且名誉也要受到玷污。我已经苦恼了整整一年，这你也知道。我曾经在激动时把这告诉过你，而且请求你不要那样做。后来我试图保持平静，我做了各种各样的努力，但都不行。你们的关系在继续发展，而且我能想象，它将这样一直发展下去。我无法再容忍了。很明显，你不肯放弃这段关系，那剩下的唯一办法就是——分离。我已下了决心，只能这么办。只是我必须考虑一个最合适的方式。对我来说，最合适的方式就是出国。我想，我们总会想出一个最好的办法的。但有一点是肯定的——我们不能像现在这样继续下去了。

然而，他们并没有分离，而是使生活变得更加难以忍受。索尼娅仍以一个多情的老年女人的那种狂热纠缠着那个作曲家，后者虽然开始时可能很高兴，不久之后却厌倦了这种他无以回报、同时又使他显得可笑的热情。后来，她终于意识到他是在躲避她，最后他更是当众羞辱了她。这使她深受伤害，而且很快就认为他只是个"厚颜无耻的、在精神和身体上都粗俗不堪的"家伙。于是，这桩不体面的风流韵事也就到此结束了。

这时，托尔斯泰夫妇之间的不和已尽人皆知。使索尼娅深感痛苦的是，托尔斯泰的信徒们——也就是他现在仅有的朋友——都站在托尔斯泰一边，而且公开对她表示敌意，因为她阻碍托尔斯泰实现自己的理想，而他的理想也就是他们的理想。不过，对托尔斯泰来说，信仰的转变却几乎没有给他带来幸福。他不仅失去了往日的朋友，还在家庭中造成矛盾，和妻子争吵不休。与此同时，他的追随者又责备他继续过那种舒适的生活，对此他羞愧万分。他在日记中写道："在我开始第七十个年头的生活时，我一心希望的就是能得到安宁。这虽然并不十分符合我的本意，但总比现在这种情况要好，现在我是生活在实际需要和良心的明显矛盾之中。"

他的健康每况愈下。这之后的十年间他多次生病，有一次还病得差点死去。就在这一时期，刚认识他的高尔基曾这样描绘他："瘦小，头发灰白，眼睛却比以前更加有神，看人时的眼光也比从前更加锐利，脸上皱纹很深，蓄着一把长长的白胡子。"他已经是古稀老人，八十岁了。一年过去，又过了一年，他八十二岁了。他衰老得非常快，显然只有几个月可以活了，但他们夫妇俩仍为那些无聊的争吵所苦。

切尔特科夫显然不像托尔斯泰那样把任何财产看成罪恶，他在雅斯纳雅·波良纳附近买下一座庄园，这样自然就方便了他和托尔斯泰之间的来往。他开始催促托尔斯泰实施自己的计划，就是在他死后把所有的著作权通通划归社会所有。索尼娅被激怒了，因为这样一来，托尔斯泰在二十五年前划归给她的那些小说版权将不再受她支配。她和切尔特科夫之间长期积存的敌意终于爆发成一场公开的争论。除了小女儿亚历桑德拉——她受切尔特科夫的影响甚大——其他孩子都站在母亲一边。尽管托尔斯泰已把庄园分给他们，他们仍然不愿按他所希望的那样生活，更弄不明白为什么非要他们同意他放弃版权，从而失去一大笔收入。然而，不管家里人施加怎样的压力，托尔斯泰还是立了一份遗嘱。

根据这份遗嘱，他去世后所有作品的版权都遗赠给公众，尚存的手稿交给切尔特科夫保管并由他全权处理。由于这份遗嘱尚不具备法律效力，切尔特科夫劝托尔斯泰再立一份遗嘱。为了不让索尼娅知道，公证人被偷偷带进家，书房的门被紧紧锁上，托尔斯泰就在书房里亲手把遗嘱抄了一遍。在这份遗嘱里，托尔斯泰决定让小女儿亚历桑德拉作为他所有作品的版权管理人。这是切尔特科夫的主意，其原因就如他后来所说："我觉得，索尼娅及其子女肯定是不愿让一个非家庭成员作为版权管理人的。"他的话是可信的，因为这份遗嘱使他们失去了最主要的收入来源。然而，切尔特科夫仍未觉满意，他自己又起草了一份遗嘱，并让托尔斯泰坐在他庄园附近树林里的一个树桩上抄了一遍。根据这份遗嘱，切尔特科夫对托尔斯泰的手稿拥有绝对控制权。

手稿中最重要的是托尔斯泰晚年的日记。他早期的日记一直在索尼娅手里，但他把自己最近十年的日记交给了切尔特科夫。索尼娅得知后一心想把它弄回来。有人认为，这是因为日记发表后可给她带来丰厚的收入，其实她是不愿让这些日记公之于众，因为托尔斯泰在日记里非常坦率地说到了他们夫妻间的不和。她派人到切尔特科夫那里去要求他归还日记，他拒绝了。她威胁说，如果切尔特科夫不归还日记，她就服毒或者自缢。托尔斯泰受不了她的狂怒，就从切尔特科夫那里把日记取了回来，但没有给她，而是存入了银行的保险箱。切尔特科夫给他写了一封信，对此他在日记中这样写道：

> 我收到切尔特科夫一封充满埋怨和责备的信。他们撕碎了我的心。我有时真想走得远远的，离开所有这些人。

从年轻的时候起，托尔斯泰就一直希望远离尘世，隐居在某个地方，在孤寂中求得自我完善。像许多作家一样，他也把自己的这种愿望体现在两个小说人物，即《战争与和平》里的皮埃尔和《安娜·卡列尼娜》里的列文身上。这两个人物在很大程度上就是他自己的写照。现在，他的生活状况更使他想尽快地实现这一愿望。妻子和孩子们使他烦心，那些认为他应该完全实践自己理想的朋友又责备他，使他觉得苦恼。

他们中有许多人还因为他没有言行一致而备感痛苦，他们几乎每天写信给他，责备他，甚至说他虚伪，这无疑使他万分伤心。譬如，有个虔诚的信徒在信中请求他放弃自己的庄园，把所有的财产都分给亲戚和穷人，不留一个戈比①，然后像乞丐一样去过流浪生活。他在回信中这样回答：

> 你的信深深打动了我，你建议我做的事正是我神圣的梦想，但直到现在我还不能那样做，有许多原因……主要的原因是我必须不影响其他人。

导致人们采取某种行动的真实原因，往往是深藏在他们的下意识里的，就托尔斯泰的情况而言，我认为他没有像他的朋友和他的良心所要求的那样去做，其真实原因就是他下意识里并不十分想那样做。作家往往有一种心理特点，这种心理特点虽然对每个研究作家生平的人来说都是显而易见的，但我至今还没有听人正式谈起过，那就是：凡具有独创性的作家，他们的作品至少在某种程度上是他们内心因某种原因而遭压制的本能、欲望、白日梦（随你叫什么都可以）的升华，而当他们以文学的形式表现了这些东西之后，他们既然已经摆脱自己的内心压力，往往也就不会再进一步采取实际行动了。

但是，不管怎么说，这样毕竟不能使他们完全满意，他们心里总会有某种欠缺感。这就是作家赞美体力劳动者，还会怀着一种不自觉的妒意羡慕体力劳动者的原因。很可能，托尔斯泰热衷于体力劳动，就是为了发泄自己内心的某种欲望，摆脱某种压力。也就是说，他作为作家还没能通过写作发泄掉内心的全部欲望，因此还想以其他形式表现自己，

---

① 戈比：俄国货币的最小单位。

而这种无意识的自我表现，却在他的意识中被真诚地认为自己正在做着正确的事情。

当然，他天生是个作家，本能地要以最动人、最富于戏剧性和最有趣味的方式表现自己。我认为，在他那些带有说教性质的论著中，他是为了让自己的观点显得更加鲜明才失去控制的，要是他停下来想想这些观点究竟会得出怎样的结论，那么他很可能就不会把它们发挥到如此绝对的地步了。有一次他确实承认过，在理论上虽然不能做出妥协，但在实践中却是不可避免的。如果这样的话，那他就必须放弃他的整个立场，因为妥协既然在实践中是不可避免的，也就是说要彻底实行他的理论是不可能的，那就意味着他的理论一定有问题。然而，托尔斯泰的不幸却在于，即便他本人想做出某种妥协，他的那些怀着崇拜心情成群结队来到雅斯纳雅·波良纳的信徒也不会同意。他们催逼这位老人，要他做出某种具有戏剧性的行动来满足他们那种确实有点残忍的愿望。托尔斯泰被自己的学说禁锢住了。他的那些著作、由那些著作引起的强烈反响（当然并不全是灾难性的）以及人们对他的尊敬、爱戴和崇拜，这一切都把他推上了一条绝路。然而，他又不想走那条路。

我这么说是因为，尽管他最后确实离家出走并在旅途中离开了人世，但他做出这一决定并不是由于受到了良心和信徒们的催逼，而只是为了暂时逃离他的妻子。导致他这样做的直接原因是很偶然的。那天他上床睡觉，不一会儿听到妻子在他书房里的纸堆中翻找什么。他心里一直在想着不久前瞒着妻子立下的那份遗嘱，所以随即就想到，一定是妻子听说了遗嘱的事，现在正在偷偷地寻找。等她离开书房后，他就起床，拿了几份手稿，包了一些衣服，然后叫醒那时正住在他庄园里的私人医生并对他说，他打算离家出走。这时，小女儿亚历桑德拉也醒了。他们把车夫从床上叫起来。套好马车后，托尔斯泰便在私人医生的陪伴下登上马车驶向火车站。

正值早上五点，火车很拥挤，他们不得不站在车厢末端的露天小平台上，而这时正好下着雨，寒风凄凄。他们在沙玛丁下了车，因为托尔斯泰有个妹妹在那里的修道院里当修女。在那里，他们和稍后赶到的亚历桑德拉会合。她带来消息说，她母亲已发现他们出走，而且想自杀。

这事她以前不止做过一次，只是每次都下不了决心，结果总是在家里引起一阵慌乱而已。亚历桑德拉要父亲继续赶路，因为母亲一旦知道他在哪儿，肯定会匆匆赶来。于是他们又登上了去罗斯托夫的火车。托尔斯泰原先就患了感冒，尚未痊愈，在火车上的折腾让他病得更加严重了。和他同行的私人医生只好让他在中途的一个小车站下车。这是一个叫阿斯塔波夫的小车站。站长听说病人是谁后，马上就把自己的房间让了出来。

第二天，托尔斯泰叫私人医生打电报给切尔特科夫。亚历桑德拉写信给她哥哥，要他从莫斯科带一个医生来。但是，托尔斯泰实在太出名了，他的一举一动都很难保密，因此不到二十四小时，就有新闻记者把他所在的地方告诉了索尼娅。她随即带着孩子们赶到阿斯塔波夫。但是，托尔斯泰已病得非常严重，医生觉得最好还是别让她去打扰他，所以没有让她进房间。

不久，托尔斯泰生病的消息便传到了全国各地。于是，在短短的一个星期里，阿斯塔波夫车站上挤满了政府代表、当地官员、警察、新闻记者、摄影师和其他各种各样的人。停在侧线上的火车车厢成了他们的临时住处，当地的电报局更是忙得不可开交。更多的医生赶到，最后有五个医生在他床边。他经常昏迷，但清醒的时候仍想到妻子。他不知道她就在房间外面，也不知道自己在哪里。他只知道自己快要死了。过去，他一直害怕死亡，现在他不再害怕了。他在清醒的时候不断叫喊："逃吧！逃吧！"最后，索尼娅被允许到房间里来看他。但他已经失去知觉。她跪在地上吻他的手，他叹了一口气，没有迹象表明他意识到妻子就在他身边。一九一〇年十一月七日，星期天，早上六点过几分，托尔斯泰去世了。

四

托尔斯泰三十六岁时开始写《战争与和平》。一般说来，作家在这样的年龄正处于创作鼎盛期，但他仍花了六年时间才完成。他选择了拿破仑战争时期，以拿破仑入侵俄国、莫斯科大火和法军溃败作为小说的高潮。刚开始写这部小说时，托尔斯泰只是想写一个贵族家庭的故事，那些历史事件仅用来作为故事背景。按原设想，男女主人公将经历一系列使他们在精神上深受影响的事件并经受诸多不幸，最后他们的灵魂得到净化，开始过宁静的生活。但是到了后来，托尔斯泰不仅慢慢地把小说重点移到了两个大国间的军事冲突上，而且还根据他读过的多方面材料，似乎构想出了一种历史哲学。

以赛亚·伯林①出版过一本极有趣又深具启发意义的书，叫作《刺猬与狐狸》，书中表明——这正是我现在想要表明的——托尔斯泰的历史哲学其实是从约瑟夫·德·迈斯特②的一本题为《圣彼得堡的夜晚》的书中获取的。这无损托尔斯泰的声誉。小说家的工作本不是进行哲学思考，而是根据原型塑造出丰满的人物形象。现存的思想就如现存的人、现存的环境和现存的生活一样（实际上任何现存的东西），只要有助于艺术创作，小说家都可以直接拿来使用。我刚才提到伯林先生的书，现在我觉得还有必要提一下德·迈斯特的《圣彼得堡的夜晚》。在这本书里，德·迈斯特用了三页论述他对战争的看法，并用一句话予以概括："战争的胜败，取决于人的观念。"这正是托尔斯泰在《战争与和平》结尾的第二部分③用几十页篇幅予以论述的观点。托尔斯泰在高加索和塞瓦斯托波尔亲身经历过战争，这使他有可能在小说中具体而生动地描述战争和战争中的人，至于他由此得出的观点，则和德·迈斯特非常相似。不过，他的论述不仅罗唆，还很艰涩难懂，我觉得还不如从他讲述故事时的插入语以及安德烈公爵的思考中更能了解他的观点。顺便说一句，这才是小说家表达自身观点的适当方式。

托尔斯泰的观点是：战争中充满了机缘巧合、情况不明、判断失误、偶然事故，根本就没有什么精确的战略战术，因而也不可能有什么

---

① 以赛亚·伯林：20世纪英国哲学家、政治思想史家。
② 约瑟夫·德·迈斯特：17世纪法国哲学家、外交家。
③ 这部分其实就是一篇关于历史中的自由意志和必然性的论文。

军事天才。影响历史进程的并不是人们通常以为的那些伟大人物，而是一种贯穿于诸国、不知不觉间驱使人们走上战场并决定胜负的神秘力量。领军的统帅就如一匹套在一辆车上的马，在某些时刻，譬如马车从山坡上冲下去时，到底是马拉着车跑，还是车推着马跑，马自己并不知道。拿破仑打胜仗，靠的不是战略战术或者手下的大军，因为（要么由于局势有变，要么由于命令没有及时传达）他的命令并未得到执行，而是因为敌军深信败局已定，于是放弃了战斗。战争的结局如何，受无数不可预测的偶然事件的影响，其中任何一个都可能是决定性的。

就自由意志而言，拿破仑和亚历山大[1]对战争结局的影响，并不比一个被迫为他们打仗的新兵大多少。

那些所谓的伟人，其实都是历史的标签，他们的名字和历史事件的名称联系在一起，但并不像标签上所说的那样和历史事件本身有多大关系。

在托尔斯泰眼里，他们不过是一些偶像而已，为时局所左右，既不能抗拒也无力控制时局。这里无疑有些让人迷惑之处。我不知道他是如何理解"命运决定的必然性"和"机会所给的偶然性"之间的相互关系的，因为在他那里，当"命运"推门而入，"机会"就跳窗而出，反之亦然。读者很容易得到这样的印象：托尔斯泰的历史哲学和他想贬低拿破仑的愿望有关——至少，某种程度上是如此。在《战争与和平》中，拿破仑很少出现，就是出现了，也总是显得身材矮小、毫无主见、傻头傻脑。托尔斯泰称拿破仑是"历史中的微小工具，从未显示出任何男性尊严，哪怕是在流放的时候也是如此"。然而，居然连俄国人也把这个连像样的骑马姿势都没有的人视为大人物，这使他大为恼火。这里，让我再一次对他稍作批评。

---

① 指拿破仑战争时的俄国沙皇。

法国大革命造就了一大批像这个科西嘉律师的儿子[①]一样雄心勃勃、聪明果敢的年轻人。既然如此，我们不禁要问，为什么偏偏就是这个其貌不扬、带着外地口音、无钱无势的年轻人一次又一次获得成功，最后成了法国的独裁统治者，继而又把半个欧洲纳入魔下？如果你看到一名桥牌选手赢得了一次国际比赛，你或许会说他说运气好，或者说他的搭档好。可是，如果他的搭档很一般，而他照样一次又一次赢得比赛，那你就应该承认，他对这类比赛具有不寻常的卓越才能，而不能再说什么他的运气好或者说他的搭档好之类的偶然因素了。我想，一个杰出的军事领袖和一个杰出的桥牌选手是一样的，也会具有不寻常的卓越才能，具有知识和眼力、勇气和智慧，以及准确判断对方心理的敏锐直觉。拿破仑确实运气好，似乎得天之助，但就此而否认他的卓越才能，那就只能说是心存偏见了。

不过，以上所说并不影响《战争与和平》的伟大。这部小说的故事情节从开头到结尾，就如湍急的罗纳河百折千回，令人惊心动魄，最后流入平静的日内瓦湖。据说，小说中大约有五百个人物，而且个个都描写得个性鲜明，栩栩如生。这确实了不起。所以，读这部小说不像读其他大多数小说，不能只注意两三个主要人物，而要同时注意四个贵族家庭，即：罗斯托夫家族、保尔康斯基家族、库拉金家族和别祖霍夫家族。我们知道，当小说主题要求小说家描写不止一组人物时，他必须克服一大困难，那就是要使他的描写从一组人物过渡到另一组人物时显得很自然，从而使读者顺从地跟随他的描写。此外，他在告诉读者某组人物的情况时，还要使读者做好准备，以便把另一组人物的情况告诉读者。在这些方面，托尔斯泰都安排得非常巧妙，你简直觉察不到他在过渡，感觉上好像只有一条故事线索。

和大多数小说家一样，托尔斯泰也是根据自己熟悉的或者认识的人来塑造小说人物的。当然，他只是把他们当作模特而已，他运用丰富的想象力把这些模特变成了具有独创性的艺术形象。据说，小说中挥霍

[①] 指拿破仑。拿破仑出生在科西嘉，父亲是律师。

成性的老罗斯托夫伯爵就是以他的祖父为原型的；尼古拉·罗斯托夫的原型是他的父亲；哀婉动人的玛丽公爵小姐则来自于他的母亲。一般认为，在这部小说中的两个男主人公即皮埃尔·别祖霍夫和安德烈公爵身上，同时有托尔斯泰自己的影子。我想，这样猜测大概也不算太离奇，那就是：托尔斯泰很可能意识到自己性格中的矛盾，于是就以自己为原型塑造了两个相互对照的人物，想通过他们来呈现和探究自己的内心世界。

皮埃尔和安德烈公爵有一个相同之处：他们都像托尔斯泰一样，想寻求精神上的宁静和生死之谜的答案，但最终也像托尔斯泰一样没有找到。在其他方面，他们之间就大不相同了。安德烈公爵是个颇有骑士风度和浪漫色彩的人物，他以自己的血统和门第为荣，气质高贵，但不免有些傲慢和专横，甚至有点褊狭，不通情理。然而，正因为他有这些缺陷，他才成为一个引人注目的人物。皮埃尔则和他不同，他很善良，性情温和、宽宏大量、谦虚、文雅，而且富有自我牺牲精神；但他同时又是那样软弱，那样优柔寡断，那样轻信和容易受骗，简直会让你觉得难以忍受。他一心想做好事、做好人，这固然令人感动，但是为此而把他写得像个白痴，这有必要吗？他一直被那些谜一样的疑团所困扰，为了寻找答案，他成了一个共济会①会员，于是托尔斯泰便用了大量篇幅来写他在共济会里的活动。遗憾的是，这些章节都写得极其沉闷。

皮埃尔和安德烈公爵，都爱上了罗斯托夫伯爵的小女儿娜塔莎。托尔斯泰把她塑造成了小说中最惹人喜欢的人物。没有什么比刻画一个既迷人又有趣的少女形象更困难了。通常而言，小说中的少女往往了无趣味（如《名利场》中的阿米莉亚）、自命不凡（如《曼斯菲尔德庄园》中的范妮）、过分聪明（如《利己主义者》②中的康斯坦尼娅·达蕾姆），要不就是小笨蛋（如《大卫·科波菲尔》中的朵拉），不是傻乎乎地卖弄

---

① 共济会：最初出现在18世纪的英国的一个具有宗教色彩的兄弟会，是迄今为止世界上最庞大的秘密组织，该组织自称宣扬博爱、慈善思想和美德，以此寻求人生的意义。有许多著名人士和政治家是共济会成员。
② 《利己主义者》：19世纪英国小说家梅瑞狄斯的长篇小说。

风情，就是天真得让人难以置信。少女在小说家手里不好处理，其实也是可以理解的，因为在那个年纪，她们的个性尚未形成，没有明显的个人特点可供小说家展示。同样，一个画家要想把某人的一张脸画得意味深长，也只有在思想、爱情、苦难等人生经历赋予其性格时才有可能。在刻画少女形象时，最佳方式就是表现其美貌和青春魅力，但娜塔莎不限于此，还被刻画的既真实又自然。她亲切和蔼、敏捷而富有同情心，颇有些孩子气，又很有女人味。她充满理想，性子急、心肠热，时而固执己见，时而犹犹豫豫，无论从哪方面看，她都非常迷人。托尔斯泰塑造过许多女性形象，都塑造得非常真实，但没有一个像娜塔莎一样那么深受读者喜爱。娜塔莎的原型是托尔斯泰的妻妹塔尼娅·贝尔斯，他为她倾倒，就如狄更斯醉心于妻妹玛丽·霍格斯。这样的相似，多么引人深思！

安德烈公爵和皮埃尔都深爱娜塔莎。在这两个男人身上，托尔斯泰寄托了自身对生命意义和目标的热切追求。安德烈公爵尤其如此，可说是当时俄国社会的一种普遍现象。像他这种人，拥有巨大的财产和庞大的庄园，还拥有一大群农奴任其使唤，要是有哪个农奴使他不高兴，他可以剥光他的衣服予以鞭打，也可以夺走他的妻子儿女，再把他送到偏远的兵站去服苦役。他要是看上哪个女孩或者哪个年轻女人，只要挥挥手，就有人把她带来供他享受。此外，他还有一张英俊的面孔，一双深陷的眼睛，流露出一副高傲的神情。实际上，他很像浪漫小说中的那种"漂亮的阔少爷"。这个在战场上英勇无畏的人物很为自己的门第和地位感到自豪，他洁身自好，却又很自负。他对同等级的人冷淡而傲慢，而对低等级的人却是屈尊而和善。他才智过人，一心想有所作为，出人头地。在小说中，托尔斯泰是这样说到他的性格的：

> 当安德烈公爵有机会指导年轻人并且帮助他们在上流社会取得成就的时候，他就显得特别高兴。因为骄傲自负，他从来不会接受别人的帮助，但却在帮助别人的借口下，去接近那些获得成就并且吸引他的人。

至于皮埃尔，则是个令人颇为费解的人物。他身材高大，长相平庸，而且很胖。他深度近视，一离开眼镜等于瞎子。他喜欢吃喝，喜欢漂亮女人。他笨头笨脑，没有主见，但他性情温和，老实憨厚，所以认识他的人都很喜欢他。他非常有钱①，但他任由一群阿谀奉承的势利小人把手伸进他的腰包，也不管这些人多么不值得交往。他很好赌，而他每次在莫斯科贵族俱乐部里赌博都被人作弊，输得一塌糊涂。他稀里糊涂娶了莫斯科第一美女，因为那人看中了他的钱财，然而婚后不久，他的妻子就和别人私通。他和妻子的情夫进行了一场奇怪的决斗后，就离开妻子，移居到圣彼得堡去。路上，他偶尔碰到一个神秘的老人，此人原来是共济会成员。两人攀谈起来，他坦言自己不相信有上帝存在。

　　那老人对他说："假如上帝不存在，我们又为什么会说到他。"接着，他就向皮埃尔讲到了从本体论上证明上帝存在的一套说法。这套说法原是坎特伯雷大主教安塞姆②提出的，大意是：既然我们把上帝想象为最伟大的实体，那么这一最伟大的实体一定是存在的，否则的话，就会有另一个最伟大的实体存在。由此推断，上帝必定存在。

　　虽然这套说法早就被托马斯·阿奎纳③摒弃，后来又被康德彻底推翻，但却说服了皮埃尔。他移居圣彼得堡后不久，便加入了共济会。毫无疑问，在小说中，任何事件（无论是物质的，还是精神的）都必须加以简化，否则，小说会没完没了，永无完结之时。一场旷日持久的战争，必须一两页就讲完，除了作者认为至关重要的部分，其他内容都要删除。人物思想感情的转变（作为一个事件）也是如此。在这一点上，我觉得托尔斯泰有点简化过头了。皮埃尔的转变那么突然，使这个人物显得异常单薄。但不管怎样，作为转变的结果，他决定结束往日的懒散生活，返回庄园，解放农奴，并全身心地致力于他们的福利。然而，就如在赌

---

① 皮埃尔是莫斯科首富别祖霍夫伯爵的私生子，一直住在法国，而当别祖霍夫伯爵去世后，他却成了唯一的继承人，因而他回国继承了伯爵的爵位和遗产，成了莫斯科首富。

② 安塞姆：11世纪意大利神学家，曾出任英国坎特伯雷大主教。

③ 托马斯·阿奎纳：13世纪意大利神学家，因其对天主教神学的贡献，罗马教廷封其为圣人。

场上被赌友欺骗，他回到庄园后被管家欺骗，原先的善意全都受挫。由于缺乏毅力，他的慈善计划大多以失败告终，于是他又过起了原先的懒散生活。由于发现共济会成员之所以加入共济会都"只是为了结交富人，并从这种结交当中获取利益"，他对共济会的热情也日益减退。他身心疲惫，为求刺激，又开始赌钱、酗酒、玩女人。

对于自己的缺点，皮埃尔自己很清楚，而且痛恨至极，但他就是没有足够的勇气和毅力加以纠正。他是个谦虚、善良、和蔼的人，但奇怪的是，这个人居然毫无判断力。他在波罗的诺战役①中的表现，真是愚蠢到了极点。他并非军人，却驾着一辆马车冲向战场，这一点用处也没有，反而抢占了俄军的道路，引来一阵混乱，而到最后俄军撤退时，他又匆匆忙忙地跑掉了。在莫斯科大疏散时，他却擅自留下，被法军当作纵火犯逮捕，并被判死刑。后来，他获得赦免，被关押起来。当法军开始悲惨地撤退时，他和其他犯人一起被押解，和法军同行，最后又被游击队解救。

想要搞清楚这个人物确实很难。他性格善良和蔼，同时又软弱无能。我敢肯定，这个人物是非常真实的。我觉得他理所当然是《战争与和平》中的男主人公，因为他最后称心如意地娶到了可爱迷人的娜塔莎。我猜想，托尔斯泰很喜欢这个人物，他总是用亲切而同情的笔调来写他，但我不明白，是否有必要把他写得这么愚蠢、这么笨拙。

《战争与和平》篇幅浩大，需花多年时间才能完成。在这过程中，作家的创作热情难免会有所减弱。托尔斯泰在小说行将结束时讲到了法军从莫斯科的撤退，这部分的长篇叙述（无疑也是必要的）有一个问题，那就是，这里讲到的事情，除了对历史极度无知的读者，绝大多数读者是早就知道的。因而，对他们来说，这里已毫无悬念，而悬念是促使读者往下读的基本动力。结果是，尽管托尔斯泰把法军的溃败讲述得很生动、很惨烈，但读者却不耐烦了。在这里，托尔斯泰把许多琐碎的

---

① 波罗的诺战役：拿破仑入侵俄国后的一次重要战役，因发生在波罗的诺村附近而得名。

事情串在一起，讲得头头是道，但我认为他讲这些事情的主要目的是要引出一个对皮埃尔的精神影响极其重大的新人物。

　　这个人物就是皮埃尔的难友卡拉塔耶夫①，一个因偷木材而被判在军中服役的农奴②。在当时③，俄国农民深受俄国知识分子的关注。在极端专制之下，俄国知识分子深知俄国贵族的腐败没落和商人阶级的褊狭自私，因而他们认为，只有依靠受苦受难的俄国农民才能拯救俄国④。托尔斯泰的《忏悔录》使我们得知，他是如何对自身所属的贵族阶级感到失望的，以及他是如何从俄国旧信徒⑤那里寻求善良和信仰，从而使生命具有意义的。然而，毋庸置疑的是，有坏地主，也有好地主；有奸商，也有良商；有好农民，也有坏农民。认定只有在农民身上才有美德，那只是出现在文学创作中的一种幻觉。

　　托尔斯泰对普通士兵的刻画是《战争与和平》中最为成功的人物刻画之一，难怪皮埃尔会被他们吸引。卡拉塔耶夫对所有人都以爱相待，他已完全舍弃自己，心甘情愿地承受各种苦难。他是谦卑的，因而是崇高的，这就是托尔斯泰认定的"善"。皮埃尔一直都容易受到影响，所以当他看到卡拉塔耶夫身上的这种"善"时，他开始相信世界有了希望：

　　　　曾经分崩离析的世界再次在他的灵魂深处激荡，具有一种全新的美感，立足于一种全新的、不可撼动的基础之上。

　　他从卡拉塔耶夫那里认识到"人类幸福只能从内心找寻，它来自对人类简单需要的满足，不幸的根源不是贫穷，而是过于富足，生命中没

---

① 卡拉塔耶夫可说是托尔斯泰的理想人物。
② 当时服兵役也是一种刑罚。
③ 指托尔斯泰写作《战争与和平》的年代。
④ 这就是俄国民粹主义，当时在俄国知识界、文艺界影响巨大。而俄国民粹主义，可说是后来的布尔什维克主义（即列宁主义）的前身。
⑤ 俄国旧信徒也称东正教旧礼仪派信徒，源于17世纪中期俄国东正教牧首尼康所推行的宗教礼仪改革，支持改革的教会上层和贵族被称为新礼仪派，反对改革的教会下层和农民被称为旧礼仪派。

有什么困难是无法面对的"。最终，他发现自己终于找到了多年来一直在寻找的东西——内心的安宁与平静。

我已经说过，小说中关于皮埃尔在共济会的经历写得冗长而乏味。现在到了小说行将结束时，我觉得托尔斯泰似乎对他的所有人物都不感兴趣了。他开始阐述他的历史哲学，他的观点大体是这样的：他认为影响历史进程的并不像一般人所认为的那样是那些伟大人物，而是一种神秘的力量，这种力量穿行于各个民族之间，在不知不觉中把它们引向胜利或者推向失败。亚历山大也好，恺撒也好，拿破仑也好，都不过是些傀儡。而且就如"傀儡"一词所示，他们总是被一种既不可抗拒又无法驾驭的力量所支配。

拿破仑打了胜仗，这不是因为他足智多谋，也不是因为他有雄兵百万，实际情况是连他发出的许多命令也没能及时送到，有些命令虽然送到了，却根本没有被执行。他打胜仗是因为他的敌人作茧自缚，他们总是莫名其妙地认定自己败了，于是便主动放弃阵地。托尔斯泰认为，俄军总司令库图佐夫才是这场战争中真正的英雄，因为他唯一所做的事情就是什么都不做，等待法军的自我毁灭。也许，就像他在《什么是艺术》一文中所论述的艺术哲学一样，托尔斯泰的历史哲学也是鱼龙混杂的，它既有许多真知灼见，也有不少偏见和谬误。虽然我没有足够的学问来详论他的历史哲学，但我相信，他正是为了阐明自己的历史观点，才会用那么多篇幅去详细描述莫斯科大撤退。然而，这样的描述也许是出色的历史文献，却不是出色的小说。

托尔斯泰的创作激情在这部巨著的最后部分虽然有所减弱，但到了结尾处，他却再次显示出自己充沛的创作活力。他的结尾富有新意，精彩至极。

过去的小说家在讲完他们应讲的故事情节后，总要交代主人公的结局如何，大凡都是说男女主人公过着幸福而富裕的生活，还有一群可爱孩子，等等。至于小说中的坏蛋，如果在故事结束前还没有受到惩罚的话，那么小说家也会做出交代，说他最后还是得到了应有的报应，变得一贫如洗，还娶了个整天唠唠叨叨的丑老婆，等等。而且，这样的交代往往只是三言两语，给人的感觉是小说家随便扔下一点残羹剩饭就草草收场了。但是，托尔斯泰却使小说结尾具有了真正重要的意义。

他在小说结尾处再次把我们领进老伯爵的儿子尼古拉·罗斯托夫的庄园，那已是七年以后了，这时尼古拉已娶了个有钱的妻子，有了孩子。皮埃尔和娜塔莎正住在他们家里，他们也结了婚，也有了孩子。但是，他们过去的种种激情和理想，对生活的种种追求和向往，现在却全都被销蚀得无影无踪了。他们彼此相爱，幸福美满，但是，天哪！他们却变得多么愚钝，多么平庸啊！经历了生活的种种艰辛、忧愁和痛苦之后，现在他们平静下来了，进入了中年人的自满自得状态。过去的娜塔莎是那么甜美，那么活泼，那么招人喜爱，现在她成了一个婆婆妈妈的家庭主妇。尼古拉·罗斯托夫曾是那样英俊潇洒，那样神采飞扬，现在他成了一个地地道道的乡村地主。皮埃尔过去就很胖，现在变得更胖了，他还是那副好脾气，也一点不比以前聪明。这样的结局也许太平常了，却蕴含着深刻的悲剧意味。我想，托尔斯泰之所以没有给我们一个慷慨激昂的结尾，是因为他知道，人生的结局大凡就是如此。

他说的是真话。

莫泊桑的小说都是好小说

　　有位目光敏锐的评论家，不但博览群书、富有见地，而且世故之深在同行中也实属罕见——就是这位批评家，发现我的小说受过莫泊桑的影响。这并不奇怪。在我少年时代，莫泊桑是一致公认的法国最佳的短篇小说家，我曾拼命读他的作品。从十五岁起，我每次去巴黎都要花半天时间钻在奥泰昂廊的书堆里。那是最使我心醉神迷的时光。穿着黑色长袍的书店伙计对那些兜来兜去翻着书的人视若无睹，任凭他们一连翻上几个小时。有个架子上放的全是莫泊桑的作品，但它们每本要卖三法郎五十生丁，我嫌太贵，就不得不站在那里，尽力想从那些未裁开的纸页间偷看到几行字[①]。等伙计一走开，我就匆忙裁开一页，痛快地看起来。幸喜那里有时会有几本普及版的莫泊桑作品，每本只卖七十五生丁，我每次看到几乎总会买一两本回来。就这样，我不到十八岁就把莫泊桑最好的小说全都读了。那时，我自己也正好开始写起小说来，所以很自然地就把他的短篇小说当作自己的范本。除了莫泊桑，我再也找不到更好的老师了。

　　莫泊桑的声誉现在已不如从前那么高了。显然，他的作品现在看来确实有不少使人讨厌的东西。他是法国人，又生活在一个激烈反对浪漫主义的时期，当时的浪漫主义已随着（马修·阿诺德很赞赏的）奥克塔夫·富叶的多愁善感和乔治·桑[②]的偏激狂热一起走上了穷途末路。他是个自然主义者，一味追求真实，而他那种真实，今天看来却不免有点

---

①　那时有许多书为了节约成本，要读者买回去后自己把书页裁开。
②　奥克塔夫·富叶和乔治·桑均为19世纪法国浪漫主义作家。

肤浅。他不喜欢分析人物，对于他们为什么这样、为什么那样之类的问题，他不感兴趣。他们只是行动着，至于他们为什么这样行动，他是从不深究的。"我认为，"他说，"长篇小说或者短篇小说中的心理学，就是用一个人的外部生活来显示他的内心活动。"这话当然不错，我们大家其实也都想这样做，可惜的是外部生活并不总是能显示内心活动的。对莫泊桑来说，其结果就是人物的简单化。这在一篇短篇小说里还不成问题，但是反复出现的话，你就会觉得不可信了。你会说，人并不是这么简单的。

另外，还有一种让人讨厌的想法也一直纠缠着莫泊桑。这种想法在当时法国人的头脑中十分普遍，就是认为：一个男人若碰到一个四十岁以下的女人，就得和她上床，好像这是一个男人应尽的义务似的。莫泊桑的人物都沉湎于肉欲并以此为荣。他们就像有些人那样，饱着肚子还吃鱼子酱，原因就是鱼子酱价格昂贵。在他的人物身上，唯一强烈的人类情感也许就是贪欲。对于人心的贪欲，他能理解。他虽对它表示过厌恶，但心底里却是暗暗向往的。他有点庸俗，但如果有谁想就此否认他的卓越成就，那也是愚蠢的。一个作家有权要求别人用他最好的作品来对他做出恰如其分的评价。十全十美的作家是没有的。作家的缺点，你只能接受，别无他法，他们的缺点往往是和他们的优点相伴而生的。

值得庆幸的是，后人对前辈作家的缺点大都比较宽容。他们往往着眼于前辈作家的优点，而不太注意他的缺点。有时候，他们甚至会把明显的错误也说成是含有深刻意义的，把一些实事求是的读者弄得莫名其妙。譬如，你会看到有些评论家把莎士比亚剧本里的有些地方解释得头头是道，并对此赞叹不已。其实，任何一个头脑清醒的剧作家都能看出，这些地方是由于莎士比亚的疏忽或者草率所致，根本用不着再作别的解释。

莫泊桑的小说都是好小说。撇开叙述技巧不谈，故事本身就趣味盎然，在餐桌上讲讲是很吸引人的，这一点我认为是他的最大优点。不管你用的词句多么别扭，讲法多么平淡，你只要把《羊脂球》里的故事讲出来，人家照样听得津津有味。他的小说总是有头有尾的。它们有固定的线索，从不随意发展，不会让你看不清它们究竟要把你带往何处，而总是让你稳稳当当地随着故事的展开，顺着一条曲折生动的线索一步步走向高潮。也许，它们没有多大的思想意义，但莫泊桑的目的本来就不在于此。他只把自己看作是个普通人，事实上，在众多优秀作家中，也只有莫泊桑一人把自己仅仅看作是一个卖文为生的文人。他并不以哲学家自居，这是他聪明的地方，因为他发的议论大多庸俗不堪。

尽管莫泊桑有种种缺点，他仍是个杰出的小说家。他有塑造活生生人物的惊人才能。不管篇幅多短，即使在寥寥几页中，他也照样能写出六七个人物，而且个个栩栩如生。你想知道的，他全给你描绘出来。

这些人物往往轮廓分明，各有各的性格特征，而且全都富有生气。只是，他们缺少复杂性，尤其缺少我们在人身上常看到的那些不确定的神秘因素。事实上，他们是出于短篇小说的需要而被简化了的。莫泊桑并非有意要把人物简单化，他那双敏锐的眼睛看什么都很清楚，就是看得不深，好在凡是小说所需要的东西，他全都看到了。他的环境描写也一样，非常准确、简洁，给人的印象很深刻。他无论是描写诺曼底的景色也好，还是描写19世纪80年代那种放满家具、令人窒息的客厅也好，其目的都很简单，那就是为了故事的需要。在这方面，我觉得没有人能和他相比。

契诃夫的冷静与超脱

一

俄国文学为巴黎文学界所知，开始于一八八六年德·沃居埃①出版《俄国小说》一书。大约在一九○五年左右，有人把契诃夫的几篇短篇小说译成法文，颇受好评，但他在英国仍然默默无闻。一九○四年，契诃夫去世，俄国人称他为"当代第一作家"，但在一九一一年出版的《大英百科全书》第十一版中，"契诃夫"词条却写得很简短，对他的赞誉也仅仅是"安东·契诃夫在短篇小说创作中表明他有相当的才能"。直到加奈特夫人②从契诃夫的大量短篇小说中选译的三卷本出版后，英国读者才注意到他。从那时起，俄国小说家，尤其是契诃夫，便开始声名鹊起，还大大地改变了短篇小说的写作方式和阅读方式。精明的读者不再欣赏那些仅靠技巧而"写得好"的小说，因而写这类小说来取悦读者的小说家也就被冷落了。

大卫·麦加沙克曾写过一本契诃夫传记，其中讲到他一生的创作成就，当然还讲到了他糟糕的生活状况——贫困拮据、杂务繁重、环境恶劣、疾病缠身。我从这本内容充实、生动有趣的传记中得知以下事实：

契诃夫出生于一八六○年，祖父是农奴，后来用积蓄赎回自己和三个儿子的自由③。三个儿子中有一个叫巴维尔，在阿佐夫海边的塔干罗格

---

① 欧仁·梅尔基奥尔·德·沃居埃：19世纪末20世纪初法国翻译家。
② 加奈特夫人：19世纪末20世纪初英国翻译家。
③ 旧俄农奴制和中国旧时的家奴制有点相像，农奴是失去生活资料而卖身给地主的人，但农奴只要支付赎金，就可脱离地主，成为"自由民"。

开了一家小杂货店，结婚后生有五个儿子和一个女儿。五个儿子中的第三个，就是安东·契诃夫。巴维尔是个没有文化的人，愚昧自私、刚愎粗鲁，而且还很迷信。契诃夫多年后还这样讲到他父亲：

> 我记得我五岁时，父亲就开始管教我，说白了，是开始打我，用鞭子抽我，打我耳光，敲我的头。我每天早上一睁开眼睛，首先想到的是：今天会不会又要挨打？父亲不许我玩游戏，也不许我嬉笑。每天早上和晚上，我们都要去教堂祷告，亲吻神父的手，回家还要读赞美诗……我八岁时开始帮父亲看店铺，帮父亲跑腿，几乎天天都要挨打，我的病根就是那时种下的。后来，我上了中学，一早出去到晚饭时才回家，但吃过晚饭后我还要看店铺，一直到夜里店铺关门。

契诃夫十六岁时，他父亲因为还不了债，逃到莫斯科去了，那时他的大儿子亚历山大和二儿子尼古拉正在那里上大学。契诃夫留在塔干罗格继续上中学，靠给差生补习功课挣钱养活自己。三年后，他也被大学录取，还获得每月二十五卢布的奖学金，这才和父母在莫斯科团聚。

他想学医，于是就进了医学院。那时契诃夫二十岁不到，个子已经很高，有六英尺多，头发是浅棕色的，眼睛是棕色的，嘴唇很厚实。他们一家租住在贫民区一幢楼房的地下室里，上面是一家妓院。契诃夫带来两个同学租住在他家里，租金是每月四十卢布，另外还有一个房客每月付二十卢布，加上契诃夫每月二十五卢布奖学金，总共八十五卢布，要供九个人吃饭，还要付房租。不久，他们搬到了那条肮脏的街上的一套稍大一点的公寓里：他的两个同学住一间，那个房客住一小间，契诃夫和两个弟弟住一间，他母亲和他妹妹住一间，第五间用来吃饭，第六间本是客厅，现在成了他的两个哥哥亚历山大和尼古拉斯的卧室。他父亲巴维尔找到了一份管仓库的差事，每月挣三十卢布，但必须天天住在那里，所以有那么一段时间，因为这个既愚蠢又暴躁的家伙不在身边，家里人都如释重负。

据说，契诃夫天生就有编笑话逗乐朋友的才能。由于家境贫困，他一直想尝试写作。一次，他写了一个短篇小说投给圣彼得堡的一份名叫《蜻蜓》的周刊。一月里的一天下午，他从医学院回家路上买了一份《蜻蜓》周刊，发现自己的短篇小说登了出来，稿费是一行五戈比①。在此我要提醒读者，当时一卢布兑两个先令，一百戈比是一卢布，所以换算成英镑，这稿费大约是一行一便士。从那时起，契诃夫几乎每星期都会投稿给《蜻蜓》杂志，但登出来的寥寥无几。莫斯科的一家报纸登了他的作品，但稿酬也少得可怜，因为这是一家小报社，有时撰稿人为了一点点稿费，还得坐在报社编辑室里等报童在大街上把报纸卖掉后才能拿到一些零零碎碎的钱。

　　契诃夫的第一次机会来自圣彼得堡的一个名叫雷金的编辑，他当时正在主编一份名叫《片段》的报纸。雷金向契诃夫约稿，每周一篇一百行的短篇小说，稿费为八戈比一行。然而，这是一份以幽默见长的娱乐报纸，而契诃夫的短篇小说则比较严肃，为此雷金还曾对他抱怨过，说他的小说不合读者口味。其实，契诃夫的短篇小说在另一个地方很受欢迎，而且还颇有名气，但那份报纸却在篇幅和题材上都对他有种种限制，这使他很恼火。好在雷金是个通情达理的人，把他推荐给了《彼得堡公报》。该报约请契诃夫每周写一个短篇小说，篇幅可稍长，题材不受限制，稿费同样是八戈比一行。就这样，从一八八〇年到一八八五年，契诃夫共写了三百篇短篇小说。

　　显然，契诃夫的作品都是为挣钱而写的。这种作品在英文中被称作"potboiler"，《牛津英语词典》里称该词通常用作贬义词，指为了谋生而粗制滥造的文学作品或艺术作品。不过，报道文学事件的记者们最好不要用这个词。我的意思是，有创作冲动的业余写作者（他们的创作冲动就如性欲冲动一样，其源头何在至今是个谜）可能会认为写作能使自己出名，但绝不会认为写作能使自己发财。他们不贪财，因为他们并不

---

① 这里的"一行"是指字母数，为了计算方便。当时报纸和杂志上的每一行字母数都是大致相同的。

靠写作来挣钱。然而，一旦他们决心成为职业作家，靠写作为生，那就很难对挣钱无动于衷了。好在，作家的写作动机与读者毫无关系。

契诃夫当时一边要写大量短篇小说，一边还要在医学院攻读学位。白天要去听课，他只能晚上写作，但写作环境很糟糕。尽管房客都被打发走了，他们一家还搬进一间稍小的公寓单独住，但契诃夫在写给雷金的信里说：

> 家里小孩子（我哥哥亚历山大的孩子）哭个不停，我父亲在大声读故事给我母亲听，还有人在拨弄音乐盒，叮叮咚咚的乐声直往我耳朵里灌，奏的是《美丽的海伦》……我的房间里还住了一个外地来的亲戚，这人老是缠着我讨论医学问题。……小孩子又哭闹了！我刚做了决定，将来绝不要孩子。我想，法国人孩子生得少就是因为他们爱好文学……

一年后，他在给弟弟伊凡的信里说：

> 我挣的钱比你们的陆军中尉还要多①，可是我自己却用不到多少，我吃得很差，连供我写作的地方也没有。……现在我手里一点钱也没有，就等着下个月了，那时圣彼得堡会寄给我六十卢布稿费，不过钱一到手，马上又会没了。

一八八四年，契诃夫发现自己咳嗽时会咳出血来，便怀疑自己得了肺结核，但又害怕怀疑得到证实，不到医院里去求诊。他母亲见此很焦虑，他安慰她说，出血是因为喉咙发炎引起的，不是肺结核。这年年底，他通过最后一门考试，成为开业医生。几个月后，他凑足路费第一次去了一趟圣彼得堡。此前，他从来就不觉得自己的小说有多大价值，他不仅承认自己写这些小说只是为了挣钱，而且还说过，每篇都是在一天

---

① 他弟弟当时在部队服役。

里草草写出来的。但到了圣彼得堡，他却惊讶地发现自己居然还名气不小。圣彼得堡是当时俄国的文化中心，那里的文化人觉得他的小说虽然篇幅短小，但清新鲜活，视角独特，因而颇为推崇。不仅如此，契诃夫还突然发现自己竟然被人誉为当代最有天赋的小说家之一，各家报纸都纷纷向他约稿，开出的稿费也比以前要高许多。当时俄国最著名的大作家^①则鼓励他放弃过去学的那些东西，认真创作严肃文学。这使他很震惊，因为他从未想过要做职业作家。他说：

> 医学是我合法的妻子，文学是我偷情的情人。

他返回莫斯科后，仍然一心想做医生。不过，必须承认，他在行医方面并没有花过多少心思，也没有挣过多少钱。他结交的朋友不少，由朋友介绍过来的病人也不少，但他不好意思要他们付钱。他待人开朗，时常乐呵呵的，因而是文人圈子里受人欢迎的常客。他喜欢参加聚会，也喜欢举办聚会，喜欢喝酒，但除了婚礼、命名日（俄国人对生日的称呼）和教会节日，他很少喝醉。他并不完全拒绝女人，曾和几个女人有过风流事，但后来都不了了之。他有了一点钱后就开始经常到圣彼得堡去，还要到俄国各地去走走。每年春天，他都打发掉那些需要诊治的病人，带着家人到乡间度假，直到初秋才返回。人们听说这位著名小说家还是医生，便纷纷来找他看病——当然，他也不好意思要他们付钱。为了挣钱养家，他不得不继续写作，而且越写越成功，稿费也越来越高，但他仍觉得入不敷出。他在写给雷金的一封信中说：

> 你问我钱都用到哪里去了。我既不是败家子，也不是浪荡子，我既没有债要还，也没有情人要养（我享受爱情从来不需要付钱），可是我在复活节前刚从你和苏沃林那里拿到的三百卢布，现在只剩四十了。这四十卢布明天还要付给别人，天知道我的钱用到哪里

---

① 指列夫·托尔斯泰。

去了！

他们家搬进一套新公寓，契诃夫终于有了用于写作的房间，但为了交房租，他还是不得不请求雷金预付稿费。一八八六年，他又在咳嗽时吐血。他知道自己应该到克里米亚去疗养，那里气候温和，对结核病有好处，就像欧洲的结核病人都到法国的里维埃拉或者葡萄牙去疗养，然后像苍蝇一样死掉。但他没有那么一笔钱。

一八八九年，他哥哥尼古拉死于肺结核，他生前是个颇有才华的画家。这对契诃夫来说既是噩耗，又是警告。到了一八九二年，他的健康状况恶化，已经无法承受莫斯科的冬天。于是他借了点钱，在莫斯科郊外五十英里的梅里科沃村买了一间农舍，带着家人，包括他脾气暴躁的父亲，还有母亲、妹妹和弟弟米哈伊尔，还带着整整一车药，一起住了过去。和以往一样，仍有许多病人到那里去找他看病，他也仍然尽力而为，仍然不要他们付钱。

就这样，他在梅里科沃村断断续续住了五年。这五年算得上是他的幸福时光，其间他写出了最好的小说，拿到了最高的稿费——每行四十戈比，差不多合一先令。他参与村里的事务，还出资为村里修了一条路，为村民建了一所学校。他哥哥亚历山大是个酒鬼，也带着老婆孩子一起住了过来。有时有朋友来访，也会在他那里住上几天。尽管他抱怨他们影响他写作，但他又需要他们。尽管他常受病痛困扰，但他总是表现得愉悦、友善、风趣而快活。

他有时会到莫斯科去。一八九七年一次在莫斯科，他大口大口吐血，被紧急送往医院，住院期间有好几次生命垂危。他一直拒不相信自己得了肺结核，而这次医生说他两个肺的上半部分全都受结核菌感染，如果还想活命，必须改变生活环境。后来，他尽管回到了梅里科沃村，但他心里明白，他无法在那里过冬，也不能继续给人看病了。于是，他离开俄国，去过比亚里茨，去过尼斯，最后他选择住在克里米亚的雅尔塔。医生建议他在那里永久定居。他为此不得不向他的编辑朋友苏沃林预支稿费，这才在那里建了一间小屋。他手头总是没钱。

不能继续行医对他来说是个沉重打击。我不知道他究竟是哪一科的医生。实际上，他获得医生资格后，在医院里工作至多不过三个月，而且我猜测他治病时很可能是粗略而急躁的。不过，他是个理智而有同情心的人，只要他顺其自然，我相信他会像医术高明的医生一样有助于病人，而行医时的各种体验对他自身也有好处。我认为行医经历对于一个作家来说是非常有益的，他可以从中获得极其宝贵的知识，并由此洞察人性中的至善与至恶①。因为人在生病时往往会害怕，也就顾不上平时的面具了。医生所见往往是病人的本来面目：有自私的、冷漠的、懦弱的，也有坚毅的、豁达的、善良的。对于人性的弱点，医生通常都很宽容，而对于人性的高贵，医生也同样会赞叹不已。

　　住在雅尔塔尽管使契诃夫觉得很无聊，却使他的身体有所康复。我在前面没有机会提到，契诃夫除了写有大量的短篇小说，还写过两三个剧本，但不太成功。有个剧本排演时，他认识了一个名叫奥尔佳的年轻女演员。两人相爱后，于一九〇一年结婚。此时他仍未停止对家人的资助，尽管他对他们满怀怨恨。婚后的生活是这样安排的：奥尔佳继续在莫斯科演戏，契诃夫继续在雅尔塔养病。也就是说，只有当他去莫斯科或者她有"空档"（演艺界都这么说）来雅尔塔时，两人才在一起。他写给她的书信全都保留了下来，写得温情脉脉，感人至深。可惜他的身体状况不佳，病情有所加重，整日咳嗽不止，夜里难以入睡，而奥尔佳的流产更使他倍感痛苦。奥尔佳一直要他写一部迎合大众的轻喜剧让她来演，我想主要是为了取悦妻子，契诃夫又开始写剧本了。这个剧本取名为《樱桃园》，他还答应妻子要再写几个剧本。他在给朋友的信中写道："我每天只写四行，就是这样我也觉得劳累不堪。"但他最终还是写完了这个剧本，并于一九〇四年初在莫斯科上演。同年六月，他接受医生建议，到德国温泉小镇巴登威勒去疗养。有个年轻的俄国文人曾去拜访过他，并记下了他在那里等死的情景。下面这部分转引自麦加沙克的《契诃夫传》：

────────────

① 毛姆本人也是学医的，曾有行医经历。

契诃夫穿着长睡衣，披着一件外套，坐在一只沙发上，身旁塞满靠垫，腿上盖着一条毯子。他瘦骨嶙峋，看上去又瘦又小。他双肩耸拉，面颊塌陷，脸色苍白——那衰弱的样子简直使人认不出他了。没想到，一个人的变化竟会如此之大。他伸出一只手来。那手又瘦又黄，我都不忍心再看一眼。他看着我，眼神很温和，但不像过去那样笑眯眯的。"我明天就要走了，"他说，"走得远点去死。"他说死，其实用的是另一个词，比"死"更加冷酷，我不想在此重复。

"走得远点去死。"他一个字一个字地又说了一遍，"替我向你的朋友们道个别……告诉他们，我会记住他们的，我喜欢他们。请替我向他们祝福，祝他们幸福快乐。我们就要永别了。"

其实，一开始他在巴登威勒恢复得很好，还开始计划到意大利疗养。一天下午，他已经准备上床睡觉了，却突然要陪了他大半天的奥尔佳独自到公园里去散步。等奥尔佳散步回来，他仍没有睡，又要她下楼去吃晚饭。她告诉他，晚饭时间还没到。他说，时间没到就让他讲故事给她听：在某个旅游胜地，挤满了上等游客，有专来品尝美食的银行家和美国人，还有脸庞红通通的英国人。一天傍晚，他们回到酒店，却发现厨师跑了，没有晚餐供应。接着，他就开始绘声绘色地描述这帮饕餮之徒的狼狈相。他讲得很有趣，惹得奥尔佳捧腹大笑。接着，奥尔佳下楼去吃晚饭。等她回来，契诃夫静静地躺着。突然，病情急剧恶化，他一下子不行了。医生马上赶来，奋力抢救，但无济于事。就这样，四十四岁的契诃夫去世了。他说的最后一句话是德语"IchSterbe"（我死了）。

亚历山大·库普林[①]在追忆契诃夫时曾说过这么一段话："我想，他从来没有向谁袒露过他的内心，也从来没有真正信任过谁。但是，他对谁都很友善，而他对友情又确实比较冷漠，同时——也许他并不自知——他对友情又极感兴趣。"这样的性格分析颇不寻常，寥寥数语就

---

① 亚历山大·库普林：俄国作家、探险家，契诃夫的好友。

揭示了契诃夫的个性，而且比我刚才所讲的契诃夫生平中的任何地方都要深刻。

二

契诃夫的早期作品主要是短篇幽默小说。他写得很轻松，用他自己的话来说，他写那些短篇小说"就像鸟儿唱歌一样毫不费力"，因而他也没把自己写的那些东西当回事。直到他第一次去彼得堡，发现人们把他视为前途无量的杰出小说家，他这才认真起来，开始考虑和练习小说技巧。有一次，有个朋友发现他好像在抄写托尔斯泰的一部小说，就问他这是干吗。他回答说："我在改写这部小说。"那个朋友大吃一惊，他怎么可以任意改写大师的作品？契诃夫解释说，他只是在练习，因为他想（我觉得这个想法很好），改写大师的作品可以使他通过了解大师的表现手法而培养出他自己的写作技巧。事实表明，他的这番努力是有用的，他掌握了创作小说的完美技巧。譬如，他的短篇小说《农民》，其结构之精练，几乎和福楼拜的《包法利夫人》不相上下。此外，他还要求自己写得简洁、清晰，而在这方面，有人认为他已达到了极致。对此，我们这些阅读译本的人无话可说，因为哪怕是最精确的译本，也都丧失了原作的笔法、韵味和语气语调。

契诃夫极其注重短篇小说的写作技巧，而且发表过很多非常有趣的观点。譬如，他认为短篇小说中不能有任何多余的东西：

> 任何无关的东西都应该无情地删除。如果你在第一节里提到墙上挂着枪，那么在第二或第三节里就一定要打一枪。

说得有理。同样有理的是他认为景物描写要简洁，而且要切题。他自己能用寥寥数语勾画出一幅夜莺啼鸣的仲夏夜美景，或者一幅冰雪覆盖的荒原冬日景象，这是难得的天赋。但他对拟人化手法的奚落，我不太同意。他曾在一封信里调侃说：

大海在微笑，你就欣喜若狂了。可是，这种手法太粗俗、太廉价了。……大海既不会微笑，也不会痛哭，它只会轰轰作响或者闪闪发光。看看托尔斯泰是怎么写的吧："太阳升起又落下，鸟儿不断地鸣叫。"没有什么在笑，也没有什么在哭。这是最重要的——简简单单。

话虽说得有理，但不管怎样，人类在原始时代就已经把大自然拟人化了，因而不是只要稍加努力就可避免的。契诃夫自己确实尽量避免使用拟人化手法，但在短篇小说《决斗》中，他还是不慎写道："一颗星星探出头，小心翼翼地眨了眨眼。"我对这句话一点也不反感，相反，还挺喜欢。他哥哥亚历山大也写短篇小说，只是水平不高。他说小说家绝对不要描写没有亲身体验过的心理活动。这也未必见得。小说家要描写杀人犯行凶时的心理活动，当然没必要自己去杀个人。毕竟，合格的小说家是有足够想象力的，完全可以想象出人物的心理活动和情感状态。

不过，契诃夫最为苛刻的要求，还是他认为短篇小说写完后应该从头到尾删一遍。他自己就是这么做的，以至于他的朋友常说，他的小说一脱稿就要拿走，否则会被他自己删得面目全非，"他会把自己的小说删成一句话：他们俩钟情而相爱，结为夫妇后而终至不幸"。当然，这是刻薄话，而契诃夫回答又是答非所问："可是，你看看周围，事实就是这样。"

契诃夫把莫泊桑视为自己的楷模，要不是他自己说的，我绝对不会相信，因为在我看来，他们两人的写作目的和写作手法可谓大相径庭。莫泊桑总的说来是要把故事讲得富有戏剧性，为了达到这个目的，他从不介意故事的可信度，而契诃夫呢，我觉得他是有意在回避戏剧性情节。他笔下的人物都是凡夫俗子，就如他自己在一封信里所说：

不是跑到北极从冰山上摔下来的探险家，而是上班下班、一日三餐、偶尔和老婆吵吵架的普通人。

有人可能会对此不以为然，因为确实有人跑到北极，虽然没从冰山上滚下来，但也体验到了极度的危险，小说家没有理由不讲他们的故事。显然，仅仅写上班下班、一日三餐的普通人不是问题的关键，但若认为要把故事讲得有意思、就要讲贪污盗窃、行贿受贿、虐待老婆、欺骗情人，我相信契诃夫是绝不会同意的，他认为平平淡淡的生活讲起来更有意思。由此看来，小说既可以讲述荒诞离奇的故事，也可以讲述平平淡淡的故事，关键是怎么讲。

契诃夫的医术虽不怎么高明，但他在行医过程中接触到了各种各样的人：农民、商人、工匠、小老板、小官吏，还有破产的地主。对这些人，他似乎还握有生杀大权。但他肯定没有接触过贵族，我能想起来的，他好像仅在一篇题为《公爵夫人》的小说中讲到过贵族。通常，他总是用直白到近乎冷漠的笔调讲述地主的昏庸无能、田园荒废；讲述劳工的艰难困苦、食不果腹，而工厂主却大发其财；讲述农民的愚昧无知、肮脏懒惰，他们整日酗酒，所住的茅草棚里臭气熏天、蚊蝇乱飞。

契诃夫讲述的一切都给人不寻常的真实感，就如读一个诚实的记者所写的新闻报道，使你深信不疑。不过，契诃夫并不是记者，他冷静观察后所得的素材是重新组合过的，其中还含有他个人的揣度和推测。科特林斯基[①]曾说：

> 契诃夫冷静得无与伦比，他超越个人悲喜而洞察一切。他从不宣扬爱，但他却仁慈为怀；他从不多愁善感，但他却富有同情心；他从不指望他人感激，但他却一直在施惠于人。

然而，契诃夫的冷静和超脱却使当时不少俄国知识分子感到愤怒而指责他漠视时代与社会，因为在他们看来，关注时代与社会是俄国作家的责任与义务。对此，契诃夫回答说，作家的责任是讲述真实的故事，

---

① 科特林斯基：19世纪末20世纪初俄国文人、翻译家，1911年定居伦敦，经营文学杂志，并将陀思妥耶夫斯基和契诃夫等俄国作家的作品译成英文。

至于如何做出反应，应该由读者自己去决定。他还坚持认为，不应该鼓动艺术家去处理具体的社会问题。

　　因为具体问题是由专家处理的。专家的责任才是处理酗酒问题，判断当前社会是好是坏，资本主义何去何从……

这话说得很有道理，我完全赞成。实际上，这也正好是英国文艺界近年来一直在讨论的一个问题，几年前我还曾就这个问题在全国图书联盟做过一次演讲。所以，我想只要从那次演讲中抄几段放在这里就可以了。

　　我经常阅读某周刊，因为它算是英国最好的周刊之一。有一次，我读到一组关于当代文学的评论，其中一位评论家的文章开头就说："某先生不仅仅是个讲故事的人。"我看到"仅仅"二字，觉得就像吞了两只蟑螂，难受极了。于是，从那天起，我就再也不读那本周刊了，免得我会像但丁《神曲》里的保罗和弗兰切丝卡[①]一样被罚入地狱。这位评论家自己也是个有名的小说家，我虽然从来没有读过他的作品，但我想大概也是写得不错的吧。可是从他说的这句话里我得知的竟然是，他认为小说家不应该仅仅是小说家。

　　这种观点在当代作家中好像还很流行，就是认为处在我们这样一个混乱的时代，写小说如果只是为了使读者愉快地消遣消遣，这样的小说家是没有什么价值的。所以，这样的小说被人看不起，被称为"逃避现实"，这大家都知道。其实，我觉得"逃避现实"这种说法，和"为钱写作"的说法一样，最好永远不要出现在文学评论家的文章里。因为所有的艺术都是对现实的逃避，莫扎特的交响乐、康斯特布尔[②]的风景画，都一样。我们读莎士比亚的十四行诗，

---

① 保罗和弗兰切丝卡都是《神曲·地狱篇》里的人物，他们均为已婚之人，因读了亚瑟王传说中骑士朗斯洛和王后桂妮筱的爱情故事而偷情，最终被罚入地狱。
② 康斯特布尔：19世纪英国著名风景画家。

或者读济慈的颂诗，如果不是为了愉悦，还有别的目的吗？为什么我们对诗人、作曲家和画家是这样，对小说家却要提更多要求呢？

其实世界上根本就没有什么"仅仅是故事"这种东西。小说家讲一个故事，就算他只是想使读者喜欢这个故事，实际上他还是把他对生活的某种理解、某种看法传递给了读者。鲁迪雅德·吉卜林①在《山间故事集》里讲述关于印度平民和玩马球的英国军官及其家眷的故事，讲述得就像一个正派的年轻记者写的新闻稿，既真实又有点天真，很吸引读者。令人惊讶的是，当初没有一个人从这些故事里读出什么，只是把它们当作故事读，而如今呢，我们一读到这些故事马上就意识到：英国迟早会被迫放弃对印度的统治。契诃夫也是这样，尽管他保持冷静和超脱，只是如实讲述真实的故事，但读者读了他的故事显然会意识到当时俄国人生活中的残忍和无知、穷人的赤贫和堕落、富人的冷漠和自私，而这一切都意味着俄国将不可避免地发生一场暴力革命。

我想，绝大多数人读小说是因为没有别的事可做，想找点乐趣而已。这毫无疑问，但不同的人想要的乐趣却不尽相同，其中之一就是在小说中寻找自己熟悉的生活。现在有那么多读者热衷于读安东尼·特罗洛普②的《巴塞特郡纪事》，原因就是这部分读者大多属于中产阶级，而特罗洛普的书里讲的正是那时这一阶级的生活，所以这部分读者很容易就产生共鸣。他们读到书中的人物布朗宁先生说"上帝就在天堂，人间处处美好"，自然而然就有同感，甚至还有一种得意扬扬的满足感。

时间赋予了特罗洛普的系列小说一种特殊的魅力③。我们读他的小说会觉得很有趣，也很诱人，颇有19世纪风俗画的味道：绅士

---

① 鲁迪雅德·吉卜林：19世纪末20世纪初英国小说家，其作品大多写在印度的英国人，一般认为有"白人至上"和"帝国主义"意识。
② 安东尼·特罗洛普：19世纪英国小说家，《巴塞特郡纪事》为其重要系列小说。
③ 特罗洛普的小说刚问世时很受欢迎，其销量甚至超过狄更斯的作品；到了19世纪后期，却变得无人问津，几乎被人遗忘；但到了20世纪初，又赢得大量读者而红极一时。

们留着络腮胡子，穿着双排纽长礼服，戴着大礼帽；太太们一个个华丽多姿，戴着宽檐帽，穿着紧身圆环裙；而且，那些绅士和太太的生活真是令人羡慕，不管遇到什么事情，最后总是大团圆，人人称心如意——要是我们也能这样，那该多好啊！当然，也有部分读者，他们读小说是想看到新奇异样的生活。所以，讲述异国风情或者荒野历险的小说就成了他们最喜欢的热门书。大部分人的生活是枯燥乏味的，而沉浸在一个陌生而危险的小说世界里，哪怕只有几个小时，也足以使人兴奋一阵，从而暂时摆脱生活的单调和无聊。

我想，读契诃夫小说的俄国读者所感受到的乐趣肯定是英国读者无法感到的，因为他们最熟悉契诃夫笔下那些活生生的人物。而英国读者呢，则会感受到契诃夫小说中的那种阴沉可怕的异国氛围，同时又感受到其中所含有的那种不寻常的、令人难忘的，甚至有点夸张的真实性。

只有天真无知的人才相信，小说家可以为小说读者提供有用信息，或者为我们如何为人处世提供咨询。实际上，小说家的禀性就决定了他是做不到这些的，小说家写小说不是为了说什么道理，而是通过感觉、想象，营造一个小说世界，因而他不会是客观而公正的。小说家无论是选择题材、设置场景，还是塑造人物，全都受制于他的偏见。他的作品所呈现的是他的经历、他的直觉、他的情感、他的个性和他的本能。他还虚构事实，有时他自己也不知道为什么要虚构，有时则很清楚虚构的目的。同时，他又会采用必要的技巧加以掩盖，使读者看不出他在"编造谎言"。亨利·詹姆斯曾坚持说，小说家应该使生活戏剧化。这话虽说不错，但不太好懂。他其实是说，小说家应该虚构事实，这样才能吸引读者。谁都知道，亨利·詹姆斯自己就是这么做的。当然，科学著作和理论著作是不能虚构事实的，所以，如果你关心的是具体的现实问题，那么——就如契诃夫所建议的——你应该去读相关的专题论著，而不应该去读小说。

小说家的本职不是指导读者，而是娱乐读者。